**위대한
개츠비**

KB170213

MINI BOOK
CLOUD
LIBRARY
01

위대한
개츠비

The
Great
Gatsby

F. 스콧 피츠제럴드 지음

안영준 옮김

생각뿔

차례

1

지금보다 어리고 상처에 민감하던 시절, 아버지는 충고 한 마디를 했고 나는 여전히 마음속 깊은 곳에 그 말을 새겨두고 있다.

"만약 누군가를 비판하고 싶을 땐 이 점을 명심해야 한다. 이 세상 모든 사람이 너처럼 유리한 위치가 아니라는 걸 말이다."

아버지는 그 이상 말을 잇지 않았다. 아버지와 나는 서로의 의중을 잘 알아채 굳이 말하지 않아도 통하는 구석이 있었고 나는 그 말에 더 많은 뜻이 담겨 있다는 걸 알았다. 그 이후로 나는 어떤 일을 판단할 때 미루는 습관이 생겼고 그때부터 내 주변에는 독특한 성격의 사람들이 꼬여 들었다. 나는 매번 그 지루한 사람들에게 시달려야만 했다. 비정상적인 사람은 정상적인 사람에게 조금이라도 이상한 습성이 나타나면, 단번에 알아차리고 먹잇감을 채듯 달라붙는다. 그 바람에 대학 시절부터 정치적이라는 비난을 받아야만 했는데, 잘 알지도 못하는 행실 나쁜 녀석들의 비밀스러운 슬픔을 안다는 이유 하나 때문이었다. 대부분 내가 원한 일이 아니었다. 그들은 무작정 찾아와 비밀을 떠들어 댔다. 그래서인지 누군가가 내 밀한 고백을 털어놓으려는 기미가 보이면 잠에 빠진 척이나 뭔가에 몰두해 있는 척했고 가끔은 옆자리를 내어주지 않으려 일부러 괴팍하게 대했다. 젊은 사람들의 고백, 그 고백을 은밀하다는 말로 포장해봤자 대개 남의 것을 베낀 것이거나, 사실을 억지로 숨기려 한 탓에 앞뒤가 맞지 않기 마련이다. 판단을 미루면 희망은 영원하다. 아버지가 점잖게 말한 적 있고 나 또한 똑같은 자세로 다시 이야기하지만, 사람으로서 갖춰야 할 기본적인 품위는 날 때부터 다르게 나눠진다. 이 사실을 잊게 되면 다른 무언가를 놓친다는 생각이 든다.

이렇게 관대함을 과시했지만 내 너그러움에도 한계가 있다는 것을 깨닫게 되었다. 인간의 행실은 단단한 바위에 뿌리를 두거나 또는 축축한 습지에 기초할 수도 있지만, 나는 일정한 시간이 흐른 뒤에는 더 이상 그 근거에 관심을 두지 않는다. 지난가을 동부에서 돌아왔을 때, 세상이 각을 맞춘 제복 차림으로 도덕적인 차렷 자세를 영원히 유지하길 바라는 심정이었다. 나에게만 특권이 있는 것처럼, 그 오만한 시선으로 다른 인간의 속마음을 내려다보는 소란스러운 행동을 이제 더 이상은 하고 싶지 않았다. 하지만 이 책에 이름을 내어준 개츠비만은 예외다. 내가 경멸하는 모든 것을 대표하는 그에게만은 다른 기준을 적용할 수밖에 없는 것이다. 만약 인간의 개성이 일종의 성공적인 몸짓이라고 한다면, 그에게는 대단한 무언가가 있었다. 개츠비는 수천 킬로미터 밖에서 일어나는 미세한 진동까지 감지하는 지진계처럼 삶의 가능성에 예리한 감각을 지녔다. 그 예민한 감각은 '창조적 기질'이라는 진부한 감성과는 차원이 달랐다. 마치 그 어떤 사람에게서 발견한 적 없고 또 앞으로도 다시는 발견할 수 없을 만한 희망에 대한 재능이며 희망적인 낭만과 같은 거였다. 맞다, 개츠비는 결국 옳았다. 사람들의 불가피한 슬픔과 갑작스러운 기쁨에 관심이 사라진 건 개츠비를 장악한 것들, 그리고 개츠비의 꿈이 지나간 자리를 떠도는 지저분한 먼지들 때문이었다.

우리 집안은 이 중서부 도시에서는 삼대에 걸쳐 꽤 이름을 떨친 부유한 집안이다. 캐러웨이는 꽤나 뼈대 있는 가문으로 문중을 이루고 있었으며 버클루 공작의 후예라는 말도 전해내려온다. 그러나 실제로는 그렇지 않다. 우리 가문은 내 할아버지의 형이 1851년에 이곳에 정착하면서 시작됐다. 남북전쟁이 시작되자 다른 사람을 전쟁터로 내보내고 철물도매업에 손을 댔는데, 지금은 아버지가 사업을 이어받아 계속하고 있다.

나는 큰할아버지를 뵌 적이 없다. 하지만 내가 그분을 닮았다는 말은 아버지 사무실에 걸려 있는 무뚝뚝한 표정의 초상화와 비교해보면 분명해진다. 나는 1915년, 그러니까 우리 아버지보다 딱 이십오 년 늦게 뉴헤이번에 있는 대학을 졸업했다. 이후 얼마 안 되어, 나중에 제1차 세계대전으로 불리는 게르만 민족 대이동에 참전했다. 당시 미국의 반격은 내 마음을 들뜨게 만들었던 터라 고향에 돌아와서도 흥분된 상태로 시간을 보냈다. 중서부는 더 이상 끊임없이 움직이는 세계의 중심지가 아니었다. 세상에서 가장 작고 초라한 구석 같았다. 그래서 나는 동부로 가서 증권계 일을 배우기로 결정했다. 내가 아는 사람 전부가 증권계에 발을 담고 있던 터라, 증권계라면 나 같은 독신남 하나쯤은 받아줄 거라 확신했던 것이다. 친척들은 머리를 모았다. 마치 대학을 결정하는 듯 진중한 태도로 의논을 하더니, 마침내 편치 않은 표정과 마지못하다는 태도로 "그래도, 뭐, 괜찮겠지."라고 말했다. 아버지는 일 년 동안 뒷바라지를 약속했다. 이후 여러 일로 출발을 미루고 미루다가 1922년 봄, 어쩌면 영영 머무를지도 모른다는 생각으로 동부에 왔다.

아무래도 시내에 방을 구하면 편했겠지만, 따뜻한 계절인 데다 널찍한 잔디와 빼곡한 나무가 서 있는 시골을 막 떠나온 참이었고 사무실 동료가 시내에서 떨어졌지만 통근할 수 있는 외곽에 집을 구해 함께 사는 게 어떠냐고 제안했을 때, 더 나을 것 같다는 생각이 들었다. 그 친구가 구한 집은 팔십 달러짜리로, 비바람에 빛이 바랜 허름한 방갈로였다. 하지만 정작 내가 그 집에 들어갈 때 동료는 워싱턴으로 발령을 받아 나 혼자 이사할 수밖에 없었다. 나는 개 한 마리(어디까지나 그 녀석이 달아나기 전까지)와 오래된 다지 자동차 한 대, 그리고 핀란드인 가정부와 함께 지냈다. 가정부의 일과는 내 잠자리

를 정리해주고, 아침을 차려주고, 전기난로에 몸을 숙여 핀란
드 속담을 중얼거리는 정도였다.

어쩌면 조금 쓸쓸했던 하루 이틀쯤 지났을 때, 나보다 늦
게 그 지역으로 온 누군가가 길을 물었다.

"웨스트에그에는 어떻게 갑니까?" 그는 짐짓 막막하다는
표정이었다. 낯선 그에게 길을 알려주고 발을 움직였는데 더
이상 쓸쓸하거나 외롭지 않았다. 나는 안내자이자 길잡이며,
마치 이곳을 개척한 사람 같았다. 그는 의도하지 않았겠지만
내가 마치 이곳의 토박이라고 인정해준 셈이었다.

그렇게 나는 마치 영화의 한 장면에 있듯이, 급히 자라는
나뭇잎과 햇살을 바라보며, 여름과 함께 새로운 삶이 시작되
고 있다는 이상한 확신을 갖게 됐다.

무엇보다 읽어야 할 책이 너무 많았고 맑고 신선한 공기로
내 건강을 챙겨야 했다. 은행 경영, 신용대출, 채권투자와 관
련된 책을 열 권도 넘게 사버렸다. 조폐국에서 이제 막 찍어
낸 새 지폐처럼 황금빛과 붉은빛을 띠며 서가에 자리 잡은 그
책들은 오직 미다스 왕과 J. P. 모건 그리고 마에케나스만이
알고 있는 눈부신 비밀을 보여주겠다고 약속한 것처럼 보였
다. 그것뿐만이 아니었다. 나는 더 많은 책을 읽을 작정이었
다. 대학 시절의 나는 글쓰기에 꽤 재능이 있는 학생이었다.
어느 해에는 대학 신문 편집자로 〈예일 뉴스〉에 진지하면서
도 명쾌한 논설을 쓴 적도 있었다. 아무튼 나는 대학 시절의
내 모습을 다시 끌어안아 그 어떤 종류의 전문가 중 가장 희
귀한 존재, 바로 '균형 잡힌 인간'이 되려고 했다. '하나의 창

으로 바라보면 더 잘 볼 수 있기 마련이다.'라는 말은 결코 거짓이 아니었다.

내가 북미 대륙에서 가장 특이한 동네 중 하나인 이곳에서 생활하는 것은 우연일 뿐이었다. 집은 뉴욕시에서 정동 쪽으로 뻗은, 요란스럽게 긴 모양의 섬에 있었는데, 그곳에는 자연이 만들어낸 별난 모양의 두 지역이 있었다. 이 두 지역은 커다란 달걀 모양으로 뉴욕으로부터 약 30킬로미터 정도 떨어져 있었다. 겉으로 보기에 비슷할 뿐만 아니라 바다가 육지 속으로 파고들어 와 있지만 만이라고 부르기에도 민망할 정도로, 작은 롱아일랜드 해협 앞으로 쭉 튀어나와 있다. 달걀 모양이라고 했지만, 완벽한 타원은 아니고 콜럼버스 이야기에 나오는 달걀처럼 양 끝이 납작했다. 생김새가 워낙 비슷해서 그 위를 지나는 갈매기들도 헷갈리는지 모를 지경이었다. 날개가 없는 사람으로서는 모양과 크기 말고는 닮은 게 전혀 없다는 사실에 더 마음이 끌린다.

내가 살았던 웨스트에그를 굳이 설명하자면, 이스트에그와 비교했을 때 상류층의 화려한 모습이 덜했다. 이렇게 단편적인 설명은 그 두 지역에 감도는 묘한 분위기와 불길한 차이점을 알려주기에는 부족하다. 내가 살던 그 집은 롱아일랜드 해협에서 50미터밖에 떨어져 있지 않았는데, 달걀 모양으로 따지면 가장 끝 지점에 있었다. 한 철에 만 이천 달러에서 만 오천 달러는 줘야 빌릴 수 있는 큰 두 저택의 사이에 끼여 있었다. 오른편에는 누가 봐도 엄청난 대저택이 세워져 있었다. 그 저택은 노르망디 시청을 본뜬 모양으로 담벼락 한쪽에는 가느다란 수염 같은 담쟁이덩굴로 둘러싸여 있었으며 지은지 얼마 안 돼 보이는 탑과 대리석 수영장이 있었다. 언뜻 봐도 40에이커가 넘는 잔디밭과 정원이 딸려 있었다. 그 저택엔 바로 개츠비가 살고 있었다. 아니다. 그땐 개츠비의 존재를 몰랐던 때니, 개츠비라는 이름을 가진 어떤 사내가 살고 있는 저택이라고 말해야 옳겠다. 어찌 보면 내가 살았던 집은 눈에 거슬릴 정도로 흉해 보일 수 있었지만 워낙 작고 보잘것없는 모습이라 눈에 띄지 않았다. 하지만 그 저택 위에 자리 잡고 있던 덕분에 바다와 이웃집 잔디밭 한 귀퉁이를 내려다보며 살 수 있었다. 적어도 백만장자들과 가깝게 지내고 있다는 것에 위안을 삼을 수 있었다. 한 달에 팔십 달러라는 아주 적은 돈을 내고서 말이다.

만이라고 부르기엔 턱없이 작고 좁은 해변의 건너편으로는 상류사회라 불릴 만한 이스트에그의 흰 저택들이 궁전처럼 빛을 내고 있었다. 그해 여름의, 그 역사는 내가 톰 뷰캐넌 부부와 함께 저녁을 먹으러 자동차를 몰고 나간 때부터 시작된다. 데이지는 조카뻘의 먼 친척이었고 톰은 대학 시절부터 알고 지낸 사이였다. 전쟁 직후 시카고에 있는 그들 부부의 집에 신세를 진 일도 있었다.

데이지의 남편 톰은 여러 운동에 특출했지만 무엇보다 예일 대학 미식축구에서 가장 재능 있는 엔드 중 한 명이었다. 대학 미식축구에 있어서는 전국적으로 유명한 선수로 스물한 살 때 이미 최고의 경지에 올라 그 뒤의 활동은 마치 내리막길처럼 보일 정도였다. 톰의 집안은 굉장히 부유했다. 대학 시절부터 씀씀이가 헤프다고 주변에 빈축을 살 정도였지만 누가 뭐라 해도 상관없다는 듯싶었다. 그는 한껏 힘을 주고 동부로 왔다. 그가 폼을 잡았다는 건, 폴로 경기를 즐기기 위해 레이크 포레스트에서 폴로용 말을 한 떼 몰고 왔다는 말로 충분히 설명 가능할 것이다. 나와 비슷한 또래의 사람이 그 정도의 부자라는 건 쉽게 와 닿지 않는 일이었다.

그들이 어떤 이유로 동부로 왔는지에 대해서는 특별히 생각해본 적이 없다. 그들은 프랑스에서도 별 이유 없이 일 년을 지낸 적이 있고 폴로를 할 줄 알고 즐기는 곳이라면 어디든 찾아갔다. 그럴 때마다 데이지는 이렇게 말했다. "이번이 마지막이야." 수화기 너머의 데이지는 다짐하듯 말했지만 나는 그 말을 믿지 않았다. 내가 데이지의 마음 깊은 곳까지 알 수는 없었지만, 그것만은 이미 알고 있었다. 톰은 대학 시절 미식축구를 하던 극적인 감정은 다시 느낄 수 없다는 걸 깨달았고 그 감정을 느낄만한 곳을 향해 영영 방황하리라는 것을.

그렇게 나는 따스한 바람이 넘실대는 어느 날 저녁, 잘 알지도 못하는 옛 친구 둘을 만나기 위해 이스트에그로 차를 몰았다. 그들의 집 내부는 내 예상보다 더 화려했다. 조지 왕조 식민지 시대풍으로 붉은색과 흰색으로 덮인 집은 만이 내려다보이는 곳에 자리 잡고 있었다. 잔디밭은 해변에서부터 시작해 현관 방향으로 400미터나 달려와 해시계와 벽돌로 꾸민 산책로를 넘어 불타는 듯한 정원을 건너뛰어 이어졌다. 잔디밭은 겨우 저택에 닿은 것처럼 보였는데 그 길로 쭉 밝은색의 덩굴이 되어 벽을 타고 뻗어 오르고 있었다. 저택의 정면에는 프랑스식 창문이 한 줄로 나란히 이어져 있었고 유리는 번쩍이는 황금빛을 반사하며 바람이 부는 곳을 향해 활짝 열려 있었다. 톰 뷰캐넌은 현관 앞에 승마복을 입고 두 다리를 벌린 채 서 있었다.

그는 내가 알던 과거의 톰이 아니었다. 뻣뻣하고 누런 머리색의 건장한 서른 살 남성이 되어 있었고 입에는 고집스러움이, 태도에는 거만함이 비쳤다. 눈빛이 거만하게 번쩍거리는 탓에 금방이라도 공격적으로 덤벼들 것만 같은 인상이었다. 승마복 특유의 여성적 우아함에도 불구하고 커다란 몸집에 품고 있는 엄청난 힘을 숨기지는 못했다. 그가 신고 있는 부츠도 마찬가지였다. 부츠 맨 위쪽 끈이 팽팽할 정도로 부풀어 올라 있었고 그가 움직일 때마다 얇은 상의 안 속 장대한 근육들이 꿈틀거리는 게 보일 정도였다. 마치 거대한 지렛대처럼 인정 따위는 없어 보이는 몸집이었다.

그의 목소리는 톤이 높았지만 거칠었다. 허스키한 목소리 때문인지 모르지만 왠지 더 성마른 사람처럼 보였다. 그는 뉴헤이번에서도 친하든 친하지 않든 좋아하는 사람에게까지 경멸하는 자세로 딱딱하게 구는 바람에 미움을 샀다. 그의 지나친 간섭과 두둑한 배짱을 끔찍하게 생각하는 사람들이 많았다.

'뭐 굳이, 어떤 문제에 있어 내 생각이 정확하다고 생각하지는 않아. 내가 너희보다는 힘께나 쓰고 사내답긴 하지만 말이야.' 그는 마치 이렇게 말하는 듯했다. 톰과 나는 4학년 때 같은 모임에 있었지만 한 번도 친하게 지낸 적이 없었다. 그렇지만 그는 나를 인정해주었고 그만의 도전적이고 거만한 태도로 자신을 좋아해 주길 기다리는 것 같았다.

우리는 햇볕이 내리쬐는 베란다에서 잠시 이야기를 나눴다.

"이 집은 괜찮은 곳이야." 짧은 말 한마디를 하면서도 그의 시선은 계속해서 주위를 두리번거렸다.

톰은 한쪽 팔로 내 몸을 휙 돌리더니 넓적하고 단단한 손을 들어 앞에 펼쳐져 있는 풍경을 가리켰다. 그의 손끝에는 이탈리아식 침상 정원과 지독하게 강렬한 향을 풍기는 장미 정원이 반 에이커나 이어져 있었다. 해안에는 매부리코 모양의 모터보트 한 대가 물결을 따라 흔들리고 있었다.

"여기는 석유 재벌 드메인의 집이었어." 그는 갑작스럽게 내 쪽으로 몸을 돌렸다. 하지만 품위는 잃지 않는 몸짓이었다. "이제 안으로 들어가지."

우리는 천장이 높은 복도를 지나 밝은 장밋빛 방으로 들어갔다. 그 방은 양쪽 끝에 달린 프랑스식 창문 덕분에 조마조마하게 저택에 붙어 있었다. 살짝 열려 있는 창문들이 집을 향해 자란 것 같은 푸릇푸릇한 잔디를 배경으로 흰빛이 어렴풋하게 반짝이고 있었다. 산들바람이 그 안으로 슬며시 들어올 때마다 커튼 한쪽이 안으로 움직였고, 다른 한쪽은 바깥으로 움직였다. 커튼의 움직임은 마치 새하얗게 질린 깃발처럼 휘날리다가 설탕 바른 웨딩케이크 같은 천장을 향해 소용돌이쳤다. 그리고 나서는 바다 위에 바람의 그림자가 미세하게 움직이듯 와인색 양탄자 위에 잔물결을 일으키며 또 다른 그림자를 만들어냈다.

그 안에서 꼼짝도 하지 않고 있는 유일한 물건이라고는 엄청나게 길고 큰 의자뿐이었다. 의자 위에는 젊은 여자 둘이 땅에 붙잡혀 있는 열기구에 올라탄 것처럼 두둥실 떠 있었다. 흰 드레스를 입고 있는 두 여자 모두, 잠깐 집 근처를 날아다니다 방금 들어온 것처럼 드레스의 끝이 잔물결을 이루며 펄럭이고 있었다. 나는 커튼이 바람에 몸을 맡긴 채 만들어내는 소리와 벽에 걸린 그림이 달그락거리며 내는 소리를 들으며 잠시 서 있었다. 그러자 톰 뷰캐넌이 쾅 하고 소리를 내며 뒤쪽 창문을 닫았다. 미처 빠져나가지 못한 바람이 방 안에 갇혀버렸다. 바람이 천천히 주변에 가라앉자 커튼과 양탄자, 그리고 두 여자도 찬찬히 바닥으로 내려앉았다.

두 여자 중 더 젊어 보이는 쪽은 초면이었다. 그녀는 긴 의자의 맨 끝까지 몸을 쭉 뻗고 누운 채 꼼짝도 하지 않았다. 턱을 조금 추켜올리고 있는 모습은 마치 금방이라도 떨어질 듯한 물건을 턱 위에 올려놓고 균형을 잡고 있는 것 같았다. 잠깐 곁눈질로라도 내 쪽을 살짝 훔쳐보았을지도 모르겠지만 겉으로는 그런 내색이 전혀 보이지 않았다. 나는 얼떨결에 갑자기 들어와 방해해서 미안하다고 사과할 뻔했다.

다른 한 여자는 데이지였다. 그녀는 몸을 고쳐 의자에서 일어서려 했다. 그리고 진중한 표정으로 몸을 앞으로 조금 굽혔다가 어리바리하지만 그녀 특유의 매력적인 미소를 지었다. 나 역시 웃으며 그녀에게 다가갔다.

"나 지금 너무 행복해서 몸이 마, 마비될 것 같아."

데이지는 엄청나게 재치 있는 말을 했다는 듯 웃었다. 그리고 내 손을 잡고 이 세상에서 가장 보고 싶은 사람이 나였다고 말하는 듯한 표정을 지었다. 그런 표정으로 빤히 내 얼굴을 올려다보는 건 그녀만의 방식이었다. 데이지는 귓속말로, 턱을 추켜올린 채 균형을 잡고 있는 여자의 이름이 베이커라고 속삭였다(그녀가 귓속말을 하는 이유가 상대방이 자기 쪽으로 가까이 오게 하려고 하는 말이라고 들은 적 있다. 얼토당토않은 험담이지만 만약 그렇다고 할지라도 귓속말의 매력이 줄어드는 것은 아니다).

어찌 되었든 미스 베이커는 입술을 조금 움직이다 거의 움직이지 않은 듯 고개를 까딱이더니 재빨리 원래대로 머리를 뒤로 젖혔다. 마치 그녀가 떨어뜨리지 않으려 했던 어떤 물건이 흔들렸고 그래서 깜짝 놀랐다는 듯이. 나는 또다시 미안하다는 사과의 말이 입에 맴돌았다. 이렇듯 완벽한 자기만족에 가득 찬 사람을 볼 때마다 나도 모르게 찬사를 보낸다.

나는 데이지를 바라보았다. 그녀는 다시 낮은 음성으로 이런저런 질문을 던졌다. 조금 떨리는 것 같은 그녀의 목소리는 두 번 다시 연주할 수 없는 음정을 배열해 둔 듯해서 귀를 움직이며 들어야 할 것 같았다. 여전히 빛나는 눈동자와 빛나는 입술, 얼굴 전체를 휘감은 광채는 사랑스럽지만 슬퍼 보였다. 그러나 그녀의 목소리에는 그녀에게 애정을 가진 남자라면 좀처럼 잊기 힘든 어떤 흥분이 숨어 있었다. 마치 노래 부를 것 같은 충동, "자, 한번 들어볼래요?" 하고 속삭이는 음성, 이제 막 즐겁고 신나는 일을 끝내고 곧바로 또 다른 즐거움과 신나는 일이 벌어질 것 같은 약속이 실려 있었다.

나는 동부로 넘어오기 전에 시카고에서 하루를 머물렀는데, 그때 열 명도 넘는 사람이 안부를 전해 달라 했다고 데이지에게 말했다.

"내가 보고 싶대?" 그녀는 황홀해 하며 목소리를 높였다.

"시내 전부가 텅 빈 것 같아. 차들 전부 왼쪽 뒷바퀴를 장례식 화환처럼 검게 칠했고 노스쇼어에선 밤새 통곡 소리가 들릴 지경이야."

"정말 엄청난 일이네? 톰, 우리 돌아가자. 내일이라도 당장!" 그러고 나서 엉뚱한 이야기를 덧붙였다. "아, 우리 아가를 봐야지."

"그래, 보고 싶었어."

"아이는 지금 자고 있어. 올해 세 살이야. 한 번도 본 적이 없나?"

"응."

"그럼 꼭 봐야 해. 그 아이는 말이지……."

불안한 사람처럼 방 안을 쉴 새 없이 움직이던 톰 뷰캐넌은 걸음을 멈추고 내 어깨 위에 손을 올렸다.

"닉, 자네 요즘엔 어떤 일을 하고 있지?"

"지금은 증권 쪽에서 일해."

"그래? 어느 회사에서?"

나는 회사 이름을 말했다.

"난 처음 들어보는 회사 이름이군." 그의 말투는 단정적이었다.

나는 그의 말투에 화가 났다.

"그래? 그럼 앞으로 알게 될 거야." 나는 짧게 말했다. "톰, 자네가 동부에 머무른다면 말이야."

"그래, 난 계속 동부에 머물 거니까 걱정할 거 없어." 그는 무언가 경계하는 눈빛으로 데이지를 힐끗 쳐다보더니 다시 나에게로 눈을 돌렸다. "다른 곳에서 살 리가 없어. 그건 바보 일 거야."

바로 그때였다. 미스 베이커가 "물론이죠!"라며 외쳤다. 깜짝 놀랄 수밖에 없었다. 내가 이 방에 들어온 이후 처음 듣는 그녀의 말이었다. 하품을 하며 벌떡 일어나 방 가운데 서 있는 걸 보면 그녀도 나만큼이나 깜짝 놀란 것이 틀림없었다.

"몸이 굳은 것 같아요. 저 소파에 너무 오래 누워 있었나 봐요." 그녀가 투덜거렸다.

"왜 그렇게 쳐다보는 거야?" 데이지가 대꾸했다. "나는 오후 내내 뉴욕에 가자고 말했어."

"안 마실래요." 미스 베이커는 방금 꺼내 온 칵테일 넉 잔을 쳐다보며 말했다. "지금은 훈련 중이거든요."

톰은 믿을 수 없다는 표정을 짓고는 그녀를 내려다봤다.

"그래, 아무렴." 그는 잔 밑바닥에 술이 한 방울밖에 남지 않은 듯 잔을 들어 단숨에 쭉 들이켰다. "정말 알다가도 모를 일이야. 당신 같은 여자가 어떻게 그런 일을 해내는지 말이 야."

나는 그녀가 '해낸다'는 일이 뭔지 궁금했다. 미스 베이커를 바라보고 있자니 기분이 좋아졌다. 그녀는 몸매가 좋았다.

날씬하고 가슴은 작은 데다 사관생도처럼 어깨를 뒤로 쫙 펴고 있었기 때문인지 몸매가 더 두드러져 보였다. 그녀는 내 시선을 느낀 것 같았다. 햇빛 때문에 눈을 찡그리며 회색 눈동자로 나를 돌아봤다. 어딘가 긴장한 느낌이었다. 창백한 얼굴은 매력적이었지만 불만스러워 보였다. 갑자기 어디선가 그녀를 만났거나 적어도 사진으로나마 본 적 있다는 생각이 뇌리를 스쳤다.

"웨스트에그에 사신다고요?" 그녀는 깔보듯 말을 이었다. "제가 아는 사람이 그곳에 살아요."

"저는 아직 아는 사람이 한 명도…….."

"개츠비는 알 텐데요."

"개츠비?" 갑자기 데이지가 다그쳤다. "어떤 개츠비?"

그저 집이 이웃하고 있다고 말하기도 전에 저녁 식사가 준비되었다는 소리가 들려왔다. 톰 뷰캐넌은 그의 단단한 팔을 내 팔에 강제로 끼었다. 마치 체스판에서 말을 옮기듯 나를 데리고 나갔다.

두 여자는 엉덩이에 손을 살짝 올린 채 석양을 향해 난 베란다를 향해 나른한 걸음걸이로 우리를 앞서 걸었다. 현관 탁자 위 촛불 네 개는 잦아든 바람 속에서 몸을 흐느적거리고 있었다.

"촛불은 왜 있지?" 데이지는 얼굴을 찌푸렸다. 그러고 나서 손가락으로 비벼 촛불을 꺼 버렸다. "이제 이 주만 더 있으면 일 년 중 낮이 제일 긴 날이야." 데이지는 밝은 얼굴로 우리를 돌아봤다. "일 년 내내 낮이 제일 긴 날을 기다리는데, 막

상 그날이 오면 깜빡 잊고 그냥 지나쳐 버리지 않아? 바로 내가 그래."

"그럼 뭔가 계획을 세워야지." 미스 베이커는 바로 잠자리에 들려는 사람처럼 하품을 하며 앉았다.

"그래, 좋아. 근데 뭘 해야 하지?" 데이지는 어쩔 수 없다는 표정으로 나를 향했다. "다른 사람들은 그날 어떤 일을 하지?"

미처 대답하기도 전에 그녀는 겁먹은 목소리로 자기 새끼손가락으로 시선을 돌렸다.

"봐!" 그녀가 불평했다. "나 여기를 다쳤어!"

우리의 시선도 자연스럽게 그녀의 손가락을 향했다. 그녀의 손가락 마디는 푸르스름하게 멍이 들어 있었다.

"톰, 이건 당신 때문이야." 그녀는 따지듯 물었다. "그래, 일부러 한 건 아닐 거야. 하지만 이건 당신이 한 짓이야. 이 모든 게 바로 야수 같은, 그저 커다란 괴물 같은 육체와 결혼한 탓이지."

"괴물이라니. 그런 말 하지 말랬지." 톰의 목소리도 커졌다. "아무리 농담이라고 해도 말이야."

"그래도 괴물은 괴물이지." 데이지는 물러서지 않았다.

간혹 두 여자는 이야기를 나누기는 했지만 별다른 화제 없이 주고받는 시시한 대화였다. 수다라고 하기에도 어려울 정도였다. 데이지와 베이커가 입은 흰 드레스처럼, 아무런 욕망도 없을 정도의 무심한 눈동자는 그저 차가워 보일 뿐이었다. 그들은 그저 그 자리에 앉아 있을 뿐이었고 예의 바른 모습으로 대접하고 대접받으며 톰과 나를 받아들일 뿐이었다. 그 여자 둘은 알고 있던 것이다. 곧 있으면 저녁 식사 자리가 끝나고, 그럼 오늘 이 하루도 사라지고 그럼으로써 모든 것이 그저 그렇게 저문다는 사실을 말이다. 서부에서는 달랐다. 서부의 저녁 식사는 한순간 순간의 말들이 아쉬워 조급하게 결말을 향했다. 조금은 실망스러운 저녁 시간이지만 끊임없이 소중한 마음을 가지며 다음을 기대했다.

"데이지, 너와 있으니까 이제 나는 문명인이 아닌 것 같아." 나는 코르크 냄새가 나는 괜찮은 와인을 두 잔째 마시고 있었다. "농사라거나 그런 이야기를 해볼까?"

별다른 뜻을 품은 이야기가 아니었다. 그러나 대답은 엉뚱한 곳에서 나왔다.

"문명? 문명은 이제 끝장났어." 톰은 격렬하게 외쳤다. "지금의 난 모든 게 비관적이야. 너 혹시 고더드라는 사람이 쓴 『유색 인종 제국의 발흥』이라는 책 읽어봤어?"

"아니." 나는 그의 흥분된 목소리에 놀랄 수밖에 없었다.

"그래? 아주 좋은 책이야. 우리 모두 꼭 읽어야 할 책이지. 그 내용을 말하자면, 우리 백인종이 조심하지 않으면 이 세상이 끝난다는, 아니 아주 완벽하게 끝난다는 거야. 전부 과학적인 이야기야. 전부 증명됐어."

"하여간 톰은 점점 심각해지고 있어." 데이지는 별생각이 없이 슬픈 표정을 지었다. "요즘 저이가 난해한 단어가 쌓인 책만 파고들고 있어. 그 무슨 단어였지? 우리가……?"

"아니, 전부 과학적인 책이라니까." 톰은 데이지에게 조바심이 난 듯 다시 한번 강조했다. "그 작가는 모든 걸 다 파헤쳤어. 지금 세계를 지배하고 있는 우리, 그러니까 백인종이 정신을 바짝 차려야 한다는 걸 말이야. 안 그러면 다른 인종들이 세계를 지배하게 된다고 그랬어."

"그렇다면 우리가 그들을 밟아야 해." 데이지는 태양 빛에 눈이 부셔서인지 두 눈을 깜박거리며 말했다.

"두 사람은 캘리포니아에 사는 게 좋을 것 같아요……." 미스 베이커가 말을 더 꺼내려 했지만 톰이 힘겹게 의자에서 일어나며 그녀의 말을 막았다. 그리고 강하게 말했다.

"그 책에는 말이지. 우리 모두가 북유럽 인종이라는 거야. 나, 당신, 그리고 당신. 그리고 또……." 그가 잠깐 망설였다. 그러자 이내 데이지를 향해 턱을 끄덕이며 데이지까지 포함시켰다. 그러자 데이지는 나를 향해 눈을 깜박였다. "……그리고 문명을 이루는 것 모두를 우리가 만들었다는 거야. 지금 무슨 말을 하는지 알겠어?"

목소리에 힘을 주며 말하는 그가 애처로워 보였다. 그전보다 더 심해진 자만심조차도 그를 만족시켜주는 것 같지 않아 보였다. 동시에 집 안에 전화벨 소리가 울렸다. 집사가 베란다로 사라지자 그 틈을 타 데이지가 내 쪽으로 몸을 기울였다.

"우리 집 비밀을 하나 말해줄까?" 그녀는 어딘가 신이 난 목소리였다. "바로 집사의 코에 관한 이야기야. 어때? 궁금해?"

"내가 오늘 이 집에 온 이유가 바로 그거야."

"그러니까, 저 사람은 원래 집사가 아니었어. 뉴욕에 있는 한 식당에서 은그릇을 닦는 일을 했었어. 그를 고용한 사람은 200명분의 은그릇을 갖고 있었는데, 아침부터 밤까지 쉬지 않고 은그릇을 닦을 수밖에 없었어. 그러다 결국 그의 코에 문제가 생기기 시작했어……."

"그럼 그의 상황은 점점 안 좋아졌겠어요." 미스 베이커가 데이지의 말에 끼어들었다.

"맞아, 그런 셈이었어. 코의 증세가 점점 안 좋아지니까 결국 그 일을 관둘 수밖에 없었지."

해가 뉘엿뉘엿 지면서 꽤 로맨틱한 빛을 띠며 데이지의 얼굴을 비추었다. 내가 데이지의 말에 귀를 기울이고 있는 동안 그녀의 목소리는 계속해서 나를 끌어당기고 있었다. 지고 있던 해의 빛이 사라지자, 석양 아래서 뛰어놀던 아이들이 결국 거리를 떠나듯 햇빛은 아쉬운 듯 그녀의 얼굴에서 사라져 가고 있었다.

집사가 되돌아와 톰에게 몸을 바짝 대고 귓속말을 속삭였다. 톰은 표정을 일그러뜨리며 의자를 뒤로 밀고 일어나 한마디 말도 없이 안으로 들어갔다. 톰이 자리에서 사라지자 데이지는 마음속에 있는 무언가에 자극을 받은 사람처럼 다시 앞으로 몸을 숙였고, 나른한 목소리로 흥얼거리듯 말했다.

"오빠, 우리 집에서 이렇게 함께 식사하게 되어 너무 좋았어. 나는 늘 오빠를 보면 생각나는 게 있어. 한 송이의 장미, 아주 순수한 장미. 그렇게 생각하지?" 데이지는 베이커 쪽으로 얼굴을 돌려 동의를 구하는 사람처럼 다시 말했다. "그렇지? 순수한 장미 같지 않아?"

내가 느끼기엔 전혀 사실이 아니었다. 장미꽃 같은 구석을 찾으려 해도 전혀 찾을 수 없는 사람이 나였다. 그녀의 말은 즉흥적이었지만 상대의 마음을 움직이게 하는 따뜻함이 느껴졌다. 숨겨두었던 데이지의 심장은, 마치 그 아름다운 언어 뒤에서 재촉하듯 나오는 것처럼 말이다. 그러다 갑자기 그녀는 냅킨을 테이블 위에 홱 던지더니 실례한다는 말만 남기고 집 안으로 들어갔다.

나와 미스 베이커는 어떤 감정도 없는 시선을 주고받았다. 어떤 말을 꺼내려 입을 떼자마자 몸을 고쳐 앉은 베이커가 경고하는 투로 "쉬!" 하고 말했다. 이내 방 안쪽에서 격양된 감정이 묻은 나지막한 목소리가 들려왔다. 미스 베이커는 뻔뻔하게도 가만히 몸을 숙여 그 말을 엿들으려 했다. 작게 웅얼거리던 목소리가 점점 커지더니 어떤 말을 하는지 알 정도로 흥분된 목소리가 높낮이를 가진 채로 격양되다가 이내 뚝 그쳐버렸다.

나는 분위기를 바꾸려 말을 꺼냈다. "아, 아까 개츠비에 대해 이야기했죠? 제 옆집에 사는 분입니다만……."

"조용히 하세요. 저는 지금 어떤 이야기가 오가는지 알고 싶단 말이에요."

"어떤 일이라도 일어나고 있다는 말인가요?" 나는 통 모르겠다는 식으로 물었다.

"아니, 그럼 아무것도 모른다는 말씀이세요?" 그녀는 정말 몰랐냐는 표정으로 놀라 물었다. "저는 다들 알고 있을 거라 생각했어요."

"그래요? 저는 몰라요."

"아 그렇군요……." 베이커는 말을 꺼내기 어려워했지만 이내 말을 이었다. "톰에게는 다른 여자가 있어요. 바로 뉴욕 에요."

"여자가 있다고요?" 나는 공허한 표정으로 그녀가 한 말을 되새겼다.

그녀는 가만히 고개를 끄덕일 뿐이었다.

"적어도. 저녁 식사 시간에는 전화는 피했어야죠. 그 정도 의 예의는 있어야 하잖아요. 그렇게 생각하죠?"

그녀의 말이 무엇을 뜻하는지 깨닫기도 전에 옷자락이 움직이는 소리가 들렸다. 그리고 이내 가죽부츠가 소리를 내더니 톰과 데이지가 다시 탁자 앞으로 돌아왔다.

"어쩔 수 없는 일이었어요!" 데이지는 정말 아무 일도 없었다는 목소리로 소리쳤다.

미스 베이커의 표정을 살피듯 곁눈질을 한 데이지가 자리에 앉았다. 그리고 내 쪽으로 눈을 돌리더니 말했다. "방금 잠깐 바깥을 내다봤어요. 그런데 너무 낭만적이라는 생각이 들었어요. 잔디 위에는 새가 한 마리 앉아 있었는데, 아마 커나드나 화이트스타 해운 회사의 배를 타고 온 나이팅게일이 틀림없어. 그 새는 노래를 하고 있었어……." 데이지는 노래를 하는 듯 음률을 가진 채 말을 이어나갔다. "……그래, 아주 낭만적이었어. 톰, 그렇지 않았어?"

"아주 로맨틱했지." 톰은 대답하고 나서 우울하게 말했다.

"저녁을 먹고 난 뒤에도 날이 어둡지 않다면, 마구간을 보여 주고 싶어."

그때 다시 급작스럽게 집 안에 전화벨이 울렸다. 데이지는 황급하게 톰에게 몸을 향한 채 단호하게 고개를 흔들었다. 그 러자 마구간 이야기뿐만 아니라, 모든 화제가 허공에서 흩어 져 버렸다. 저녁 식사가 끝나기 마지막 오 분 전에 일어난 일 중 단편적인 일 중에서 지금까지 기억나는 건, 쓸데없이 촛 불을 다시 켜놓던 그 장면뿐이다. 사람들을 똑바로 보고 싶었 지만 나는 계속해서 그 시선을 피하고 있었다. 톰과 데이지의 머리에 어떤 생각이 움직이는지 알 수 없었지만, 지독하게 불 편한 그 어떤 상황들도 다 버텨냈을 법한 미스 베이커조차 이 집의 다섯 번째 손님의 날카로운 목소리를 깔끔하게 머리 안 에서 털어내지 못하는 것 같았다. 물론 기질에 따라 그 상황 을 흥미롭게 생각하는 사람이 있을지도 모른다. 하지만 나는 당장이라도 경찰을 부르고 싶을 정도였다.

당연한 이야기겠지만, 톰의 마구간 구경 이야기는 쏙 들어 가 버렸다. 톰과 미스 베이커는 마치 곁에 만질 수 있는 시체 가 있는 공간으로 밤을 새러 가는 사람처럼 몇 발자국 거리를 둔 채 석양을 등지고 서재로 걸어 들어갔다. 나는 귀가 잘 안 들리는 척, 기분이 괜찮다는 척 연기하며 베란다를 돌아 데이 지를 따라 현관으로 나갔다. 우리는 낮게 깔린 어둠 속에서 고리버들로 만든 의자에 나란히 앉았다.

데이지는 자기 얼굴의 예쁜 모양을 직접 느끼겠다는 듯 두 손으로 얼굴을 감싸고 낮고 부드러운 어둠 속으로 시선을 옮

겄다. 격한 감정에 휩싸여 있는 것 같았다. 나는 그녀의 마음을 보듬고자 딸아이에 대해 물었다.

"오빠, 우리는 서로를 잘 모르는 것 같애." 느닷없는 말이었다. "우리는 친척인데도, 내 결혼식에 오지 않았지?"

"그땐 전쟁터에 있었으니까."

"아, 그랬겠구나." 그녀는 잠깐 주저하더니 말했다. "그런데 말이지. 오빠, 난 그동안 너무 힘들었어. 모든 일에 냉소적인 자세를 취하게 된다구."

분명 그럴 수밖에 없는 이유가 그녀에게 있을 것 같아 보였다. 더 많은 이야기를 기다렸지만 더 이상 아무 말도 들을 수 없었다. 나는 기운 없이 그녀의 딸 이야기로 화제를 돌렸다.

"이제는 말도 제법 하겠고 밥도 먹고, 별거 다 할 줄 알겠어."

"그렇지." 그녀는 조금 얼빠진 표정으로 나를 바라봤다. "내가 그 아이를 낳고 나서 어땠는지 이야기해줄까?"

"그래, 해봐."

"지금 이 얘기를 들으면, 내 기분이 왜 이런지 알게 될 거야. 매사 왜 그런 감정을 느끼는지 말이야. 내가 딸아이를 낳고 한 시간도 채 되지 않았을 때였어. 톰이 사라져버렸어. 마취에서 완전히 깨어났을 때 꼭 버림받은 기분이었어. 간호사한테 물었어. 딸인지, 아들인지. 간호사는 딸이라고 말했고 나는 고개를 돌리고 울어버렸어. '딸이라서 다행이야. 나중에 커서 꼭 바보가 되었으면 좋겠다. 그러는 편이 세상 살기에 더 좋으니까······. 예쁘고 귀여운 바보 말이야.'"

"내가 완벽하게 모든 걸 끔찍하게 생각한다는 걸 이제 이
해해?" 데이지는 확신에 차서 말했다. "다들 그렇게 생각해.
조금 더 세상을 잘 안다는 사람조차도 말이야. 그리고 난 이
미 알아. 안 가본 데가 없고 안 해본 일이 없거든." 데이지의
눈빛이 톰의 거만함을 닮은 듯 빛났다. 그리고 주변을 둘러보
더니 섬뜩하고 경멸이 담긴 웃음소리를 냈다. "닮고 닮은 거
예요. 난 다 알아요. 오, 맙소사."

더 이상 내 주의를 끌거나 믿음을 얻지 않으려는 데이지
의 목소리가 뚝하고 끊어지자 그녀가 방금 했던 모든 말이 진
실이 아닐 거라는 느낌이 들었다. 저녁 식사 자리에서 있었던
일 전부가 그녀에게 유리한 입장을 만들고 그 유리한 감정을
내게서 이끌려는 일종의 속임수처럼 보여 마음이 불편했다.
나는 차분히 그녀의 말을 기다렸다. 역시나 그녀는 금세 귀여
운 표정으로 바꾸고 능청스러운 미소를 띤 채 나를 바라보았
다. 톰과 그녀가 비밀스럽고 유명한 어느 단체에 속해있는 걸
슬쩍 알려주는 듯한 표정이었다.

집 안은 진홍빛의 꽃이 활짝 피어난 것처럼 환하게 불이
밝혀져 있었다. 톰과 미스 베이커는 기다란 의자의 양쪽 끝에
앉아 있었고 그녀는 〈세터데이 이브닝 포스트〉를 톰에게 읽
어주고 있었다. 낮게 중얼거리는 듯 별 억양조차 없는 그녀의
목소리가 주변에 채워지자 분위기는 차츰 가라앉고 있었다.
그의 부츠에는 밝게, 그녀의 낙엽빛 머리카락에는 흐릿하게

비추던 램프의 불빛이, 그녀의 가냘픈 팔의 페이지를 넘기는 순간마다 종잇장을 따라 반짝거렸다.

우리가 방 안에 들어서자, 기다리라는 듯 손을 들었다.

"다음 호에 계속." 그녀는 잡지를 탁자에 던졌다.

초조한 사람처럼 무릎을 떨던 그녀가 자리에서 일어났다.

"벌써 열 시네요." 그녀가 천장에 매달린 시계를 본 것처럼 말했다. "이 착한 아가씨가 잠자리에 들 시각이네요."

"조던은 내일 시합이 있대. 웨스트체스터에서 말이야." 데이지가 설명했다.

"아, 당신이 바로 그 조던 베이커로군요."

그녀의 얼굴이 낯익다고 느껴졌던 이유를 비로소 깨달았다. 애슈빌과 핫스프링스, 그리고 팜비치에서 시합을 할 때 찍은 사진 속에서 유쾌하면서도 타인을 깔보는 듯한 저 표정을 본 적이 있었던 것이다. 그녀를 깎아내리는 어떤 소문을 들은 것 같았지만 하도 오래된 탓에 정확하게 기억나지는 않았다.

"잘 자. 여덟 시에 깨워줘요. 알겠죠?" 그녀는 부드럽게 말했다.

"깨웠을 때 일어난다면."

"일어날 거야. 캐러웨이 씨도 안녕히 주무세요. 나중에 또 봬요."

"또 만날 거야." 데이지가 힘주어 말했다. "오빠, 사실 내가 중매를 서려고 해. 그러니까 자주 들러. 나는 두 사람을 작정하고 엮으려고 해. 갑자기 옷장에 밀어 넣고 문을 잠가버린다거나, 보트에 태운 뒤에 바다로 뛰어 보낸다거나, 뭐 그런 거."

"잘 자." 계단에서 미스 베이커가 소리쳤다. "그 말은 못 들은 걸로 할게요."

"멋진 여자야." 톰이 잠시 후 말했다. "이런 시골에 돌아다니게 하면 안 되는데."

"누가 그렇게 한다는 거예요?" 데이지가 차갑게 물었다.

"가족이지 누구야."

"그녀에게 가족이라곤 한 천 살쯤 된 늙은 숙모 한 분뿐이야. 아무튼, 앞으로 오빠가 조던을 챙겨줘. 알겠지? 이번 여름 내내 거의 우리 집에서 주말을 보낼 작정이야. 가족적인 분위기가 저 아이에게 아주 좋은 영향을 줄 것 같아."

데이지와 톰이 잠깐 말없이 서로를 바라봤다.

"조던은 뉴욕 출신이야?" 나는 재빨리 질문했다.

"루이빌 출신이야. 조던과 나는 그곳에서 순수한 소녀 시절을 함께 보냈어. 아름답고 순수한……."

"데이지, 혹시 베란다에서 닉에게 할 말 못 할 말 가리지 않고 한 건 아니겠지?" 톰이 갑자기 물었다.

"내가?" 그녀는 나를 쳐다봤다. "음, 기억은 잘 안 나. 하지만 북유럽 인종에 관해 이야기했던 것 같애. 음, 아니야. 확실해. 그 이야기가 갑자기 생각났는데, 우리가 그보다 먼저 알아야 할 건……."

"닉, 어떤 이야기를 들었든 믿지 마." 그는 나에게 충고했다.

나는 아무런 이야기도 듣지 않았다며 가볍게 대답했다. 그리고 잠시 뒤 집에 가기 위해 자리에서 일어났다. 그들 부부는 함께 나를 따라와 문 앞에 섰다. 영롱하게 비치는 정사각형 불빛 아래였다. 내가 자동차를 출발시키려 하자 데이지가 갑자기 "잠깐!" 하고 소리쳤다.

"아, 맞아. 물어볼 말이 있었어. 깜빡 잊고 있었지 뭐야. 중요한 건데, 서부에 있을 때 어떤 여자와 약혼했다고 들었어."

"참, 맞아." 옆에 있던 톰이 거들었다. "나도 네가 약혼했다는 말을 들었어."

"그건 헛소문이야. 그럴 만한 돈도 없어."

"하지만 분명하게 들었어." 데이지가 우겼고 순간 그녀의 얼굴이 다시 꽃처럼 환하게 핀 것 같아 놀랐다. "무려 세 사람에게 들었으니, 사실이 틀림없어."

나는 그들이 하는 이야기가 무엇인지 잘 알고 있었다. 하지만 나는 절대 약혼한 적이 없었다. 사실 내가 동부로 온 이유 중 하나가 교회에서 결혼 예고를 했다는 소문 때문이었다. 그런 소문으로 오래된 친구와 절교를 할 수도 없는 노릇이고 그렇다고 소문이 난 김에 결혼을 할 수도 없었다.

나에 대한 그들의 관심에 잠시 감동했다. 그리고 그들이 알고 보면 나와 엄청나게 동떨어진 대단한 부자는 아니라는 느낌도 들었다. 그럼에도 불구하고 차를 몰아 집에 돌아오는 길 내내 혼란스럽다는 생각을 지울 수 없었다. 약간 역겹기도 했다. 데이지가 해야 할 일은 명확했다. 아이를 안고 그 집을 뛰쳐나오는 일이었다. 하지만 그녀는 전혀 그런 생각을 하지 않는 것 같았다. 톰은 톰대로 놀라웠다. '뉴욕에 여자가 있다.'

라는 사실보다 책 한 권으로 우울해졌다는 게 말이다. 그에게 자만심을 만들어주는 강인한 육체가 더 이상 그의 마음을 지지할 수 없게 된 듯, 진부한 사상의 가장자리에 부유하고 있었다.

여관의 지붕들과 붉은색 새 휘발유 펌프가 불빛을 받으며 서 있는 주유소 앞길에는 이미 여름이 깊이 들어차 있었다. 웨스트에그 집에 도착하자마자 차를 차고에 넣은 뒤 아무렇게나 버려진 잔디 롤러 위에 잠시 앉아 있었다. 바람이 불자 나무들 사이에서 몸을 부대끼는 소리가 퍼지면서 밤이 요란하고 밝게 빛났다. 자연이 만들어낸 오르간 소리가 끊임없이 울리며 땅 아래 개구리들에게 생기를 주고 있었다. 달빛 아래 지나가던 고양이의 그림자가 어른거려 고개를 돌렸을 때, 내가 혼자 있지 않았다는 걸 깨달았다. 15미터 떨어진 곳에 또 한 사람이 옆집 그림자 속에서 나타났다. 두 손을 주머니에 넣은 채, 은빛 후춧가루가 뿌려진 듯한 별들을 바라보고 있었다. 여유로운 동작과 잔디를 딛고 서 있는 안정된 자세로 미루어 볼 때 이 지역의 하늘 중 어디까지가 자신의 것인지 살펴려 나온 개츠비가 분명했다.

나는 그를 부르려고 했다. 미스 베이커가 그의 이야기를 꺼냈으니 그 얘기를 시작으로 말을 걸기 충분할 것 같았다. 그러나 나는 그에게서 혼자 있고 싶다는 암시를 보았다. 그는 두 팔을 뻗었는데 어두운 바다를 향해서였다. 나와 조금 떨어져 있기는 했지만 그는 몸을 부르르 떨고 있었다. 확실했다. 하는 수 없이 나도 바다를 향해 시선을 옮겼다. 저 멀리, 부두의 맨 끝에 작게 반짝이는 초록색 불빛을 빼고는 아무것도 보이지 않았다. 내가 다시 돌아보았을 땐 개츠비가 사라진 뒤였다. 어수선한 어둠 속에서 다시 나는 혼자가 되었다.

2

웨스트에그와 뉴욕시를 연결하는 도로의 중간 400미터는 황량한 지대를 피해 철로와 차도가 만나 나란히 달린다. 바로 쓰레기 계곡으로, 마치 재가 밀처럼 자라나 산마루, 언덕, 기괴한 정원을 만드는 믿기 힘든 농장이다. 이곳의 재는 집이나 굴뚝 그리고 굴뚝에서 피어오르는 연기 모양을 하고 있다가 안간힘을 다해 마침내는 회백색 사람 모습으로 변한다. 그리고 그 희뿌연 공기 속에서 어렴풋이 걷는 것 같다가도 이내 먼지가 되어 바닥에 무너져 내린다. 가끔씩 일렬로 줄을 선 잿빛 차들이 보이지 않는 길을 따라 오르다가 소름끼치게 무서운 삐걱거리는 소리를 내며 멈춘다. 그리고 그 즉시 회백색의 사람들이 납으로 만든 삽을 들고 몰려 올라가 앞이 보이지 않을 정도의 뿌연 구름을 만든다. 그럴 땐 그들이 하는 희한한 작업도 시야에서 완전히 사라져버린다.

그러나 그 잿빛 바닥과 끊임없이 발작적으로 피어오르는

먼지 구름 너머로 곧 T. J. 에클버그 의사의 두 눈을 볼 수 있다. 그의 눈을 푸르고 거대하다. 홍채 높이만 해도 무려 1미터에 달한다. 얼굴은 없고 눈만 보이지만, 보이지 않는 코에 걸려 있는 커다란 노란 안경 너머로 이쪽을 내려다보고 있다. 분명 어느 웃긴 안과 의사가 퀸스 지역에서 손님을 끌어오려고 광고판을 걸어놓은 뒤, 본인의 눈이 멀게 되었든 아니면 이 광고판을 까맣게 잊은 채 이사를 가 버린 게 틀림없었다. 오랜 세월이 흐를 동안 페인트를 덧칠하지 않고 햇볕과 비, 그리고 바람에 빛이 바랬지만 그 두 눈은 여전히 생각에 빠진 채 장엄한 쓰레기 매립지를 응시하고 있었다.

쓰레기 계곡은 한쪽으로는 작고 더러운 강이 흐르고 있었다. 화물선이 지나가기 위해 도개교가 올라갈 때면 멈춘 기차 안의 승객들은 삼십분 동안 그 음침한 풍경을 바라봐야 했다. 적어도 일 분 동안은 그곳에서 정차하는데, 내가 톰 뷰캐넌의 애인을 만나게 된 것도 바로 이 때문이었다.

톰에게 다른 여자가 있다는 사실은, 그의 이름이 알려진 곳이라면 어디에서든 화젯거리였다. 톰을 아는 사람들은 그가 유명한 레스토랑에 들어가서, 여자를 테이블 앞에 앉혀두고 빈둥거리다 아는 사람이 나타나면 누구든 붙잡고 떠들어댄다는 사실에 분노했다. 사실 톰의 정부가 어떻게 생겼는지 궁금하기는 했지만 만나고 싶다는 생각은 없었다. 그렇지만 결국 나는 그녀를 만나고 말았다. 어느 날 저녁, 나는 톰과 함께 기차를 타고 뉴욕을 향하고 있었다. 기차가 그 쓰레기 계곡에 멈춰 서자 그는 갑자기 자리에서 일어나 내 팔을 붙잡고는 강제로 기차에서 끌어내렸다.

"여기서 내리자구. 내가 애인을 소개해줄게." 그가 고집을
부렸다.

그가 점심 때 술을 많이 마셔 취한 게 아닐까 싶었다. 그리
고 나를 데려가겠다는 그의 결심은 마치 폭력에 가까웠다. 그
는 아마 오만하게도 내가 일요일 오후에는 별일이 없을 거라
고 생각했던 모양이었다.

석회를 발라 하얀 철로 담벼락을 넘어 그를 따라갔다. 우
리는 에클버그 의사의 시선을 받으며 길을 따라 100미터쯤
되돌아갔다. 보이는 건물이라고는 황무지 끝에 서 있는 작고
노란 벽돌 건물뿐이었다. 그 건물이 그곳에서 중심이 역할을
하는 것 같았지만, 그 옆에는 아무것도 없었다. 건물에는 상
점이 세 개 있었다. 하나는 세입자를 구하고 있었고 하나는
쓰레기 계곡 자락과 맞닿아 있는 24시간 음식점이었으며, 마
지막 상점은 자동차 정비소였다. 정비소 앞에는 "자동차 정비
소, 수리공 조지 B. 윌슨. 차 사고팝니다."라는 말이 있었다.
난 톰을 따라 그 정비소 안으로 들어갔다.

장사가 잘 안 되는 탓인지 건물 안은 텅 비어 있었다. 자
동차라고는 어두운 구석에서 먼지를 뒤집어쓰고 있는 부서
진 포드 한 대뿐이었다. 문득 이 곳의 칙칙한 분위기의 정비
소 모습과는 달리 위층에는 화려하고 로맨틱한 방들이 숨어
있을지도 모른다는 생각이 들었다. 바로 그때 주인이 헝겊 조
각에 손을 닦으면서 사무실 문 앞에 모습을 드러냈다. 금발에
금방이라도 쓰러질 듯한 핏기 없는 얼굴이었지만 잘생긴 편

이었다. 우리를 보자 그의 연푸른 눈동자에 어렴풋이 희망의 빛이 맴돌았다.

"잘 있었어, 윌슨?" 톰은 그의 어깨를 툭 쳤다. "장사는 어때?"

"그냥 그래요." 윌슨의 목소리는 힘이 없었다. "그 차는 언제 파실 건가요?"

"음, 다음 주쯤? 지금은 우리 정비사가 손을 보고 있거든."

"생각보다 굼뜨네요, 그 친구."

"아니, 그렇지 않아." 톰이 단호하게 말했다. "자네가 그렇게 생각한다면 다른 곳에 팔려고."

"아니, 그……. 제 말은 그 뜻이 아니었어요." 윌슨은 다급하게 변명했다. "다만……."

그는 말끝을 흐렸다. 톰은 조바심 나는 사람처럼 정비소 곳곳을 훑어보았다. 그때 계단을 내려오는 발소리가 들렸다. 조금 뒤 약간 살집이 있는 여자 하나가 안으로 들어오는 빛을 막고 문 앞에 섰다. 삼십 대 중반쯤 되어보였는데, 약간 살이 있는 몸이었지만 몇몇 여자에게서 볼 수 있는 육감적인 움직임이었다. 물방울무늬의 검푸른 실크 드레스 위 여자의 얼굴은 예쁜 구석이라곤 찾아볼 수 없었지만 온몸의 신경이 연기를 뿜어내듯 누구라도 알아챌 생동감을 발산했다. 그녀는 천천히 미소를 지었다. 그리고 남편이 마치 유령이라도 된 듯이 그를 지나쳐 톰에게 악수를 청하고 강렬한 눈빛으로 그를 응시했다. 그녀는 여전히 남편을 보지도 않은 채 입술에 침을 바르고 낮고 거친 목소리로 말했다.

"의자라도 가져와야지. 다들 앉으셔야 하지 않겠어?"

"아, 맞아." 윌슨은 서둘러 말하고는 회색벽으로 이어진 작은 사무실로 들어갔다. 쓰레기 계곡 근처의 모든 것이 재를 뒤집어 쓴듯이 그의 검은 양복과 푸석한 머리카락 위에도 뿌연 먼지가 덮여 있었다. 그러나 그의 아내는 그렇지 않았다. 그녀는 톰에게 가까이 다가갔다.

"만나고 싶어." 톰은 열띤 목소리였다. "다음 기차를 타."

"알겠어요."

"지하 신문 가판대에서 기다릴게."

그녀는 고개를 끄덕이며 톰에게서 멀어졌다. 그리고 조지 윌슨이 의자 두 개를 들고 사무실에서 나왔다.

우리는 길 아래쪽으로 내려가 눈에 띄지 않는 곳에서 그녀를 기다렸다. 며칠 후 독립기념일이라서 새하얗고 깡마른 이탈리아계 아이 하나가 철도를 따라 폭죽을 늘어놓고 있었다.

"여긴 끔찍한 곳이야. 안 그래?" 톰은 찡그린 얼굴을 의사 에클버그와 주고받으며 말했다.

"정말 끔찍해."

"이곳을 떠나는 게 그녀에게도 좋아."

"남편이 반대하지 않을까?"

"윌슨? 그 친구는 자기 아내가 뉴욕에 있는 여동생을 보러 가는 줄 알아. 워낙 둔감해서 자기가 살아 있는지 죽어 있는지도 모르는 사람이야."

그렇게 나는 톰 뷰캐넌과 그의 정부와 함께 뉴욕으로 향했다. 정확하게 말하자면 '함께'라는 말은 어울리지 않았다. 윌슨 부인은 다른 칸에 앉았으니까. 톰은 적어도 같은 기차를 타고 있을 이스트에그 사람들의 눈을 의식했다.

그녀는 갈색 모슬린 드레스로 갈아입었는데, 톰이 뉴욕 플랫폼에서 그녀를 부축할 때 그 드레스는 그녀의 널찍한 엉덩이에 착 달라붙어 있었다. 그녀는 신문 가판대에서 〈타운 태틀〉과 영화 잡지 한 권을 샀고 매점에 들러 콜드크림과 작은 향수 한 병을 샀다. 지상으로 올라와서는 소음이 가득 찬 차도에서 네 대의 택시를 그냥 보내고 나서 회색 시트로 장식된 라벤더색 새 택시를 골라잡았다. 우리는 택시를 타고 군중 속을 벗어나 햇빛이 들끓는 거리로 미끄러져 갔다. 그러나 바로 그때 그녀는 재빨리 창에서 눈을 돌리더니 상체를 숙여 앞쪽 유리를 두드렸다.

"저 개를 한 마리 갖고 싶어. 아파트에서 기르면 되겠어. 얼마나 좋을까? 저 개를 기른다면⋯⋯." 그녀는 진지했다.

우리는 우습게도 존 D. 록펠러를 닮은 백발노인을 향해 차를 후진했다. 노인의 목에 걸린 광주리 속에는 갓 태어난 강아지 열두어 마리가 웅크리고 있었다.

"어떤 종이죠?" 노인이 택시 창 쪽으로 다가오자 윌슨 부인이 신난 목소리로 물었다.

"말씀만 하세요. 어떤 종류를 원하시죠?"

"저는 경찰견 한 마리를 사고 싶어요. 그런 개는 안 보이네요."

노인은 미심쩍은 눈초리로 광주리 안을 들여다봤다. 그리고 이내 발버둥치는 새끼 한 마리의 목덜미를 집어 들었다.

"그건 경찰견이 아니잖아." 톰이 끼어들었다.

"딱히 경찰견이라고 할 수는 없죠." 노인의 목소리가 작아졌다. "에어데일에 가까운 종이라고 할 수 있죠." 노인은 갈색 수건 같은 개의 등허리를 쓰다듬었다. "이 털을 좀 보세요. 이 정도 털이라면 감기 같은 걸로 걱정시킬 놈이 아닙니다."

"너무 예뻐요." 윌슨 부인은 이미 들뜬 목소리였다. "얼마예요?"

"이 놈이요?" 노인은 강아지를 감탄스럽게 내려 봤다. "10달러는 주셔야 해요."

다리가 눈에 띄게 희기는 했지만, 그 강아지가 에어데일이라는 데는 의심의 여지가 없었다. 그 개는 새 주인이 된 윌슨 부인의 무릎 사이를 파고들었다. 그녀는 추위를 타지 않는다는 그 개의 털을 황홀한 듯 쓰다듬었다.

"수컷인가요, 암컷인가요?" 그녀가 우아하게 물었다.

"그 개는 수컷이에요."

"암캐야." 톰이 단언했다. "자, 여기 돈. 그 돈이면 아마 열 마리 값은 될 거야."

우리는 5번가를 향해 달렸다. 한여름의 일요일 오후는 공기마저 부드럽고 따뜻했다. 만약 길모퉁이를 돌았을 때 흰 양떼가 나타난다고 해도 놀라지 않을 정도였다.

"차를 세워요. 난 여기서 내릴게." 내가 말했다.

"안 돼." 톰이 재빨리 붙잡았다. "네가 아파트까지 가지 않는다면 머틀이 섭섭해 할 거야. 그렇지, 머틀?"

"함께 가요. 전화해서 제 동생 캐서린을 부를게요. 주변 사람들에게 미인이라는 소리를 패나 듣는 아이예요." 그녀는 조르다시피 말했다.

"글쎄요. 가고는 싶지만⋯⋯."

우리는 센트럴파크를 지나 웨스트 100번대 거리 방향으로 계속 달렸다. 택시는 158번가에 다다르자 흰 케이크를 잘라 놓은 것처럼 길게 늘어서 있는 아파트 한쪽에서 멈췄다. 윌슨 부인은 왕궁에 돌아온 여왕처럼 시선을 치켜세웠다. 이웃을 둘러본 후 개와 산 물건들을 들고 당당하게 걸어 들어갔다.

"매키 부부를 초대할 거예요. 아, 물론 내 동생도 부를 거예요." 엘리베이터가 올라가는 동안 그녀가 말했다.

그 집은 아파트 꼭대기에 있었다. 작은 거실과 주방, 그리고 화장실이 딸린 작은 침실 하나가 있었다. 거실은 태피스트리를 씌운 가구 한 세트가 문간까지 꽉 들어차 있었다. 거실에 비해 가구가 커서 돌아다니다 보면 베르사유 정원에서 그네를 타고 있는 부인들이 그려진 부분에 발이 걸려 넘어질 것 같았다. 벽에는 희끗한 바위 위에 앉아 있는 암탉이 지나치게 확대된 사진이 한 장 덩그러니 걸려 있었다. 그러나 멀리 떨어져서 보면 암탉은 챙이 커다란 모자로 보였고, 살찐 노부인의 얼굴이 방 안을 내려다보며 빙긋 웃고 있는 것 같았다. 탁자 위에는 『베드로라 하는 시몬』 책 한 권과 함께 낡은 〈타운 태틀〉 몇 권과 브로드웨이의 스캔들 따위가 실린 별 볼일 없는 잡지 몇 권이 널브러져 있었다. 윌슨 부인의 정신은 온통 개를 향하고 있었다. 엘리베이터 보이는 지푸라기를 가득 채운 상자와 우유를 사러 가서 시키지도 않은 딱딱한 비스킷 큰

통을 사왔다. 그중 한 개는 오후 내내 우유가 담긴 접시에서
천천히 녹아버렸다. 톰은 잠가두었던 옷장 한쪽을 열어 위스
키 한 병을 꺼내왔다.

나는 평생 술에 취한 적이 두 번 있었는데, 그날 오후가 바
로 두 번째였다. 그래서인지 몰라도 여덟 시가 지나도 방 안
곳곳에 밝은 햇살이 가득했음에도 불구하고, 그날 그곳에서
벌어진 모든 일들은 희미하고 몽롱한 기억으로 남아 있다. 윌
슨 부인은 톰의 무릎에 앉아 몇 사람에게 전화를 걸었다. 그
리고 나는 담배를 사러 길모퉁이에 있는 약국으로 향했다. 돌
아왔을 땐 그들이 보이지 않았다. 나는 조용히 거실에 앉아
『베드로라 하는 시몬』을 읽었다. 내용이 형편없어서인지, 위
스키에 취해 있어서였는지 도무지 이해할 수 없었다.

톰과 머틀(나와 윌슨 부인은 한잔하고 난 뒤부터 서로의 이름
을 부르기로 했다.)이 다시 등장하고, 손님들이 하나둘씩 도착
했다.

그녀의 여동생 캐서린은 서른 살쯤 돼 보였고 호리호리한
몸을 갖고 있었다. 닳고 닳은 여자처럼 보였는데 뻣뻣해 보이
는 붉은색 단발머리에 분을 칠한 모습이었다. 눈썹을 뽑고 그
위에 다른 예쁜 모양으로 눈썹을 그렸지만, 눈썹이 뽑힌 자리
에서 눈썹이 자라나 얼굴이 지저분해 보였다. 그녀가 몸을 조
금만 움직여도 두 팔에 달린 수많은 도기 팔찌가 위아래로 흔
들리며 달그락거리는 소리를 만들었다. 마치 이 집의 주인처
럼 당당하게 들어와 탐욕스러운 눈으로 가구를 둘러보는 통
에 나는 그녀가 주인인가 싶었다. 그래서 여기서 사느냐고 물

었더니, 그녀는 자극적인 소리로 웃더니 내 질문을 큰 소리로 되풀이했다. 그리고 자신은 호텔에서 여자친구와 지내고 있다고 말했다.

아래층에 살고 있다는 매키 씨는 얼굴이 창백하고 여자 같은 남자였다. 광대뼈에 흰 비누 거품 자국으로 보아 방금 막 면도를 끝낸 모양이었다. 방에 있는 사람에게 인사하는 모습이 무척 정중했다. 그는 스스로를 '예술 작업'에 종사하고 있다고 말했는데, 나중에야 비로소 그가 사진작가일 거라는 생각이 들었고, 벽에 있는 머틀 어머니의 흐릿한 확대 사진을 찍은 장본인일 거라고 짐작하게 됐다. 그의 아내는 새된, 날카로운 목소리에 활기라곤 찾아볼 수 없었지만 예쁘장한 얼굴이었다. 하지만 끔찍한 여자였다. 결혼한 후 남편이 자신의 사진을 127번이나 찍어 주었다고 떠벌렸다.

윌슨 부인은 옷을 갈아입었는데, 크림색 시폰의 화려한 야회복이었다. 그녀의 옷자락이 방 안 곳곳을 쓸고 다니는 동안 쉴 새 없이 바스락거리는 소리가 났다. 옷이 그 사람을 보여 준다더니, 그 덕분에 윌슨 부인은 달라 보였다. 자동차 정비소에서 보였던 강렬한 생기는 어느새 거만함으로 바뀌어 있었다. 시간이 지날수록 그녀의 웃음과 몸짓, 그녀의 말투까지 더욱 강하게 변했고 그녀의 존재감이 점점 부풀어 오를수록 방은 점점 좁아지는 것만 같았다. 마침내 그녀의 모습이 뿌연 담배 연기가 가득한 공기 속에서 야단스럽게 삐걱거리는 축을 따라 빙빙 돌고 있는 것처럼 보였다.

"얘." 그녀는 동생에게 뽐내듯 말했다. "대개 그런 놈들은 다 너를 속이려 하는 사기꾼이야. 돈만 생각하는 놈들이라고. 지난주에 내 발을 좀 봐달라고 어떤 여자를 여기로 불렀어. 그런데 청구서를 보고 놀랐지 뭐니. 나는 맹장 수술이라도 받았나 싶었어."

"그 여자 이름이 뭐예요?" 매키 부인이 물었다.

"에버하트 부인이에요. 이곳저곳 집을 돌아다니면서 사람들 발을 봐주는 일을 해요."

"오늘 입으신 옷 너무 아름다워요. 진짜 멋져요." 매키 부인은 감탄한 목소리였다.

윌슨 부인은 경멸스럽다는 듯 눈썹을 올리고 그녀의 칭찬을 묵살해버렸다.

"이 옷은 형편없어요. 유행도 다 지난 옷이에요. 아무렇게나 보여도 될 때, 그럴 때나 가끔 걸쳐요." 그녀가 말했다.

"그래도 부인이 입으시니까 잘 어울려요. 제 말이 어떤 말인지 아시죠?" 매키 부인은 말을 이어나갔다. "만약 제 남편 체스터가 당신의 그런 포즈를 잡아낸다면, 정말 멋진 작품을 만들 수 있을 거예요."

우리 모두는 말없이 윌슨 부인을 쳐다봤고 그녀는 두 눈을 덮은 머리카락을 쓸어 올리고 밝은 미소로 우리와 마주했다. 매키 씨는 한쪽으로 고개를 돌리고 그녀를 주시했다. 그러더니 손을 눈앞에 대고는 앞뒤로 천천히 움직였다.

"조명을 바꿔야겠어요." 잠시 후 그가 말했다. "이목구비의 입체감을 살리고 뒤쪽의 머리카락까지 살리면서 말이에요."

"조명은 안 바꾸는 게 좋을 것 같아요. 제 생각에는

요……." 매키 부인이 소리쳤다.

그녀의 남편이 "쉿!"하고 말을 끊었고 우리 모두는 다시한번 모델을 쳐다봤다. 그러자 톰은 소리를 내 하품을 하고자리에서 일어났다.

"매키 부부가 마실 만한 게 있을 거야. 머틀, 얼음과 탄산수를 더 가져와. 다들 자야한다고 말하기 전에." 톰이 말했다.

"아까 엘리베이터 보이에게 얼음을 가져오라고 시켰어요." 머틀은 하류층 특유의 게으름에 지쳤다는 듯 눈썹을 치켜올렸다. "하여간. 그런 부류의 사람들에게는 쉴 새 없이 닦달을 해야 한다니까요."

그녀는 나를 보고 어색한 미소를 지었다. 그러더니 강아지에게 달려가 열렬히 입을 맞추더니 마치 열두 명의 요리사가기다리기라도 한 듯 휙하고 주방으로 들어갔다.

"롱아일랜드에서 멋진 사진을 찍어왔어요." 매키 씨가 단호하게 말했다.

톰은 무심하게 그를 바라봤다.

"그중 둘은 액자로 만들어 아래층에 걸어놓았습니다."

"뭐가 두 개라는 거지?"

"작품 말입니다. 하나는 '몬터크포인트-갈매기' 다른 한점은 '몬터크포인트-바다'라고 이름을 붙였습니다."

머틀의 동생 캐서린이 내가 앉은 긴 의자로 와 앉았다.

"당신도 롱아일랜드에 사나요?" 그녀가 물었다.

"웨스트에그에 살고 있어요."

"정말요? 한 달 전쯤 그곳엘 갔었는데, 개츠비라는 사람의 집이었어요. 혹시 그분을 아나요?"

"네, 바로 옆집에 살고 있어요."

"근데 그분이 빌헬름 황제의 사촌인가 조카라더군요. 돈은
다 거기에서 나온다더군요."

"그래요?"

그녀는 고개를 끄덕였다.

"그런데 전, 그분이 무서워요. 저에게는 관심을 갖지 않아
주셨으면 해요."

그때 갑자기 매키 부인이 캐서린을 가리키며 말하는 바람
에 내 이웃에 대한 흥미로운 정보는 중단되고 말았다.

"여보, 내 생각엔 이분과 함께 작업하는 것도 좋을 것 같아
요." 그녀가 말을 꺼냈지만 이내 귀찮다는 듯 고개를 끄덕이
고 톰 쪽으로 몸을 돌렸다.

"저는 가능하다면 롱아일랜드에서 좀 더 작업을 했으면
해요. 그렇게 할 수만 있게 해주신다면……."

"머틀에게 부탁해봐요." 톰은 이렇게 말하고는 윌슨 부인
이 쟁반을 들고 들어오자 큰 소리로 웃음을 터뜨렸다. "이 여
자가 소개장을 써 줄 거요. 안 그래, 머틀?"

"뭘 쓴다고요?" 그녀는 놀라서 물었다.

"매키 씨에게 소개장을 써줘. 당신 남편을 모델로 작품을
만들 수 있도록 말이야. 그러면 매키가 작품을 만들어 줄 거
야." 톰이 제목을 생각하는 동안 그의 입술이 잠깐 움직였다.
〈〈주유소 펌프 앞에 서 있는 조지 B. 윌슨〉 뭐 이런 거 말이
야."

캐서린은 내 쪽으로 몸을 기울이더니 귓속말로 속삭였다.

"두 사람 다 자기 배우자를 못마땅해 해요."

"그래요?"

"못 견디겠대요." 그녀는 머틀과 톰을 차례대로 쳐다봤다.

"제 말은요. 서로 참을 수 없다고 하면서 왜 계속 사냐는 거예요. 만약 제가 저들이라면 당장 이혼하고 둘이 결혼할 거예요."

"머틀도 윌슨을 안 좋아하나요?"

내 질문에 대한 대답은 엉뚱한 곳에서 나왔다. 우리 말을 엿듣던 머틀이 직접 '그렇다'고 대답한 것이다. 그녀는 공격적이면서 음탕했다.

"봤죠?" 캐서린은 의기양양했다. 그녀는 목소리를 더 낮추더니 "두 사람을 떼어 놓고 있는 건 사실상 톰의 부인이에요. 그 여자는 가톨릭 신자인데, 가톨릭에서는 이혼을 허락하지 않거든요."라고 말했다.

데이지는 가톨릭 신자가 아니었기 때문에 이 포장된 거짓말에 충격을 받아버렸다.

"둘이 결혼을 하면 잠잠해질 때까지 서부에 가서 살 거래요." 캐서린이 이어 말했다.

"유럽으로 가는 게 더 낫겠죠."

"어머, 유럽을 좋아하시나요?" 그녀는 놀라 말했다. "전 몬테카를로에서 얼마 전에 돌아왔어요."

"그랬군요."

"바로 작년인데, 여자 친구들과 함께 갔었어요."

"오래 머물렀나요?"

"아뇨. 그냥 몬테카를로에만 있다가 바로 돌아왔어요. 마르세유를 경유해서 갔는데, 출발할 때 들고 간 1,200달러 이상은 특실 도박장에서 전부 날려버렸어요. 그래서 돌아오는데 얼마나 고생을 했는지 몰라요. 맙소사, 이제 그 도시라면 지긋지긋해요."

늦은 오후, 창문에 밀려든 풍경은 지중해의 푸른 바다를 닮았다. 그 풍경은 창문에 화려하게 비쳐들었다. 그때 매키 부인의 날카로운 목소리가 들려오는 바람에 방 안으로 시선을 돌렸다.

"저도 하마터면 실수를 할 뻔했어요." 그녀가 신이 나서 말했다. "몇 년 동안 나를 따라다니던 키 작은 유대인 놈이랑 결혼할 뻔했거든요. 나보다 못한, 수준이 떨어지는 사람이라는 걸 잘 알고 있었어요. 사람들은 그렇게 말하더군요. '루실, 그 남자에게 넌 너무 과분한 여자야.' 만약 체스터를 만나지 못했다면 그 남자가 날 차지했을 거예요."

"맞아. 하지만……." 윌슨 부인이 고개를 위아래로 움직이며 말했다. "적어도 당신은, 그와 결혼하지 않았잖아."

"그렇죠."

"근데 난 이미 결혼을 했다. 그게 바로 당신과 나의 다른 점이야."

"근데 언니는 왜 그 사람과 결혼을 한 거야? 아무도 시키지 않았어." 캐서린이 말했다.

머틀은 잠깐 생각에 빠졌다.

"그땐 그가 신사라고 생각했거든." 머틀이 입을 열었다. "교양머리가 있다고 생각했는데, 전혀 아니었어. 그는 내 신발을 핥을 자격도 없는 인간이었어."

"그래도 한동안은 미쳐 있었잖아." 캐서린이 대꾸했다.

"내가 미쳐 있었다고?" 머틀은 도저히 믿을 수 없다는 듯 소리를 빽 질렀다. "대체 누가 그런 소리를 해? 내가 그 사람한테 미쳐 있었다고 말이야? 저기 앉아 있는 저 분, 저 분한테만큼도 그 작자에게 마음을 준 적이 없어."

갑자기 나를 가리키는 바람에 모두들 나에게 비난의 눈초리를 보냈다. 나는 굳이 그에게 그녀의 과거와 아무 상관이 없다는 표정을 지어야만 했다.

"정말 내가 미쳐 있었다고 하더라도 그건 막 결혼했을 때뿐이야. 하지만 이내 아차 싶었어. 실수라는 걸 깨달았지. 그 작자는 결혼식 예복을 빌려 입었으면서도 나한테 말 한마디 없었어. 그런데 며칠 후 그 인간이 집에 없을 때 옷 주인이 옷을 찾으러 온 거야. '아, 그 옷이 당신 거였나요? 전 처음 듣는 얘기네요.'라고 물었어. 그리고 난 옷 주인에게 옷을 돌려주고 오후 내내 울었어."

"형부와 헤어지고 싶다는 걸 이해해." 캐서린이 나에게 말을 건넸다. "두 사람은 자동차 정비소에서 십일 년이나 같이 살았어요. 그리고 톰은 언니의 첫사랑이죠."

방 안 사람들은 계속해서 위스키를 찾고 있었고 벌써 두 병째 비우고 있었다. '위스키를 한 잔도 입에 대지 않고 마신 사람처럼 기분을 낼 수 있다는' 캐서린 한 사람만 예외였다.

톰은 초인종을 눌러 심부름꾼을 불렀다. 그러더니 저녁 식사로도 충분할 만한 유명한 샌드위치를 시켰다. 나는 방을 벗어나 밖으로 나가 부드러운 석양을 느끼며 동쪽 공원으로 산책을 나가고 싶었지만, 나가려고 할 때마다 귀에 자극적인 이야기들이 내 발목을 잡아당기는 바람에 다시 의자를 꼼짝없이 지키고 있었다. 여전히 도시의 하늘을 채운 노란 창문들은 조금씩 어둠이 짙어지는 길거리를 지나다 무심코 고개를 쳐드는 사람들에게 인간의 비밀을 나누어주고 있으리라. 나 또한 마찬가지였다. 각도에 따라 달라지는 그림처럼 그들의 삶에 매혹당하면서 동시에 혐오감을 느끼는, 마치 나는 집 안에 있으면서도 집 밖에도 있는 것처럼 느껴졌다.

머틀은 의자를 잡아당겨 내 앞으로 가까이 다가왔다. 느닷없이 더운 입김을 내뿜으며 그녀가 톰을 처음 만났던 순간을 털어놓았다.

"기차를 타면 언제나 마지막까지 남는 자리가 있었어요. 서로 마주보는 자리인데 거기서 사건이 시작됐어요. 나는 뉴욕으로 동생을 만나러 가는 길이었고 자고 올 생각이었어요. 톰은 멋진 양복을 입고 윤이 나는 에나멜 구두를 신고 있었는데, 눈을 뗄 수가 없었어요. 저이가 나를 쳐다볼 때마다 나는 저이 머리 위쪽에 있는 광고를 보는 척했어요. 역에 도착했을 때 톰은 흰 셔츠를 입은 가슴으로 내 팔을 누르고 있었어요. 경찰을 부르겠다고 말했지만, 저이는 거짓말이라는 걸 단번에 알아챘어요. 함께 택시를 타고 가면서도 너무 흥분해서 지하철이 아니라는 것도 못 알아챌 정도였어요. 나는 머릿속으로 계속 생각했어요. '그래, 영원히 사는 게 아니잖아. 넌 영원히 살 수 없다고.'"

머틀은 매키 부인 쪽으로 몸을 돌리며 어색한 웃음을 터뜨렸다. 방 안에는 그 웃음소리만 남은 것 같았다.

"이봐요." 머틀이 소리쳤다. "오늘 이 옷을 벗자마자 당신에게 줄게요. 나는 내일 또 한 벌을 사면 되니까. 쇼핑할 물건을 적어둬야겠어. 마사지 기구랑 파마 기구, 개 목걸이, 스프링이 달린 예쁜 재떨이. 그리고 여름 내내 시들지 않고 엄마의 무덤을 장식할 까만 비단 리본 화환까지. 잊어버리기 전에 꼭 적어둬야겠어."

아홉 시가 되었다. 그다음에 다시 시계를 쳐다봤을 땐, 벌써 열 시였다. 매키 씨가 꽉 쥔 두 주먹을 무릎 위에 올려둔 채 잠들어 있는 모습은, 마치 힘찬 활동가를 찍어놓은 사진 같았다. 나는 손수건을 꺼내 온종일 신경 쓰였던 그의 뺨에 말라붙은 거품 자국을 닦아냈다.

강아지는 탁자에 앉아 담배 연기가 가득한 방 안을 둘러보면서 이따금 작게 끙끙거렸다. 사람들은 사라졌다가 다시 나타났고 어디론가 떠날 계획을 세우다가 서로를 잃어버렸다. 그러면 다시 찾아다니다가 몇 미터도 떨어지지 않은 곳에서 서로를 다시 찾아냈다. 자정이 가까울 무렵이었다. 톰 뷰캐넌과 머틀은 얼굴을 맞대고 서서 그녀가 데이지 이름을 언급할 권리가 있는지 없는지에 대해 열띤 말다툼을 벌이고 있었다.

"데이지! 데이지! 데이지!" 윌슨 부인이 소리쳤다. "난 내가 부르고 싶을 땐 언제든지 부를 거야. 데이지! 데이지! 데이……."

그 순간 톰은 능숙하게 손바닥으로 그녀의 코를 재빨리 후려쳤다.

잠시 후 화장실 바닥에는 피 묻은 수건들이 널브러져 있었고, 여자들의 비난 소리, 이런 소란들보다 더 큰 소리로 아프다고 울부짖는 소리가 울렸다. 매키는 잠에서 깨어나 어안이 벙벙한 상태로 문 쪽으로 나가려다 잠시 멈춰 서서 뒤돌아 주위를 둘러봤다. 그의 아내와 캐서린은 구급약을 들고 비좁은 가구 사이를 비틀대며 걷다가도 비난과 위로를 번갈아 하고 있었다. 의자에 앉아 뭔가 잃은 표정으로 긴 의자 위에 누워, 꽤 많은 피를 흘리면서도 베르사유 풍경이 그려진 태피스트리를 망가뜨리지 않으려고 그 위에 〈타운 태틀〉을 펼치고 있는 머틀이 보였다. 매키가 몸을 돌려 문 쪽으로 나갔다. 나도 샹들리에에 걸어두었던 모자를 집어 들고 그의 뒤를 따랐다.

"언제 점심식사를 하죠." 엘리베이터에서 신음소리를 내며 내려가는 동안 그가 먼저 말했다.

"어디서요?"

"어디든지요."

"레버에서 손 좀 떼 주세요." 엘리베이터 보이가 말을 잘라냈다.

"미안하오. 만지고 있는 줄도 몰랐어요." 매키 씨가 위엄 있게 말했다.

"좋아요. 그렇게 하죠." 나는 그의 말에 동의했다.

……그다음에 나는 그의 침대 옆에 서 있었고 그는 속옷

차림으로 침대 시트에 들어가 앉아 커다란 포트폴리오를 보여주고 있었다……

"〈미녀와 야수〉…… 〈고독〉…… 〈식료품 가게의 늙은 말〉…… 〈브루클린 다리〉……."

그러고 나서 나는 펜실베이니아 역의 추운 지하 대합실에 반쯤 잠든 상태로 누워 조간신문 〈트리뷴〉을 읽으며 새벽 네 시 기차를 기다리고 있었다.

3

옆집에서는 여름 내내 밤마다 음악 소리가 들려왔다. 개츠
비의 푸른 정원은 샴페인을 사이에 두고 남녀의 속삭임과 별
빛으로 가득 찼다. 그 사이를 남자와 여자들이 부나비처럼 오
갔다. 나는 오후 만조 때 개츠비의 손님들이 잔교 꼭대기에
서 다이빙을 하거나 뜨거운 모래 위에서 일광욕을 즐기는 모
습을 지켜봤다. 때때로 그의 모터보트 두 대는 거대한 거품
을 만들며 수상스키를 끌고 다니면서 해협의 물길을 갈라놓
기도 했다. 주말이면 그의 롤스로이스가 셔틀버스가 되어 아
침 아홉 시부터 자정이 넘도록 시내에서 그의 파티에 오는 손
님을 실어 날랐고, 스테이션 왜건은 기차를 타고 오는 손님들
을 태우고 노란 딱정벌레처럼 부산스럽게 돌아다녔다. 그리
고 월요일에는 특별 채용한 정원사를 포함한 여덟 명의 하인
이 온종일 걸레, 솔, 망치, 정원용 가위 등을 들고 지난밤 망가
지고 더러워진 곳을 열심히 손보았다.

매주 금요일에는 뉴욕에 있는 과일가게에서 다섯 박스의 오렌지와 레몬이 배달되었고 월요일이 되면 이 오렌지와 레몬의 알맹이를 잃은 반쪽짜리 껍질이 뒷문에 피라미드처럼 쌓여 있었다. 식당에는 주스 제조 기계가 있었는데, 집사가 작은 버튼을 이백 번만 누르면, 삼십 분 안에 이백 잔의 오렌지 주스를 만들어낼 수 있었다.

적어도 이 주에 한 번은 파티를 준비하는 사람들이 그의 집에 몰려와 수백 미터에 달하는 야외용 천막과 색색의 전구를 가져와 그의 널찍한 정원을 크리스마스트리처럼 장식했다. 뷔페 테이블에는 화려한 전채요리와 양념구이 햄, 알록달록한 샐러드, 밀가루를 묻혀 튀긴 돼지고기, 어두운 금색으로 빛나는 칠면조 요리가 즐비했다. 중앙 홀에 있는 바는 청동 레일로 장식했고 진과 각종 술이 가득했다. 리큐어는 워낙 오랫동안 잊혔던 술이라서 젊은 여성들은 제대로 구별할 수도 없었다.

일곱 시가 되자 오케스트라가 도착했다. 형편없고 보잘것없어 보이는 5인조가 아니라, 오보에, 트롬본, 색소폰, 비올라, 코넷, 피콜로, 큰북과 작은북까지 갖춘 완벽한 오케스트라였다. 마지막까지 해변에서 수영을 즐기던 사람들이 돌아와 위층에서 옷을 갈아입었다. 뉴욕에서 온 자동차들은 저택 안까지 들어차 다섯 겹으로 주차되어 있었고, 홀과 복도뿐만 아니라 베란다까지 화려한 원색 옷을 입고 최신 유행의 기묘한 단발머리, 카스티야산 숄보다 더 고급스러운 숄을 걸친 여자들로 붐볐다. 바의 분위기는 흥청거렸다. 칵테일 쟁반이 사람들

사이 위를 떠다니다 바깥 정원으로 나가자 기다렸다는 듯 잡
담과 웃음소리, 즉흥적인 풍자로 분위기가 달아올랐다. 사람
을 소개받고도 그 자리에서 바로 잊어버리는가 하면, 서로의
이름도 모르는 여자들끼리 신나게 와자지껄 떠들어댔다.

태양이 지구에서 점점 멀어지고 태양의 빛이 옅어질수록
주변의 불빛은 더욱 밝아졌다. 그리고 오케스트라의 칵테일
연주가 시작되자 사람들의 목소리도 한 음 더 올라갔다. 시간
이 지날수록 유쾌한 말 한마디에 더욱더 가벼운 웃음이 터졌
다. 모여 있는 손님들이 빠르게 바뀌었고 새로운 손님이 속속
들이 도착하면서 순식간에 흩어졌다, 갑자기 모이기를 반복
했다. 한 자리에 머무르지 못한 채, 여기저기 기웃대는 자신
만만한 여자들이 사람들 사이를 비집고 다녔다. 그들은 모여
있는 사람들의 중심이 되어 즐거움의 꼭대기까지 경험하기
도 하고, 끊임없이 얼굴을 바꾸는 불빛 아래, 그보다 더 다양
하게 변하는 사람들의 표정과 목소리와 화려한 옷 사이를 미
끄러지듯 쏘다니기도 했다.

흔들거리는 오팔 드레스를 차려입은 집시 한 명이 갑자기
팔을 뻗어 머리 위에서 전달되는 칵테일 잔을 낚아챘다. 그러
더니 자신의 용기를 과시하듯 단숨에 들이켜 삼키고 프리스
코처럼 팔을 움직이며 천막 무대 위에서 홀로 춤을 추었다.
모두 잠깐 침묵했다. 하지만 오케스트라의 지휘자가 그녀의
흔들림에 맞춰 박자를 바꾸고 그녀가 풍자극에 등장하는 길
다 그레이의 대역 배우라는 확인되지 않은 말이 퍼지자 여기
저기서 술렁대기 시작했다. 드디어 파티가 시작된 것이다.

개츠비의 집을 처음 방문한 날 밤, 나는 몇 안 되는 정식으로 초대받은 손님 중 하나였을 것이다. 대부분은 개츠비의 초대가 없이 그의 집을 찾아왔다. 그들은 그저 롱아일랜드행 자동차를 타고 개츠비의 문 앞에서 내렸을 뿐이다. 그곳에서 개츠비를 아는 누군가가 소개를 해주면, 그 이후에는 놀이공원에서처럼 행동했다. 가끔 그들은 개츠비를 만나지도 않은 채 돌아가기도 했는데, 그런 단순함이 이 파티의 초대장과 다름없었다.

나는 정식으로 초대받은 손님이었다. 토요일 이른 아침, 개똥지빠귀 알처럼 푸른 제복을 입은 운전기사가 자기 주인의 초대장을 형식적으로 들고 와 우리 집 잔디밭을 가로질러 나타났다. 내용은 이러했다. 그날 밤 열리는 그의 '작은 파티'에 왕림해주신다면 영광이겠다는 초대장이었다. 그는 이미 나를 몇 번 본 적이 있어 방문하고 싶었지만 사정상 그러하지 못했다고 했다. 초대장 끝에는 위엄 있는 필치로 제이 개츠비라는 서명이 있었다.

일곱 시가 조금 넘은 시각, 나는 흰 플란넷 양복을 차려입고 그의 잔디밭으로 건너가 낯선 사람들 틈바구니에서 조금 불편한 기분을 느끼며 서성였다. 간혹 통근 열차에서 본 듯한 익숙한 얼굴이 있기도 했다. 나는 무엇보다 젊은 영국인들에게 눈이 갔다. 그들은 옷을 잘 차려입고 있었지만 어딘가 굶주린 듯한 표정을 숨기고 있었다. 낮고 진중한 목소리로 겉보기에 부유하고 믿음직한 미국인들과 이야기를 나누고 있었다. 아마 그들은 무엇인가를 팔고 있었을 것이다. 채권이든,

보험이든, 자동차든. 그들은 최소한, 눈먼 돈이 가까이 있다는 것을 너무 잘 알고 있었고 심지어 조금 말만 잘해도 그 돈이 자신의 주머니에 들어온다는 것을 확신하고 있었다.

나는 파티 장소에 들어서자마자 주인을 찾으려 했다. 한두 사람에게 개츠비가 어디 있느냐고 물었지만, 그들은 나를 놀란 얼굴로 보면서 그가 어디에 있는지 알지 못한다고 정색을 했다. 하는 수 없이 칵테일 테이블 쪽으로 슬그머니 자리를 옮길 수밖에 없었다. 그곳은 이 파티 안에서 외톨이인 사람이 그 사실을 들키지 않거나 할 일 없어 보이지 않으면서 어슬렁거릴 수 있는 유일한 장소였다.

무척이나 어색한 기분을 없애려고 술을 한잔 마시려던 찰나 조던 베이커가 나타났다. 그녀는 집 안에서 나오더니 대리석 계단 꼭대기에 서서 몸을 약간 뒤로 젖힌 채, 누군가를 깔보는 듯한 표정과 흥미롭다는 표정을 섞은 채 정원을 내려다보고 있었다.

누군가에게 환영을 받든 그러하지 않든, 지나가는 사람에게 말 한마디라도 건네기 위해서는 누군가와 함께 있을 필요가 있다는 생각이 들었다.

"안녕하세요!" 나는 그녀를 향해 걸어가면서 인사를 던졌다. 내 목소리는 정원을 부자연스럽게 가로지르는 것 같았다.

"올지도 모른다고 생각했어요." 그녀는 멍한 표정이었다. "이웃에 산다고 했잖아요."

그녀는 이제부터라도 나를 돌봐주겠다는 듯 불쑥 내 손을 잡더니 노란색 드레스를 입은 두 여자의 말에 귀를 기울였다.

"안녕하세요!" 두 여자가 동시에 인사했다. "당신이 이기지 못했다니. 너무 유감이에요."

골프 시합을 두고 하는 이야기였다. 그녀는 일주일 전 결승전에서 졌던 것이다.

"당신은 우리가 누군지 모르시죠?" 노란 드레스를 입은 두 여자 중 하나가 말했다. "한 달 전쯤 여기서 뵈었어요."

"그런데 머리를 염색하셨네요." 조던이 대꾸했고 나는 움찔했다. 그러나 두 여자는 별생각 없이 자리를 떠나버렸다. 조던의 말은 때 이르게 뜬 달을 향해 내뱉은 것과 같았다. 나는 금빛으로 그을린 그녀의 팔을 내 팔에 걸친 후 함께 계단을 내려가 정원 주위를 걸었다. 황혼 속에서 칵테일 쟁반이 우리에게 전달됐다. 우리는 노란 드레스를 입은 아까의 여자둘과 세 명의 남자와 함께 테이블에 자리를 잡았다. 세 남자의 성은 모두 같았는데, '멈블'이었다.

"이런 파티에 자주 오시나요?" 조던은 옆자리에 앉은 여자에게 말을 걸었다.

"그때, 당신과 마주쳤던 때가 마지막이었어요." 그 여자는 자신 있는 목소리로 재빨리 말했다. 그러더니 친구 쪽으로 고개를 돌렸다. "루실, 너도 그렇지?"

루실이라는 여자 역시 그렇다고 말했다.

"나는 이런 파티를 좋아해요. 내가 어떤 행동을 하는지 신경 쓰지 않아도 되니까 기분이 좋을 수밖에 없어요. 지난번에 왔을 때는 의자에 걸려 옷이 찢어졌는데 그분이 내 이름과 주소를 묻더라고요. 그리고는 일주일도 지나지 않았을 때 크루

아리에 의상실에서 새 이브닝드레스 한 벌을 받게 됐어요." 루실이 말했다.

"그걸 받았어요?" 조던이 물었다.

"당연하죠. 오늘 그 옷을 입고 오려고 했는데 가슴께가 너무 커서 줄여야 해요. 보라색 구슬이 달린 연푸른색 드레스인데 265달러나 해요."

"그렇게까지 하는 건 조금 이상해요." 또 다른 여자가 목소리를 높였다. "그 사람은 그 누구와도 사이가 나빠지지 않기를 바라는 것 같아요."

"누가 그렇다는 거죠?" 내가 물었다.

"개츠비죠. 다른 사람한테 들은 이야기로는……."

두 여자와 조던은 허물없는 사이처럼 가까이 다가가 앉았다.

"누군가가 하는 말이, 그 사람, 사람을 죽였대요."

우리는 모두 전율을 느꼈다. 세 명의 멈블 씨도 몸을 앞쪽으로 기울이고 그녀의 말에 집중했다.

"난 그 사람이 그랬을 것 같지 않아." 루실이 말했다. "그 사람이 전쟁 중에 독일 스파이였다는 말이 더 맞는 말 같아."

세 남자 중 한 명이 확인이라도 해주듯 고개를 끄덕였다.

"그 사람과 독일에서 같이 자라서 아는 것이 많은 사람에게 직접 들었습니다." 남자는 확신했다.

"아니에요. 그럴 리가 없어요. 그 사람은 전쟁 중에 미군에 소속되어 있었거든요." 첫 번째 여자가 말했고 그 말을 우리가 믿는 듯하자 그녀는 부쩍 관심을 보이며 몸을 숙이며 말했다. "개츠비가 아무도 자신을 보고 있지 않다고 느끼는 순간의 표정을 보시라구요. 틀림없이 살인을 한 사람의 눈이에요."

그녀는 눈살을 찌푸리며 몸서리를 쳤고 루실도 마찬가지였다. 우리는 모두 고개를 돌려가면서 개츠비가 어디 있는지 살폈다. 이 세상에는 수군거릴 만한 것도 별로 없는 사람들조차 개츠비에 대해서는 열심히 뒷말을 한다는 것. 그것은 개츠비가 세상 사람들에게 낭만적인 추측을 불러일으키고 있다는 증거나 다름없었다.

첫 번째 만찬이 나오기 시작할 무렵―자정이 되면 한 차례 더 식사가 나온다―조던은 정원의 다른 테이블에 자리 잡고 있는 자기 일행과 함께 식사를 하자고 나를 불렀다. 결혼한 커플 세 쌍과 조던의 경호원으로 따라온 남자가 하나 있었는데, 거친 풍자적인 이야기가 입에 붙은 고집 있는 대학생으로, 언젠가 조던이 자기에게 굴복할 거라고 믿고 있는 것 같았다. 그들은 이곳저곳을 어슬렁거리는 대신 자기들만의 위엄 있는 자세를 유지하면서 이 동네의 우아하고 고상한 품위를 대표하는 역할을 떠맡고 있었다. 이스트에그 사람들은 웨스트에그 사람들에게 짐짓 스스로를 낮추는 듯한 겸손한 태도로 웨스트에그 사람들을 대하면서도 그들의 화려한 쾌락에는 어느 정도 경계심을 갖고 있었다.

"우리 밖으로 나가요." 어색한 분위기 속에서 삼십 분 정도 시간을 보내고 있을 때 조던이 속삭였다. "이 자리는 제가 있기엔 너무 조용한 자리 같아요."

우리는 함께 자리에서 일어났고 그녀는 그 대학생에게 집주인을 찾으러 나가겠다고 말했다. 그러면서 내가 한 번도 개츠비를 만난 적이 없기 때문이라는 말을 덧붙였는데 그 말에 나는 마음이 불안했다. 대학생은 냉소적인 표정으로 침울한 듯 고개를 끄덕였다.

제일 먼저 둘러본 바에는 사람들이 붐볐다. 하지만 개츠비는 보이지 않았다. 계단 꼭대기나, 베란다에도 없었다. 어쩌다 보니 웅장해 보이는 문을 열고 천장이 높은 고딕 양식 서재로 들어가게 되었다. 영국산 참나무를 조각해 장식한 서재는 외국의 유적을 통째로 옮겨놓은 것만 같았다.

커다란 올빼미 안경을 쓴 덩치 큰 중년 남자는 술에 취한 것처럼 보였다. 큼직한 테이블 끄트머리에 앉아 흔들리는 눈빛으로 서가를 응시하고 있었다. 우리가 들어서자 그는 흥분하며 몸을 휙 돌리더니 조던을 머리에서 발끝까지 훑어보았다.

"어떻게 생각하시오?" 급작스럽게 그가 물었다.

"뭘 말하는 거죠?"

그는 서가를 향해 손을 흔들었다.

"저것들 말이오. 사실 확인할 필요는 없소. 내가 이미 다 했으니 말이오. 저것들은 정말 진짜요."

"저 책들을 말하는 건가요?"

그는 고개를 끄덕였다.

"진짜 중에서도 진짜란 말이오. 나는 혹시라도 마분지로 만든 장식용 책이 아닐까 생각했소. 하지만 페이지도 전부 있는, 완전한 진짜란 말이오. 여기 좀 보시오!"

우리가 의심할 거라고 생각한 그는 서가로 달려가 『스토더트 강연집』 제1권을 들고 돌아왔다.

"자 보시오." 그가 의기양양하게 소리쳤다. "이건 진짜로 인쇄한 책이오. 처음에는 나도 속고 말았죠. 이 집의 주인은 데이비드 벨라스코 같은 존재요. 정말 대단해. 이렇게 완벽할 수가! 놀라운 리얼리즘입니다. 적정선을 넘지도 않았고 페이지를 칼로 자르지도 않았소. 그런데 여긴 왜 들어온 거요? 뭐 찾는 물건이라도 있소?"

그는 나에게서 책을 낚아채더니 벽들이 한 장이라도 빠지면 서가가 무너질지도 모른다고 투덜거렸다. 그러더니 급히 서가에 책을 꽂았다.

"여길 어떻게들 찾아온 거요?" 그는 따져 물었다. "혹시 그냥 쫓아 온 거요? 나는 누굴 좀 따라왔소. 여긴 대부분이 누군가를 따라서 왔더군."

조던은 아무 말 없이 그를 쳐다봤다. 재미있다는 듯 보고 있었지만 경계를 늦추지 않는 태도였다.

"나는 루스벨트라는 여자가 데려다 주었소." 그는 계속 떠들었다. "클로드 루스벨트. 그 여자를 아시오? 어젯밤 어디서 만났는데, 아무튼 나는 일주일 내내 취해 있었습니다. 서재에 오면 술이 좀 깨지 않을까 생각했었는데……."

"그래서 술은 좀 깼나요?"

"조금, 그런 것 같기도 하고. 그런데 잘은 모르겠소. 여기 들어온 지 한 시간밖에 안 됐으니까. 아, 내가 당신들에게 저

책에 대해 이야기를 했소? 저것들은 진짜 책이오. 책장도 있고. 여기를 한번 보시오."

"그건 벌써 이야기했어요."

우리는 그와 정중하게 악수를 하고 밖으로 나왔다.

정원의 천막에서는 무도회가 열리고 있었다. 늙은이들은 끝없이 원을 그리느라 젊은 여자들을 품위 없이 뒤로 밀어내고 있었고 춤을 잘 추는 커플들은 구석에서 우아하면서도 비틀대며 서로를 끌어안고 있었다. 그리고 수많은 여자들이 홀로 춤을 추거나 오케스트라 멤버 중 밴조나 타악기를 연주하는 연주자들을 따로 끄집어 내 놀았다. 자정이 되자 더욱 흥겨워하는 소리가 더 고조됐다. 유명한 테너 가수가 이탈리아어로 가곡을 불렀고 이름난 알토 가수가 재즈 풍으로 노래를 불렀다. 곡 사이사이 정원 곳곳에서는 눈길을 사로잡는 묘기가 벌어졌다. 다른 한쪽에서는 행복한 듯하지만 공허한 웃음소리가 여름 하늘 위로 솟아올랐다. 무대에 오른 쌍둥이들은─바로 노란 드레스를 입고 있던 아가씨들이었다─무대 의상을 입고 어린애 흉내를 내고 있었다. 핑거볼보다 더 큰 잔으로 샴페인이 돌았다. 달은 조금 더 높이 떠 있었고 해협 위에 둥둥 뜬 세모꼴의 은빛 비늘이 잔디 위에서 두들겨 대는 둔탁하고 작은 밴조 소리에 맞춰 약간씩 떨리고 있었다.

나는 여전히 조던 베이커와 함께 있었다. 우리는 내 또래의 남자 한 명과 별거 아닌 우스갯소리를 해도 엄청난 웃음을 터뜨리는 시끄럽고 체구가 작은 아가씨와 같은 테이블에 앉았다. 그제야 흥이 나기 시작했다. 핑거볼 두 잔 정도의 샴페인을 마시자 눈앞에서 벌어지는 파티의 광경이 뭔가 의미 있고 중요하면서도 심오한 것으로 바뀌었다.

공연 소리가 조금 잦아들었을 때, 내 또래의 남자가 나를 보고 미소를 지었다.

"우리 구면인 것 같은데요. 혹시 전쟁 때 제3사단에 근무하지 않았나요?" 그는 정중하게 말했다.

"아, 그렇습니다. 제9기관총 대대에 있었습니다."

"저는 1918년 6월까지 제7보병 연대에 있었습니다. 어쩐지 어디에선가 뵌 분 같았습니다."

우리는 잠시 비가 자주 내리던 음산한 프랑스의 작은 마을에 대해 이야기를 나누었다. 내일 아침에 얼마 전에 구입한 모터보트를 타 볼 생각이라고 말하는 거로 봐서 그는 이 근처에 살고 있는 게 틀림없었다.

"같이 타지 않겠나, 친구? 바로 이 해협 바닷가에서 말이야."

"언제?"

"언제든, 자네가 좋은 시각에."

막 그의 이름을 물어보려는 순간, 조던이 주변을 둘러보며 미소를 지었다.

"기분 좋아 보이네요." 그녀가 물었다.

"좀 나아졌어요." 나는 다시 새 친구 쪽으로 고개를 돌렸다. "이런 자리는 익숙하지 않아. 아직 주인도 만나보지 못했거든. 난 바로 저쪽 집에 살고 있어." 나는 손을 들어 저 멀리 보이지 않는 울타리를 향해 가리켰다. "개츠비라는 사람이 운전사를 시켜 초대장을 보내왔더라구."

그는 한동안 이해할 수 없다는 표정으로 나를 바라보았다.

"내가 개츠비야." 그가 불쑥 말했다.

"뭐?" 나는 소리 질러버렸다. "아, 미안."

"알고 있는 줄 알았어. 내가 아마 주인 노릇을 제대로 못했나보군."

그는 사려 깊은 미소를 지었다. 아니, 사려 깊다는 의미 이상을 담고 있는 미소였다. 그것은 영원히 변하지 않을 거라는 확신이 담긴, 일생을 통틀어 네다섯 번쯤밖에 마주하지 못할 특별한 미소였다. 한순간 외부 세계를 대면한 듯한—혹은 대면하고 있는 듯한—미소였고 또한 앞으로 어쩔 수 없이 당신을 좋아할 수밖에 없으며 당신에게 집중하겠다고 말하는, 그런 미소였다. 당신이 이해 받기 바라는 만큼 당신을 이해하고 있고 당신 스스로 믿는 만큼 당신을 믿고 있으며, 당신이 전하고 싶어 하는 최상의 호의적인 인상을 분명하게 전달받았다고 말해주는 그런 미소였던 것이다. 그리고 바로 그 순간 그 미소가 갑자기 사라져버렸다. 어느새 내 앞에는 서른한두 살쯤 먹고, 단정하지만 조금은 버릇없는 한 젊은이가 있을 뿐이었다. 그의 격식 차린 말투는 우스워 보이는 걸 조금 면할 정도였다. 자기소개를 하기 전 얼마 동안 그가 해야 할 말을 조심스럽게 골라 쓰고 있다는 인상을 받았다.

개츠비가 정체를 밝힌 후 집사가 달려와 시카고에서 전화가 왔다고 말했다. 그는 고개를 살짝 숙여 우리 모두에게 차례차례 실례하겠다고 말했다.

"어이, 친구. 필요한 게 있다면 뭐든지 말해." 그는 내게 말했다. "나중에 다시 보도록 해."

그가 자리를 뜨자마자 나는 바로 조던에게 몸을 돌렸다. 내가 얼마나 놀랐는지에 대해 그녀에게 설명을 해야 할 것 같았기 때문이었다. 나는 개츠비가 혈색 좋고 뚱뚱한 중년의 신사일 거라 상상했던 것이다.

"저 사람 대체 뭐예요? 뭘 좀 아는 게 있나요?" 내가 물었다.

"그저, 개츠비라는 이름을 가진 사람이죠."

"그러니까, 어디 출신이냐 이 말입니다. 그리고 뭘 하는 사람인지도 궁금해요."

"드디어 당신도 이 문제를 궁금해 하는군요." 그녀는 슬쩍 미소를 지으며 말했다. "언젠가 제가 직접 말해줬어요. 옥스퍼드 대학 출신이라고요."

개츠비의 배경이 차츰 뚜렷해지려 하는 것 같았지만, 그녀의 다음 말로 다시 사라져버렸다.

"그런데 난 안 믿어요."

"왜죠?"

"잘 모르겠어요." 그녀는 단호하게 말했다. "그냥 어쩐지, 그가 그 학교를 다녔을 것 같지 않아요."

그녀의 말투는 아까 다른 여자처럼 "내 생각엔 그 사람은 살인자일 것 같아요."라고 했던 것과 마찬가지로 내 호기심의 불씨를 당겼다. 개츠비가 루이지애나주의 습지 출신이거나 뉴욕의 이스트사이드 아래에서 왔다면 나는 의심 없이 그의 말을 믿었을 것이다. 그 정도면 그럴싸한 이야기다. 하지만—내 미천한 경험으로 미루어본다 해도—어디에서 온지도 모르는 젊은 사내가 롱아일랜드 해협의 궁궐 같은 저택에서 산다는 게 믿을 수 없는 이야기긴 했다.

"어쨌든 파티는 굉장하잖아요." 이런 자질구레한 이야기는 딱 질색이라는 듯 조던은 말을 돌렸다. "그리고 난 이런 큰 파티가 좋아요. 남의 눈에 잘 띄지 않잖아요. 다른 작은 파티에서는 프라이버시라곤 찾아볼 수가 없거든요."

베이스 드럼 소리가 크게 울리더니 오케스트라 지휘자의 목소리가 정원에 메아리처럼 울렸다.

"신사 숙녀 여러분." 그가 큰 소리로 외쳤다. "개츠비 씨의 요청에 따라 블라디미르 토스토프의 최신곡을 연주하겠습니다. 이 작품은 지난 5월 카네기홀에서 성황리에 연주돼 큰 호평을 받은 적이 있습니다. 신문을 본 분들은 이 작품이 얼마나 큰 센세이션을 불러일으켰는지 아실 겁니다." 그는 쾌활한 웃음을 짓고는 이렇게 덧붙였다. "실로 엄청난 반응이었지요!" 그러자 모든 사람이 웃음을 터뜨렸다.

"이 작품은 블라디미르 토스토프의 〈세계 재즈사〉입니다." 그는 힘찬 목소리로 말을 끝마쳤다.

토스토프의 음악은 내 귀에 제대로 들어오지 않았다. 연주가 시작되자마자 대리석 계단 위에 혼자 서서 흐뭇한 표정으로 여기저기 모여 있는 사람들을 내려다보는 개츠비를 발견했기 때문이었다. 햇볕에 그을린 듯한 피부는 보기 좋게 팽팽했고 짧은 머리칼은 매일 단장하는 사람처럼 단정해보였다.

그에게서 수상쩍은 낌새는 전혀 보이지 않았다. 술을 마시지 않는다는 것 빼고는 다른 사람과 다른 점을 찾아볼 수 없었다. 그래서였는지 몰라도, 손님들의 목소리가 점점 흥에 겨워질수록 그의 모습은 더 빈틈없어 보였다. 〈세계 재즈사〉 연주가 끝나자 여자들은 남자들의 어깨 위에 다정하게 머리를 기대기도 했고 누군가 받쳐주겠지라는 생각으로 남자들의 팔이나 관중들 속으로 장난스럽게 몸을 던지기도 했다. 하지만 그 누구도 개츠비에게는 그러지 않았다. 프랑스식 단발머리를 한 여자 중 누구도 개츠비의 어깨를 건드리지 않았고 노래하는 무리 그 누구도 개츠비와 노래하지 않았다.

"실례합니다."

개츠비의 집사였다. 그는 갑자기 우리 옆에 나타났다.

"미스 베이커이신가요?" 그가 물었다. "실례지만, 개츠비 씨께서 조용히 뵙고 싶어 하십니다."

"저를요?" 그녀가 놀라 물었다.

"네, 그렇습니다."

그녀는 놀랐다는 의미로 눈썹을 추켜올렸다. 그리고 천천히 자리에서 일어나 집사를 따라 집 쪽으로 걸어갔다. 이브닝드레스를 입은 그녀의 모습은, 그 어떤 옷을 걸쳐도 꼭 운동복처럼 보였다. 그녀는 맑은 아침, 골프장에서 처음 골프를 배우는 사람처럼, 가볍고 경쾌하게 움직였다.

나는 혼자 남았고 시간은 벌써 새벽 두 시가 다 되어가고 있었다. 테라스 위 창이 많은 길쭉한 방에서는 한동안 소란스럽고 흥미로운 소리가 들려왔다. 조던을 따라왔던 대학생은 코러스를 하는 여자 둘과 함께 음담패설을 하면서 나보고 함께 어울리자고 했다. 나는 그를 피해 저택 안으로 들어갔다.

큰 방은 사람들로 가득 차 있었다. 노란 드레스를 입은 여자 중 하나는 피아노를 치고 있었다. 그녀 옆에는 유명 코러스 출신으로 키가 큰 붉은 머리 아가씨가 노래를 부르고 있었다. 샴페인을 꽤 많이 마셨는지, 그녀는 취해 있었다. 노래를 부르면서 세상 모든 일이 슬프고 슬플 뿐이라고 결론 지은 사람처럼 흐느껴 울고 있었다. 노래를 부르다 멈추면서 숨을 헐떡거렸고 울음을 삼키다가 다시 불안정한 소프라노로 노래를 이어나갔다. 눈물이 그녀의 빰을 따라 흐르고 있었다. 그렇다고 주르륵 흘러내리는 건 아니었다. 두껍게 칠한 잉크빛 속눈썹을 따라, 먹물 같은 눈물이 실개천처럼 천천히 얼굴 위를 흐르고 있었다. 누군가 얼굴에 그려진 악보대로 노래하는 것만 같다고 우스갯소리를 하자 그녀는 두 손을 번쩍 들어 올리며 의자에 몸을 파묻은 뒤 깊은 잠에 빠져버렸다.

"저 여자가 자기가 남편이라고 하는 어떤 남자와 싸웠어요." 내 옆의 한 여자가 설명했다.

나는 주위를 살폈다. 아직까지 남아 있는 여자들 대부분은 남편이라는 남자들과 다투고 있었다. 조던의 일행이었던 이스트에그에서 온 두 부부도 말싸움을 하고 서로 떨어져 있었다. 한 남자가 호기심에 찬 표정으로 젊은 여배우에게 말을 걸었다. 그의 아내는 품위 있는 사람처럼 무관심하게 대하며 웃어넘기려다 순식간에 완전히 이성을 잃었다. 그러더니 측면에서 공격을 퍼부었다. 말이 끊어진 잠깐을 틈 타 갑작스럽게 남편에게 다가갔다. "안 그러기로 했잖아!" 최대한 분노를 억누르며 남편의 귓전에 소리쳤다.

집에 가기 싫어하는 건 노느라 정신 팔린 남자들뿐만이 아니었다. 지금 홀은 술에 취하지 않은 두 남자와 엄청나게 열 받은 그들의 아내들이 차지하고 있었다. 부인들은 흥분한 말투로 서로를 위로하고 있었다.

"내가 기분을 좀 낼라치면 우리 집 남자는 집에 가자고 보채요."

"그렇게 이기적인 소리는 처음 듣네요."

"우리도 마찬가지예요."

"어머, 오늘은 우리가 거의 마지막 손님이 된 것 같네요." 두 남자 중 한 명이 조용히 말했다. "오케스트라도 벌써 삼십 분 전에 가버렸어."

각자 남편들이 못되고 심술궂다는 의견에는 입을 모았지만 결국 언쟁은 마무리됐다. 마침내 두 여자도 발버둥 치며 어둠 속으로 끌려 나갔다.

홀에서 내 모자를 기다리고 있는 사이, 서재 문이 열리고 조던 베이커와 개츠비가 함께 걸어 나왔다. 개츠비가 마지막으로 그녀에게 말을 하려던 참이었지만, 몇몇 사람이 그에게 작별 인사를 하러 다가가자 그는 태도 속에 숨어 있던 열성적인 모습을 형식적으로 딱딱하게 바꿨다.

조던의 일행이 현관에서 그녀를 재촉했지만, 그녀는 악수를 하느라 잠시 머뭇거렸다.

"방금 너무 놀라운 이야기를 들었어요." 그녀가 속삭였다.

"내가 저 안에 얼마나 오래 있었죠?"

"글쎄, 한 시간 정도 될 거예요."

"정말, 너무 놀라운 이야기예요." 그녀는 넋이라도 나간 사람처럼 놀랍다는 이야기를 반복했다. "하지만 아무에게도 알리지 않겠다고 맹세했어요. 어쩔 수 없네요." 그녀는 내 얼굴에 대고 우아하게 하품을 했다. "연락 주세요…… 전화번호부에서…… 시고니 하워드 부인 이름을 찾아요…… 우리 숙모세요……." 그녀는 이렇게 말하면서 재빨리 걸어 나갔다. 그녀는 갈색 손을 흔들어 활기차게 인사하고는 현관에 서 있는 일행 속으로 몸을 숨겼다.

처음 방문한 주제에 이렇게 오래까지 남아 있는 게 조금 부끄러웠다. 그렇지만 개츠비를 둘러싸고 있는 손님들과 마지막까지 어울렸다. 나는 개츠비에게, 초저녁부터 찾아다녔는데 아까 정원에서 알아보지 못해 미안하다고 말하고 싶었다.

"그런 말은 됐어." 그가 힘주어 말했다. "그런 건 신경 쓰지 마, 친구." 그의 말투도 친근했지만 부드럽게 내 어깨를 쓰다듬는 그의 손길에 더 친밀하다는 느낌을 받았다. "내일 아침 아홉 시 모터보트를 같이 타기로 한 걸 잊지 마."

그때 집사가 그의 뒤에서 말했다.

"필라델피아에서 전화 왔습니다."

"그래, 금방 간다고 해. 자, 그럼 안녕히, 잘 가."

"잘 자."

"잘 가." 그가 웃으면서 말했고 그 미소에는 마치 그가 오랜 시간 동안 내가 늦게까지 남는 손님이길 바랐다는 듯한 기분 좋은, 약간은 의미심장함이 담겨 있는 것 같았다.

"안녕, 잘 가. 친구."

그러나 계단을 내려오면서 이 파티가 이대로 끝나지 않으리라는 것을 알게 됐다. 정문에서 15미터 떨어진 곳에 열두 개나 되는 헤드라이트가 기괴한 소리를 내며 떠들썩한 광경을 비추고 있었다. 개츠비의 차고를 나온 지 채 이 분도 안 된 신형 쿠페 승용차가 바퀴 하나가 달아난 채 도랑에 처박혀 있었다. 담벼락의 삐죽 튀어나온 부분 때문에 자동차 타이어가 빠진 듯 보였고 대여섯 명의 운전기사들은 호기심 많은 표정으로 그 광경을 보고 있었다. 그렇게 그들이 차를 멈추고 길을 막고 있던 덕택에 뒤에 있는 차들은 신경질적으로 경적을 울려댔고 그래서 혼란은 더더욱 심해졌다.

얇은 먼지막이 외투를 입은 남자가 망가진 차에서 내렸다. 그리고 길 한복판에 서서 유쾌하면서도 당황스러운 표정으로 차와 타이어를 쳐다보고 바로 타이어와 구경꾼들로 시선을 옮겼다.

"이런! 차가 도랑에 빠졌네요!" 그가 소리쳤다.

차가 빠진 사실이 그에게는 무척 놀라웠던 모양이다. 그의 놀라는 모습이 예사롭지 않아 천천히 훑어보니 바로 아까 개츠비의 서재에 죽치고 앉아 있던 그 사내라는 걸 깨달았다.

"어떻게 된 일이죠?"

그는 어깨를 으쓱댔다.

"난 기계에 대해선 문외한이에요." 그가 단호하게 말했다.

"어쩌다 이렇게 된 거죠? 벽을 들이 박은 건가요?"

"나한테 묻지 마세요." 자신은 이 사고와 전혀 상관없다는 듯한 표정으로 올빼미 안경이 대답했다. "난 운전을 잘 못해요. 아니, 아무것도 모른다고 해도 과언이 아니오. 어쨌든 일이 이 지경이 되었고 내가 아는 건 딱 거기까지요."

"아니, 운전할 줄도 모르면서 한밤중에 차를 몰았다는 거요?"

"난 운전을 하려는 게 아니었소." 그가 화를 내면서 설명했다. "나는 전혀 운전할 생각이 없었다고!"

구경꾼들은 겁을 먹고 입을 닫았다.

"그럼 자살하려던 참이었소?"

"바퀴 하나만 빠진 게 천만다행인 줄 아쇼. 운전도 못하는 사람이, 뭐라고? 운전을 하려는 게 아니었다고?"

"뭘 모르는 말을 하시네." 범인 취급을 받던 그가 해명했다. "내가 운전한 게 아니라구요. 안에 사람이 또 있습니다."

이 말에 모여 있던 사람 전부가 놀랐다. 그리고 차 문이 열리면서, "아, 아, 아." 소리가 들렸다. 군중—이제는 정말 군중이라고 할 정도로 많은 사람들이—은 자신들도 모르게 뒤로 물러섰다. 자동차 문이 완전히 열리자 유령이라도 본 것처럼 꼼짝도 하지 않았다. 그러자 창백한 표정으로 사람 하나가 천천히 비틀거리며 부서진 차에서 발에 잘 맞지도 않는 큼직한 댄스 슈즈를 신은 채 땅을 디뎠다.

헤드라이트 불빛 때문에 잘 보이지도 않았지만 경적 소리에 넋까지 나간 그 사람은 먼지막이 코트를 입은 사람을 알아

보기 전까지 몸을 비틀대며 불안하게 서 있었다.

"무슨 일이야?" 그가 조용히 물었다. "기름이 떨어진 거야?"

"저걸 좀 봐요!"

대여섯 명의 손가락이 동시에 빠져나간 타이어를 가리켰다. 그는 잠시 타이어를 응시하더니 하늘에서 떨어진 게 아닌가 의심하듯 하늘을 쳐다보았다.

"바퀴가 빠져버렸어요." 누군가 설명해줬다.

그는 고개를 끄덕였다.

"차가, 난 차가 서버린 줄도 몰랐어."

그는 잠깐 침묵했다. 그러고 나서 길게 숨을 내쉬더니 두 어깨를 펴고 결연한 목소리로 이렇게 말했다.

"그런데 주유소가 어디 있는지 아는 사람?"

열두 명이나 되는 사람들이, 그들 중 일부는 차에서 나온 그 유령 같은 사람보다 상태가 더 나쁜 사람도 있었지만, 그에게 차에 더 이상 바퀴가 붙어 있지 않다고 설명해주었다.

"차를 끌어냅시다." 그가 제안했다. "끌어올려 보자구."

"아니, 바퀴가 빠졌대도!"

그는 머뭇거렸다.

"그래도 한번 시도라도 해보자고."

빵빵거리는 경적소리가 커지자 나는 몸을 돌렸다. 그리고 잔디밭을 가로질러 집으로 향했다. 힐끗 뒤를 돌아 봤다. 오늘도 어김없이 웨이퍼 과자 같은 달이 개츠비 저택을 비추고 있었다. 달빛은 여전히 환히 밝은 개츠비 정원의 소음과 웃음소리보다 더 오랜 시간 머물러 있었다. 그때 창문과 커다란 문으로부터 공허함이 삐져나왔다. 현관에 서서 한 손을 쳐들고 정중한 태도로 작별인사를 하는 집주인의 모습에 완벽한 고독이 에워싸기 시작했다.

지금까지 내가 쓴 글을 읽어 보면 몇 주 간격을 두고 일어난 사흘 밤 동안의 사건들에 내가 완전히 사로잡혀 있다는 인상을 줄지 모른다. 하지만 이와는 반대로 이 모든 사건은 사람들이 붐비는 소란스러운 여름날 벌어질 법한 가벼운 사건에 지나지 않아 보인다. 한참의 시간이 지날 때까지도 나는 그 사건들보다는 내 개인적 관심사에 더 골몰해 있었다.

대부분의 시간은 일을 하며 보냈다. 이른 아침 내가 프로비티 신탁회사를 향해 뉴욕시 남쪽의 하얀 건물들 사이를 급히 빠져나갈 때면, 햇살은 내 그림자를 서쪽으로 밀어 넣었다. 나는 친하게 지내는 사무원이나 젊은 채권 판매업자들과 함께 어둡고 북적대는 식당에서 돼지로 만든 소시지와 으깬 감자, 커피를 점심으로 먹었다. 그리고 저지시티에 사는 경리과 여직원과 짧게나마 연애도 했다. 하지만 그 여자의 오빠가 계속해서 나를 못마땅한 눈빛으로 흘겨보기 시작했다. 그러다가 그녀가 7월에 휴가를 떠났을 때, 우리의 관계가 조용히 정리되도록 내버려두는 계기를 만들었다.

보통 예일 클럽에서 저녁을 먹었는데 여러 가지 이유로 이때가 하루 중 가장 우울한 시간이었다. 무슨 일이라는 뚜렷한 이유는 없었다. 식사를 마치고 위층 도서실에 올라가 한 시간 정도 투자와 채권에 대한 공부를 했다. 클럽에는 시끄러운 녀석도 몇몇 있긴 하지만 그들은 도서실까지는 절대 들어오지 않았다. 공부하기에는 적절한 장소였다. 공부를 끝내고 밤 날씨가 따듯하면 매디슨 가를 따라 괜찮은 밤공기를 마시고 어슬렁어슬렁 걸으며 유서 깊은 머리 호텔을 지나 33번가 너머 펜실베이니아 역까지 걸었다.

나는 뉴욕이 좋아졌다. 밤이면 활기가 넘치고 모험이 가득해 보이는 분위기와 남녀와 자동차들이 쉴 새 없이 움직이며 눈동자를 어지럽히는 도시, 이 도시를 마음에 들어 하기 시작했다. 나는 5번가를 걸어 올라가 군중 속에서 신비로운 여자들을 찾아내, 순식간에 그녀의 삶에 들어가는 상상을 즐겼다. 어느 누구도 내 상상을 눈치 채거나 그러면 안 된다고 말리지 않았다. 때때로 나는 상상 속에서 그 여자들의 아파트까지 따라갔고 그녀들은 문을 열어 뒤로 돌아 미소를 짓고는 따뜻한 어둠 속으로 몸을 감추는 것, 이러한 상상을 해보기도 했다. 큰 도시 속에서 마법에 걸린 듯한 황혼의 고독을 느꼈고 사람들에게서도 느끼기 시작했다. 가령 해질 무렵 식당에서 외롭게 저녁 먹을 시간을 기다리며 쇼윈도 앞을 서성이는 사무원들, 삶 속에서 가장 쓰라린 순간을 낭비하며 밤의 안쪽을 헤매는 젊은 사무원들에게서 말이다.

다시 여덟 시가 다 되어 40번가의 어두운 골목에 극장가를 향하는 택시들이 다섯 겹으로 늘어선 것을 볼 때면 내 마음은 더 깊은 곳으로 내려앉는 느낌이었다. 택시에 탄 사람들은 차가 떠나기를 기다리면서 서로의 몸을 마주했고 노래도 불렀으며, 들리지 않는 농담에 웃음을 터뜨렸다. 담뱃불의 움직임으로 그들의 알 수 없는 몸짓을 어렴풋하게 해독하는 것뿐이었다. 나 역시 그들처럼 유쾌한 분위기에 동참하기 위해 서두르는 내 모습을 상상하면서 그들에게 행운을 빌어주었다.

나는 한동안 조던 베이커를 보지 못했다가 한여름이 다 되어서야 그녀를 만날 수 있었다. 처음에는 그녀가 골프 챔피언이라는 타이틀로 모든 사람이 그녀의 이름을 알고 있어서 그 재미에 그녀와 이곳저곳을 쏘다녔다. 하지만 상황은 그 이상으로 발전했다. 실제 그녀를 사랑하지 않았지만, 애정이 깃든 호기심 같은 게 생기고 만 것이다. 그녀가 세상을 향해 내밀고 있는 무심하고 따분한 표정 너머에는 무언가가 있었다. 처음부터 그러하진 않았겠지만, 대부분의 가식은 무언가를 숨기기 위한 도구이기 마련이다. 그리고 어느 날 나는 마침내 그것이 무엇인지 알게 됐다. 워릭의 어느 집에서인가 파티를 열었고 우리는 함께 갔다. 그녀는 빌려 온 자동차의 지붕을 열어 놓은 채 빗속에 세워뒀는데, 그것에 대해 거짓말을 했다. 나는 갑자기 데이지의 집에 갔던 날 미처 떠오르지 않았던 그녀의 이야기가 기억났다. 그녀가 처음으로 참가했던 메이저 골프 대회에서 거의 신문에 날 뻔한 사건이 있었다고 했다. 준결승 때 나쁜 자리에 놓여 있던 공을 그녀가 슬쩍 옮기려 했다는 소문이 돌았던 것이다. 스캔들로 일이 커질 뻔했지만 갑자기 사그라졌다. 단 한 명의 목격자였던 캐디가 자신이 잘못 본 것 같다고 말을 바꾸었다. 그러나 그 사건과 그 이름은 내 머리에 남아 있었다.

조던 베이커는 영리하고 약삭빠른 사람을 본능적으로 피했다. 이제와 생각해보면 그것은 그녀가 사람들이 규범을 일탈할 기회를 전혀 주지 않는 곳에서 오히려 마음을 놓는 사람이기 때문인 듯했다. 그녀는 고칠 수 없는 거짓말쟁이였다. 불리한 입장에 처하는 걸 참지 못했고 상황이 내키지 않으면 이 세상에 오만하고 거만한 미소를 지으며 자신의 강인하고 활달한 몸을 만족시키기 위해 어릴 적부터 속임수를 쓰기 시작했을 것이다.

그러거나 말거나 내 마음이 달라지지는 않았다. 여자의 거짓말은 심각하게 생각할 거리가 못 된다. 순간 그녀에게 실망하기는 했지만 그리 오래 가지는 않았다. 우리가 자동차 운전에 대해 이야기를 나눈 것도 워릭에서였다. 그녀가 일하던 사람들에게 너무 가까이 차를 몰다가 그만 일하는 사람의 상의 단추를 살짝 건드리면서 이야기는 시작됐다.

"차를 너무 험하게 모네요. 조금 더 조심하든가 아니면 몰지 않는 게 좋겠군요." 나는 다그쳤다.

"조심하고 있어요."

"당신이요? 아닌데요"

"그럼 다른 사람이 조심하겠죠." 그녀는 대수롭지 않게 대꾸했다.

"그게 무슨 말이죠?"

"그 사람들이 알아서 비켜설 거라는 말이에요." 그녀는 굽히지 않았다. "사고는 양쪽이 다 조심하지 않을 때 일어난다고요."

"당신 같은 부주의한 사람을 만나면 어쩌죠?"

"그런 일이 없길 바라야죠. 난 조심성 없는 사람을 끔찍해 해요. 내가 당신을 좋아하는 이유예요." 그녀가 대답했다.

태양빛에 긴장한 그녀의 잿빛 눈동자는 앞을 보고 있었다. 그러나 그녀는 의도적으로 우리의 관계를 변화시켰다. 나는 잠깐 동안 그녀를 사랑한다고 믿고 말았다. 그러나 나는 생각이 느리다. 그리고 내면에는 나름의 규칙이 무수히 많은 사람이다. 우선 고향에 버려두고 온 연애 관계에 대해서 확실히 빠져나오는 게 우선이라는 걸 잘 알고 있었다. 나는 일주일에 한 번씩 '당신의 사랑하는 닉'이라고 끝맺음한 편지를 그녀에게 보냈지만, 그때 내가 떠올리는 것은 오직 그녀가 테니스를 칠 때 윗입술에 콧수염처럼 땀방울이 맺힌다는 것뿐이었다. 하지만 딱 그만큼의 관계일지라도 확고하게 끊어내지 않고서는 자유로워질 수 없었다. 상대와의 관계를 잘 끊어내야만 한다는 협의 사항 같은 것이 우리 사이에는 있었다.

모든 사람은 자신이 최소한의 기본 덕목 중 한 가지를 갖고 있다고 생각하는데, 나에게는 바로 이것이다. 바로 나는 내가 알고 있는 사람 중 몇 안 되는 정직한 사람 중 한 명이다.

4

교회 종소리가 해변가 마을에 울려 퍼지는 일요일 아침, 세상 사람들은 자신의 아내를 데리러 개츠비의 집으로 몰려와 잔디밭에 유쾌한 웃음을 흩뿌리고 있었다.

"그 사람은 밀주업자예요." 젊은 여자들이 개츠비가 준비한 칵테일과 꽃 사이를 오가며 말했다. "자기가 폰 힌덴부르크의 조카고 그 악마와 육촌 사이라는 걸 알아낸 남자를 죽였대요. 여보, 저기 장미꽃 한 송이를 집어줘요. 그리고 저기 있는 크리스털 잔에 마지막 한 방울까지 따라줘요."

언젠가 기차 시간표의 빈자리에 그해 여름 개츠비의 집에 왔던 손님들의 이름을 적어놓은 적이 있다. 지금은 너무 오래되어 바래고 접힌 부분이 다 해진 그 시간표 위에는 '1922년 7월 5일 일정'이라고 적혀 있었다. 그러나 나는 뿌옇게 남아 있는 그 이름을 알아볼 수 있다. 아마 그 이름들은 개츠비의 초대를 받고도 실제로는 그에 대해 아무것도 모른 채 그에게 뜻

모를 아부를 한 사람들 하나하나를 내 입으로 설명하는 것보다 더 뚜렷한 인상을 줄 것이다.

이스트에그에서는 체스터 베커 부부, 리치 부부, 예일 대학 시절에 알고 지내던 번슨이라는 남자, 지난여름 메인 주에서 익사한 웹스터 치벳 박사가 왔다. 혼빔네, 윌리 볼테어 부부, 항상 구석에 모여 있다가 누구라도 다가오면 염소처럼 코를 벌렁대던 블랙벅 문중 사람들이 있었다. 그리고 이스메이 부부와 크리스티 부부(부부라기보다는 차라리 휴버트 아워바흐와 크리스티의 아내)와 소문에 따르면 어느 겨울 오후 특별한 이유 없이 머리가 새하얗게 변했다는 에드거 비버도 왔다.

내 기억으로는 클래런스 엔다이브도 이스트에그에서 온 사람이었다. 그는 딱 한 번, 하얀 니커보커 반바지 차림으로 왔었는데 정원에서 에티라는 건달과 다툼을 벌였다. 롱아일랜드에서 좀 더 떨어진 곳에서는 치들스 부부와 O. R. P. 슈레이더 부부, 조지아 주의 스톤월 잭슨 에이브럼스 부부, 피시가드 부부, 리플리 스넬 부부가 왔다. 스넬은 교도소에 들어가기 사흘 전부터 개츠비의 집에 머물렀는데, 완전히 취한 채로 자갈도로에 누워 있다가 율리시스 부인의 자동차에 오른팔을 깔리고 말았다. 댄시 부부 역시 왔고, 예순이 훨씬 넘은 S. B. 화이트베이트, 모리스 A. 플린크, 헤머헤드 부부와 담배 수입업자인 벨루거와 그의 딸들도 왔다.

웨스트에그에서는 폴 부부, 멀레디 부부, 그리고 세실 로벅과 세실 쉔, 주 의회 상원의원인 귤릭, '필름스 파 엑설런스' 영화사를 운영하는 뉴턴 오키드, 에크호스트와 클라이드 코언, 돈 S. 슈워트(아들), 아서 맥카티 등이 왔는데 이들 모두 영화와 관계가 있는 사람들이었다. 또 캐틀립 부부와 뱁버그 부부, 훗날 자신의 아내를 살해한 멀둔과 동생 G. 얼 먼둔이 있었다. 홍보사인 다 폰타노와 에드 리그로스, 제임스 B.(라는 이름보다 '썩은 독주'라는 별명으로 통하는) 페레와, 드종 부부, 어니스트 릴 리가 왔다. 이들은 도박을 하러 왔는데 페레가 정원을 어슬렁거리고 다니면 그가 빈털터리인 채로 잃었다는 것이고, 그것은 다음 날 '연합운송' 회사의 주가가 올라야 한다는 뜻이었다.

클립스프링어라는 사람은 그 저택에 자주, 그리고 오래 드나든 탓에 '하숙생'으로 통했다. 그에게 집이라는 게 있는지조차 의심스러웠다. 연극과 관계된 사람들로는 거스 웨이즈, 호레이스 오도너번, 레스터 마이어, 조지 덕워드, 프랜시스 불이 있었다. 또 뉴욕에서 온 인사들로는 크롬 부부와 배키슨 부부, 데이커 부부와 러셀 베티, 코리건 부부와 캘러허 부부, 듀어 부부, 스컬리 부부, S. W. 벨처, 스머크 부부, 지금은 이혼한 젊은 퀸 부부, 그리고 나중에 타임 스퀘어에서 달리는 지하철 앞으로 뛰어들어 자살한 헨리 L. 팔미토가 있었다.

베니 맥클리어핸은 늘 젊은 여자 네 명을 데리고 왔는데 늘 다른 여자들이었지만 분위기나 외모가 너무 비슷해 예전에 왔던 사람이라는 착각마저 들었다. 그들의 이름은 잊어버렸다. 재클린, 콘수엘라나 글로리아라는 이름이 있었던 것 같고 아마 준이라는 이름도 있었던 것 같다. 그들의 성은 꽃이나 달의 이름을 딴 음악적인 것이었다. 아니면 미국의 엄청난 부자들의 이름을 딴 딱딱한 이름이었던 것 같은데, 아마 조금 세세하게 물어봤다면 누구의 사촌 정도는 된다는 걸 알아냈을지도 모른다.

이들 말고도 나는 포스티나 오브라이언이 한 번 정도는 왔던 것으로 기억한다. 베데커 가문의 딸들과 전쟁 중에 총에 맞아 코가 날아간 청년 브루어, 올브럭스버거 씨와 그의 약혼녀인 미스 하그, 아디터 피츠피터스, 미국 재향 군인회 회장을 지낸 P. 주웨트 씨, 클로디아 힙과 그녀의 운전기사, 그리고 우리가 공작이라고 부르곤 했던 어딘가의 왕자인가 하는 사람이 있었는데, 이름을 들었는지 모르겠지만 지금은 완전히 잊고 말았다.

이 사람들 모두 그해 여름 개츠비의 집에 찾아왔었다.

7월 말의 어느 날 아침 아홉 시였다. 개츠비의 엄청난 차가 가파른 길을 비틀거리며 따라 올라와 우리 집 문 앞에 멈추고 3음계 멜로디로 경적을 울렸다. 그가 나를 찾아온 건 그때가 처음이었다. 그의 성대한 파티에 두 번이나 찾아갔고 갑작스런 초대에 모터보트를 탄 적도 있었지만 말이다.

"이봐, 잘 지냈어? 이따 나와 점심을 먹지. 그리고 그 전에 함께 드라이브를 할까 하는데."

그는 미국인 특유의 여유로운 다양한 동작을 내보이며 자기 차 대시보드 앞에서 몸의 균형을 잡고 있었다. 내 생각에 그의 행동은 어릴 때 무거운 것을 들어 올리는 일을 했거나, 책상 앞에 똑바로 앉아본 적이 없는, 더 깊이 생각하자면 미국인들이 때때로 벌어대는 우아하지만 즉흥적인 게임 때문인 것 같았다. 그의 특성은 꼼꼼하게 격식을 차리면서도 참을성 없어 보이는 모습으로 나타났다. 그는 잠시라도 가만히 있는 법이 없었다. 항상 다리를 떨거나 불안한 듯 손을 쥐었다 폈다를 반복했다.

내 시선을 읽었는지 그는 자신의 차를 자랑했다.

"친구, 이 차 멋지지 않아? 안 그래?" 그는 자동차를 더 잘 보이게 하려고 차에서 뛰어내렸다. "이 차 본 적 있던가?"

물론 본 적이 있다. 우리 모두 다 보았을 것이다. 고급스런 크림색에 니켈 장식이 번쩍이고 거대한 차체 곳곳이 불룩 솟아 있고 모자상자와 도시락상자와 공구함이 놓여 있는, 앞 유리는 마치 복잡하게 엉켜 있는 듯 태양을 열두세 개쯤 반사하는 그 차 말이다. 여러 겹의 창으로 된 일종의 녹색 가죽 온실 같은 그 차를 타고 우리는 시내를 향해 달렸다.

나는 지난달에 그와 여섯 번쯤 대화를 나눴는데, 아쉽게도 그와 나눌 대화가 많지 않다는 걸 알았다. 그래서인지 몰라도 그가 신비로울 거라는 첫 이미지는 점점 사라지고 그저 같은 동네의 화려한 여관집의 주인 정도로 보이기 시작했다.

그런 생각을 하던 무렵 당혹스럽게도 그와 함께 드라이브를 하게 된 것이다. 웨스트에그로 가는 길에 개츠비는 잔뜩 힘을 준 말을 채 끝내지도 않고 캐러멜색 양복을 입은 자기 무릎을 손으로 탁탁 치기 시작했다.

"이봐, 친구." 그가 갑자기 입을 열었다. "나에 대해 어떻게 생각해?"

갑작스런 말에 당황한 나는 질문에 어울릴 만한 말을 대충 늘어놓았다.

"그래, 내가 살아온 이야기를 좀 해줘야겠군." 그는 내 말을 잘랐다. "나에 대해서 이래저래 떠도는 이야기로 오해하지 않았으면 해."

아무래도 그는 그의 집에서 떠도는 그에 대한 황당한 소문을 알고 있는 것 같았다.

"정말 신에게 맹세코 진실만을 말해주겠네." 그는 선서를 하듯 오른손을 쳐들었다. "나는 중서부의 부유한 집안에서 태어났어. 부모님은 다 돌아가셨지. 자라기는 미국에서 자랐지만 교육은 옥스퍼드에서 받았어. 선조들 모두 그곳에서 배웠거든. 이건 집안의 전통이야."

그는 나를 곁눈질했다. 그제야 나는 조던 베이커가 그가 거짓말을 하는 것 같다고 한 이유를 알 것 같았다. 그는 "교육은 옥스퍼드에서"라는 말을 하면서 굉장히 서두르듯, 아니 그 말을 꺼내자마자 바로 삼켜버리는 듯, 아니면 그 말을 할 때 목구멍이 꽉 막힌 것처럼 자신을 괴롭히는 듯 말했다. 이렇게 의심이 시작되자 그의 말을 하나하나 세세하게 관찰할 수밖에 없었다. 혹시라도 음흉한 무언가가 있을 수도 있다는 생각이 들었다.

"중서부 어디?" 나는 아무렇지 않게 물었다.

"샌프란시스코."

"그렇군."

"가족들 모두 세상을 뜨는 바람에 거액의 유산을 상속받게 됐지."

가족의 돌연한 죽음에 대한 기억이 아직도 자신을 괴롭힌
다는 사람처럼 그의 음성은 엄숙했다. 나는 잠깐, 그가 나를
놀리고 있는 게 아닌지 의심했지만 그를 잠깐 힐끗 훔쳐보고
는 그렇지는 않다고 확신했다.

"그 이후로 인도의 젊은 왕자처럼 유럽의 수도 곳곳을 떠
돌면서 살았어. 파리, 베네치아, 로마에서 말이야. 그러면서
보석, 주로 루비를 수집하고 사냥을 하고, 취미로는 그림도
좀 그렸어. 그렇게 오래 전에 있었던 내 가족의 슬픈 일을 잊
으려 했어."

그의 터무니없는 말에 웃음이 터져 나오려는 걸 억지로 참
았다. 그의 말은 너무 상투적이었다. 내 머릿속에는 머리에
터번을 두른 캐릭터가 불로뉴 숲에서 호랑이를 추격하는 모
습만 떠오를 뿐이었다.

"그런데 전쟁이 터졌어. 친구, 나에게는 그 일이 오히려 휴
식과도 같았어. 죽으려고 노력했던 내 노력이 드디어 열매를
맺게 되는 것 같았어. 나는 죽으려 무지 애를 썼지만 내 목숨
은 마법에 빠진 것 같았어. 전쟁 시작 때부터 중위로 참전을
했어. 아르곤 숲 전투에서 기관총 부대 둘을 이끌었는데 아군
의 보병 주력으로 1킬로미터 틈이 생긴 거야. 우리는 그곳에
서 앞으로 나갈 수 없었어. 루이스 기관총 16정과 병사 130명
이 이틀 낮밤 동안 고립됐어. 나중에 보병 부대가 도착했을
때 적군 시체더미 속에서 독일군 사단의 휘장을 세 개나 발견
했지. 덕분에 나는 소령으로 특진했고 연합군 정부로부터 훈

장을 받았어. 아드리아 해에 있는 작은 나라 몬테네그로에서
까지 훈장을 주더군."

그 작은 몬테네그로! 그는 그 말을 발음할 때 목소리를 높
였고 미소를 지으며 고개를 끄덕였다. 그의 미소는 몬테네그
로의 굴곡진 역사를 이해하고 있으며 그곳 사람들의 영웅적
투쟁에 깊이 공감하는 종류의 것이었다. 또한 몬테네그로의
국가 사정과 작은 나라지만 따뜻한 가슴에서 우러나는 경의
를 받게 된 것에 대해 감사를 표하는 식이었다. 나의 불신은
매혹의 말 수면 아래 점점이 가라앉고 말았다. 열두 권쯤 되
는 잡지를 대충 훑어보는 것과 비슷한 일이었다.

개츠비는 주머니에 손을 넣더니 리본에 매달린 쇳덩이 하
나를 꺼내 내 손바닥에 올려놓았다.

"이게 바로 몬테네그로에서 받은 거야."

놀랍게도 그건 마치 진짜 훈장처럼 보였다. '오드레리 디
다닐로, 몬테네그로 노콜라 렉스'라는 문장이 가장자리에 둥
그렇게 새겨져 있었다.

"뒤집어 봐."

나는 '제이 개츠비 소령의 위대한 용기를 기리며.'라는 문
구를 소리 내 읽었다.

"또 내가 늘 갖고 다니는 게 하나 더 있어. 옥스퍼드 시절
의 기념품이야. 트리니티 쿼드에서 찍은 건데 내 왼쪽 옆에
있는 사람이 지금의 돈 캐스터 백작이야."

블레이저를 입은 여섯 명의 남자가 첨탑이 내려다보이는
곳 아래 모여 있었고 지금보다는 약간 더 젊어 보이는 개츠비

가 크리켓 배트를 들고 있었다.

그렇다면 모든 게 사실이었던 것이다. 나는 베네치아 운하 대저택에 걸려 있는 화려한 호랑이 가죽들이 보이는 듯했다. 그리고 루비 상자를 열고 진홍빛으로 반짝이는 보석을 바라보며 마음을 추스르고 있는 그의 모습이 떠올랐다.

"오늘은 어려운 부탁을 하나 하려고 해." 그는 괜찮아진 얼굴로 기념품들을 주머니에 넣으면서 말했다. "그러자면 나에 대해 좀 알아 두는 게 좋다고 생각했어. 나를 별 볼일 없는 놈으로만 생각한다면 곤란해. 너도 알다시피 나는 과거에 숱하게 일어났던 슬픈 일을 잊기 위해 떠도는 이방인이니까." 그는 잠시 주저했다. 그러더니 덧붙여 말했다. "이따 오후에 말할 거야."

"점심 때?"

"아니, 그 이후에. 나는 오늘 자네가 미스 베이커 양과 차 마시기로 했다는 걸 알아."

"미스 베이커를 사랑한다는 말인가?"

"아니, 나는 그 여자를 사랑하지 않아. 그저 베이커가 나를 대신해 '이 문제'에 대해 말을 해줄 거라는 뜻이야."

그가 말하는 '이 문제'가 무엇인지 전혀 모를 수밖에 없었다. 하지만 호기심이 생긴다기보다는 조금 귀찮다는 생각이 앞섰다. 내가 베이커를 만나려고 한 건, 제이 개츠비의 이야기를 하고자 한 게 아니었다. 그의 부탁이 조금은 터무니없을 거라는 확신이 들자, 사람들이 붐비는 그 정원에 발을 들이민 것에 대해 잠깐 후회를 했다.

그는 더 이상의 다른 말을 하지 않았다. 뉴욕시에 가까워지자 그는 자세를 더 단정하게 고쳤다. 우리는 옆구리에 붉은 띠를 두른 큰 배가 있는 루스벨트 부두를 지나며 거무스레하니 빛이 바랜 장식으로 꾸며진 오래된 술집들이 줄지어 있는 자갈길을 빠르게 지나갔다. 이윽고 양쪽으로 쓰레기 계곡이 펼쳐졌다. 윌슨 부인은 숨을 몰아쉬며 기운차게 정비소의 펌프를 누르고 있었다.

우리는 차의 흙받기를 날개처럼 펼치고 롱아일랜드시티를 절반쯤 지나고 있었다. 딱 절반쯤에서 차를 멈춘 것은 고가도로 교각 사이를 달리고 있을 때, "탁! 탁! 탁!" 거리는 귀에 익은 오토바이 소리가 들리면서 경찰관 한 명이 우리 옆을 바짝 따라왔기 때문이었다.

"알겠어." 개츠비가 소리를 질렀다. 우리는 속도를 늦췄고 개츠비는 지갑에서 하얀 카드 하나를 꺼내더니 경찰관의 눈앞에 대고 흔들었다.

"괜찮습니다." 경찰관이 모자에 손을 올리고 인사하며 말했다. "개츠비 씨, 다음번에는 알아서 모시도록 하겠습니다. 실례했습니다."

"그게 뭐야? 옥스퍼드에서 찍은 사진이라도 보여준 거야?" 내가 물었다.

"아니, 언젠가 경찰서장을 도운 적이 있거든. 그랬더니 그 친구가 크리스마스 때마다 카드를 보내더군."

거대한 다리를 통과하면서 대들보를 통과한 햇빛이 지나

가는 자동차 위로 쉴 새 없이 어른거렸고, 강 건너로는 하얀 각설탕 같은 도시가 솟아 있었다. 냄새나지 않는 깨끗한 돈으로 세워졌으면 하는 도시가. 퀸스버러 다리 위에서 바라보는 뉴욕은 처음 보는 이에게는 언제나 세상의 모든 신비와 아름다움에 대한 최초의 약속처럼 느껴진다.

꽃으로 장식한 영구차가 시신을 싣고 우리 곁을 지나쳤다. 그리고 블라인드를 내린 두 대의 차, 고인의 친구들을 태운 좀 더 밝은 분위기의 마차들이 그 뒤를 따랐다. 그 친구들은 남동부 유럽인 특유의 짧은 윗입술과 슬픈 눈빛으로 우리를 내려다보았다. 그들의 우울한 휴일에 개츠비의 화려한 차가 남길 잔상을 생각하자 기분이 좋았다. 우리가 블랙웰 아일랜드를 지나갈 때 백인 운전자가 탄 리무진 한 대가 지나갔다. 그 안에는 치장을 한 남자 둘과 여자 하나, 그렇게 세 명의 흑인이 타고 있었다. 나는 그들이 경쟁이라도 하듯 달걀 노른자 위 같은 눈동자를 거만하게 움직이는 걸 보고 순간 큰 소리로 웃었다.

'이 다리를 넘어섰으니 이제 무슨 일이든 일어날 수 있어. 무슨 일이든⋯⋯.' 나는 혼자 생각에 잠겼다.

심지어 개츠비 같은 인물도 전혀 놀라울 일이 아니었다.

뜨거운 정오, 팬이 잘 돌아가는 42번가의 지하 레스토랑에서 개츠비와 점심을 먹기 위해 만났다. 밝은 바깥의 햇살 때문에 눈을 깜빡거리다가 대기실에서 다른 사람과 함께 이야기를 나누는 개츠비의 모습이 흐릿하게 보였다.

"캐러웨이 씨, 이쪽은 내 친구 울프심 씨입니다."

납작한 코에 체구가 작은 유대인 한 사람이 커다란 머리를 올려 나를 쳐다봤다. 그의 양쪽 콧구멍에는 코털이 무성하게 자라 있었다. 나는 잠깐의 시간이 지나자 어둠 속에 숨어 있던 그의 작은 눈을 찾을 수 있었다.

"……그래서 내가 그 자식을 쳐다봤지……." 울프심은 진지하게 내 손을 흔들어대며 말했다. "……그랬는데 내가 어떻게 했을 것 같나?"

"무슨 말씀이시죠?" 나는 정중하게 물었다.

나에게 건넨 말이 아니었다. 내 손을 놓고 다양한 감정을 쏟아내는 듯한 코로 개츠비를 가리키고 있었다.

"캐스포에게 돈을 건네주며 이렇게 말했어. '좋아, 캐스포. 입을 다물기 전까진 그에게는 단 한 푼도 주지 마.' 결국 그 자리에서 즉시 입을 다물더군."

개츠비는 우리 두 사람의 팔을 잡고 레스토랑 안으로 들어갔다. 울프심은 꺼내려던 다른 말을 도로 삼켜버렸다. 그리고는 최면에라도 빠진 듯 멍하게 있었다.

"하이볼로 드릴까요?" 웨이터가 물었다.

"여기도 근사하군." 울프심이 천장에 그려진 천사를 올려다보며 말했다. "하지만 난 길 건너에 있는 레스토랑이 더 좋아!"

"하이볼 좋지요." 개츠비가 웨이터에게 말하고 곧장 울프심에게 말했다. "거긴 너무 더워요."

"그렇지. 덥고 비좁지." 울프심이 말했다. "그래도 거긴 온갖 추억이 많은 곳이야."

"어디를 말씀하시는 건가요?" 내가 물었다.

"옛 메트로폴."

"옛날의 메트로폴⋯⋯." 울프심 씨는 침울한 얼굴로 반복했다. "죽은 이들의 얼굴로 가득 찼지. 이제 영영 떠나버린 친구들의 얼굴. 거기서 로지 로젠달이 총에 맞은 일은 절대 잊을 수 없을 거야. 그때 우린 여럿이서 테이블에 앉아 있었고 로지는 밤새도록 퍼마셨지. 그런데 새벽이 되어갈 무렵 웨이터가 재미있다는 표정으로 와서 말을 하더라구. 그에게 누군가가 잠깐 보자고 한다는 거였어. 로지가 '좋아.'라며 자리에서 일어나려기에 나는 그를 잡아 다시 의자에 앉혔어.

'너를 만나고 싶어 하는 그들이 이곳으로 오라고 해. 절대 이 방 밖으로 나가선 안 돼.' 하지만 로지는 내 말을 듣지 않았어. '내가 나갔다 올게.' 했지.

그때가 새벽 네 시쯤이었어. 블라인드를 올렸다면 밝은 바깥을 볼 수 있었을 거야."

"그래서 그 사람은 나갔나요?" 나는 순진하게 물었다.

"물론, 나갔지." 울프심의 코가 분노에 치민 듯 벌렁거렸다. "그는 문 쪽으로 가면서 말했지. '웨이터가 내 커피를 치우지 못 하도록 해!' 그가 인도로 나가자마자 놈들은 불룩한 그의 배에다 총을 세 발 갈겨대고는 차를 타고 달아나 버렸어."

"그중 넷은 전기의자에서 죽었죠." 나는 기억을 더듬으며 말했다.

"베커를 포함하면 모두 다섯 명이지." 그의 콧구멍은 나를 향해 벌름거렸다. "그나저나 '거래'할 곳을 찾고 계신다면 서?"

그 두 문장이 어떻게 연결된 건지 놀라웠다. 개츠비가 나 대신 대답했다.

"아, 아니에요. 이 친구는 그 사람이 아니에요." 개츠비는 딱 잘라 외쳤다.

"아니라고?" 울프심은 실망한 표정이었다.

"이 사람은 그저 친구예요. 그 문제는 나중에 따로 이야기 하자고 했잖아요."

"앗, 실례했네. 사람을 잘못 봤네." 울프심이 말했다.

작게 썰린 즙이 흐르는 고기 요리가 나오자 울프심은 옛날 메트로폴에 대한 감상적인 기억을 깡그리 잊어버리고 게걸 스럽게 먹기 시작했다. 그러면서 쉴 새 없이 눈동자를 굴리며 식당 안을 살폈다. 그의 눈길이 바로 뒤에 있는 사람에게까지 다다랐을 때, 마침내 주변 한 바퀴를 다 살핀 셈이었다. 만약 내가 없었다면 테이블 아래까지도 살폈을 것이다.

"이봐." 개츠비가 나에게 몸을 기대며 말했다. "오늘 아침, 차에서 나 때문에 화가 난 건 아니지?"

전과 같은 미소가 얼굴에 떠올랐지만, 나는 무시해버렸다.

"나는 비밀을 싫어해. 왜 나에게 솔직하게 말하지 않고 원 하는 걸 말하지 않는지 모르겠어. 도대체 왜 이 모든 걸 미스 베이커를 통해서 들어야 하는 거야?" 내가 대답했다.

"다른 뜻이 있는 건 아니야." 그는 나를 안심시키듯 말했 다. "알다시피 베이커는 훌륭한 선수야. 그런 사람이 잘못된 일을 할 리가 없잖아."

그는 갑자기 손목시계를 보더니 자리를 박차고 일어나 울프심과 나를 테이블에 남겨둔 채 밖으로 나갔다.

"전화할 곳이 있어서 그래." 개츠비를 눈으로 좇으며 울프심이 말했다. "대단하지. 안 그래? 얼굴도 미남인 완벽한 신사야."

"네."

"오그스포드 출신이잖아."

"아, 네."

"그 유명한 영국의 오그스포드 말이야. 혹시 오그스포드 대학을 아나?"

"네, 들어봤습니다."

"세계에서 유명한 대학 중 하나지."

"개츠비를 알고 지낸 지 오래됐나요?" 내가 물었다.

"몇 년 됐지." 그는 만족스러운 얼굴이었다. "운이 좋았지. 전쟁 직후에 알게 되었거든. 한 시간 정도 그와 대화를 나누고 나니 꽤 괜찮은 사람이라는 생각이 들더군. 흔히 말하자면, '아, 자네를 집에 데려가서 어머니와 여동생에게 소개시켜주면 딱 좋겠구먼.' 하고 혼잣말을 할 정도였지." 그가 잠깐 말을 멈췄다. "아, 내 커프스단추를 보고 있군 그래."

사실 나는 단추를 보고 있지 않았다. 하지만 그가 그렇게 말하는 통에 그의 팔목을 내려다보게 됐다. 이상하게도 낯익은 상아로 만들어진 단추였다.

"이건 최상급 사람 어금니로 만든 거야." 그가 알려주었다.

"그랬군요." 그는 외투 속으로 팔을 집어넣었다. "개츠비는 여자들에 대해 조심스럽게 굴지. 남의 마누라는 쳐다보지도 않는 사람이지."

그가 본능적으로 신뢰하고 있는 대상이 돌아와 식탁에 앉자 울프심은 커피를 한 모금에 마시고는 자리에서 일어났다.

"점심 잘 먹었네. 두 젊은이 사이에서 귀찮게 굴기 전에 그만 가보도록 하지." 그가 말했다.

"서두르지 마요, 마이어." 개츠비가 말렸지만, 그 말이 도통 진심 같아 보이지는 않았다. 울프심은 축복이라도 보내는 듯 손을 들어보였다.

"자네의 호의는 고맙지만 난 세대가 다르다네." 그가 정중하게 말했다. "자네들은 계속 앉아서 스포츠나 젊은 아가씨들에 대해 이야기하게나. 그리고……." 그다음 말을 알아서 상상하라는 듯 그가 다시 손을 흔들었다. "나는 올해 쉰이 넘었으니 더 이상 여기 앉아 있기 어렵다네."

악수를 하고 돌아설 때 비극적으로 생긴 그의 코가 바르르 떨리고 있었다. 혹시라도 내가 그의 기분을 상하게 하지는 않았는지 싶었다.

"저 사람은 때때로 감상적으로 굴 때가 있어. 오늘이 바로 그런 날이지. 뉴욕에서는 독특한 사람으로 유명해. 브로드웨이에 살다시피 하고." 개츠비가 설명했다.

"근데 뭐 하는 사람이지? 연극배우야?"

"아니."

"그럼, 치과의사?"

"마이어 울프심이? 전혀. 그는 도박사야." 개츠비는 망설이는 듯하다가 차분하게 덧붙였다. "1919년 월드 시리즈를 조작한 그 장본인이야."

"월드 시리즈를 조작해?" 나는 개츠비의 말을 되물었다.

머리가 아찔해질 정도로 충격적인 말이었다. 나도 1919년 월드 시리즈 조작 사건을 기억하고 있다. 하지만 나 같은 사람에게 그 사건은 어쩔 수 없는 일들로 생긴 우연한 사건이다. 한 명의 사람이 5천 명의 믿음을 가지고 놀 수 있다는 생각은 전혀 할 수 없었다. 마치 도둑질을 위해 금고를 날려버리는 식으로 말이다.

"어떻게 그런 일이 가능해?" 나는 조금의 시간이 지난 후 개츠비에게 물었다.

"그는 기회를 잡은 거야."

"근데 왜 감옥에 있지 않지?"

"아무도 그를 잡아넣을 수 없어. 그는 머리가 잘 돌아가거든."

내가 계산하겠다고 고집 부렸다. 웨이터가 거스름돈을 가져왔을 때, 톰 뷰캐넌이 레스토랑 건너편에 있는 게 보였다.

"잠깐 나를 따라와. 인사해야 할 사람이 있거든." 내가 말했다.

톰은 우리를 보자 그 자리에서 벌떡 일어났다. 그리고는 대여섯 걸음 만에 우리 앞에 왔다.

"아니, 도대체 어디에서 뭘 하고 지냈던 거야?" 톰은 다그치듯 물었다. "아니, 그나저나 밥 한 끼 먹으려고 이렇게나 멀리 나온 거야?"

"나는 그저 개츠비와 점심을 먹으러……."

나는 개츠비 쪽으로 몸을 돌렸다. 하지만 그는 어느새 사라지고 없었다.

1917년 10월의 어느 날.

(그날 오후 조던 베이커는 플라자 호텔 커피숍 딱딱한 의자에 똑바로 앉아 이렇게 말했다.)

그날 저는 보도와 잔디밭을 번갈아가며 걷고 있었어요. 걷기에는 잔디밭이 더 좋은 기분을 불러일으켰어요. 고무로 밑창을 댄 영국제 신발을 신고 있어서 바닥에 닿는 게 여간 부드러운 게 아니었거든요. 그리고 새로 산 체크무늬 치마를 입고 있었는데, 바람이 불면 적당히 날렸어요. 이렇게 바람이 부는 날이면, 집 앞에 걸려 있는 빨갛고 하얗고 파란 깃발들이 팽팽하게 펼쳐지면서 마치 불만이 있다는 듯 '탓, 탓, 탓' 하는 소리를 냈지요.

그중에서 가장 큰 깃발과 잔디밭은 모두 데이지 페이네 것이었어요. 데이지는 저보다 두 살 많은, 그래봤자 겨우 열여덟 살이었어요. 루이빌에 사는 젊은 아가씨 중 가장 인기가 높았는데, 그녀는 흰옷으로 차려입고 마찬가지로 흰색의 로드스터를 몰고 다녔어요. 그녀의 집은 늘 그녀를 찾는 전화벨이 끊이지 않았어요. 캠프 테일러에서 온 흥분한 젊은 장교들이 그녀를 차지하려고 야단이었거든요. 제발 한 시간이라도 내 달라고 애걸복걸이었어요.

그날 데이지네 집 맞은편 길모퉁이에 흰색 로드스터가 서 있었고 그 차 안에 그녀와 함께 앉아 있는 남자는 처음 보는 중위였어요. 서로에게 얼마나 빠져 있었는지, 제가 2미터 좀 안 되는 거리까지 다가가도 전혀 알아차리지 못할 정도였어요.

"안녕, 조던." 데이지가 갑자기 절 불렀어요. "잠깐 이쪽으로 와 볼래?"

동네에서 가장 유명한 데이지가 저에게 말을 건다고 생각하니 기분이 좋아졌어요. 그녀는 적십자에 붕대를 만들러 가는 길이냐고 물었고 전 그렇다고 대답했죠. 그랬더니 가서 자기는 못 간다고 전해줄 수 있냐고 말하더군요. 그 옆에 앉아 있던 장교는 데이지가 저에게 말하는 내내 그녀를 지그시 바라보고 있었어요. 그 또래의 여자라면 받고 싶어 할 정도의 시선이었어요. 너무 로맨틱한 기억이어서 아직도 기억날 정도예요. 그 장교의 이름이 바로 제이 개츠비였어요. 그리고 사 년이 넘도록 그 사람을 보지 못했어요. 심지어 나중에 롱아일랜드에서 만났을 때도 그 사람이 사 년 전의 그 사람인 줄 못 알아봤어요.

아무튼 그게 1917년의 일이었죠. 그 이듬해 저도 남자친구를 사귀기 시작했어요. 골프 시합에도 나가기 시작하면서 데이지를 자주 만나지 못했어요. 그때 데이지는 자기 또래가 아닌 나이가 많은 사람들과 어울리기 시작했죠. 그런데 이상한 소문이 돌기 시작했어요. 어느 겨울밤, 데이지가 해외로 파견 가는 군인에게 작별 인사를 하러 뉴욕으로 갈 짐을 싸

다가 엄마에게 들켰다는 소문이었어요. 그렇게 집에 붙잡혀 못 가게 되니까 집안 식구들과는 몇 주 동안 말도 하지 않았대요. 그런 일이 있고부터는 더 이상 군인들과 어울리지 않았어요. 대신 군대에 못 가는 평발이나 근시인 남자들과 만나게 된 거예요.

그리고 그다음 가을이 되자 데이지는 다시 이전처럼 명랑해졌어요. 아니, 전에도 볼 수 없었던 명랑함을 가졌다는 말이 더 맞을 거예요. 전쟁이 끝난 뒤 사교계에 발을 디디고 2월에 뉴올리언스 출신 남자와 약혼했다는 얘기가 있었어요. 그런데 6월에 시카고의 톰 뷰캐넌과 결혼했어요. 루이빌에서는 본 적 없는 그야말로 화려한 결혼식이었어요. 톰은 기차 특실 네 개를 빌려서는 백 명이나 되는 하객을 데리고 와서 실바크 호텔 한 층을 통째로 빌렸어요. 그리고 결혼식 전날에는 35만 달러짜리 진주 목걸이를 데이지 목에 걸어줬어요.

저는 신부들러리였어요. 결혼식 전날 밤 피로연이 열리기 삼십 분 전 데이지 방에 올라갔는데 그녀는 화려한 꽃 장식을 한 드레스를 차려입고 6월의 여름밤처럼 아름다운 모습으로 침대에 누워 있었어요. 그런데 그녀는 고주망태처럼 완전히 취한 상태였어요. 한 손에는 소테른 와인 병을 들고 다른 한 손에는 편지 한 장을 쥐고 있었어요.

"축하해줘. 태어나서 술을 처음 마셔보지만, 너무 좋은데?" 그녀가 작게 중얼거렸어요.

"데이지, 도대체 왜 그러는 거야?"

갑자기 무서워졌어요. 정말로 많이요. 그렇게 술 취한 여자를 한 번도 본 적이 없었거든요.

"이거 말이야." 그녀는 침대 주변을 두리번거리더니 쓰레기통을 찾았어요. 그러더니 그 안에서 진주 목걸이를 꺼내드는 거예요. "이걸 갖고 내려가서 이 물건의 주인이 누구든 찾아서 그 사람에게 돌려줘. 그리고 그 사람에게 데이지의 마음이 바뀌었다고 말해. 데이지 마음이 변했다고!"

그녀는 울기 시작했어요. 울고 또 울었어요. 저는 방에서 뛰어나가 데이지네 가정부를 찾았어요. 그리고 우리는 문을 잠그고 데이지를 차가운 욕조 안에 밀어 넣었어요. 그녀는 절대 손에 쥔 편지를 놓지 않았어요. 기어이 그 편지를 욕조 안에 쥐고 들어가더니 물에 적셔 쥐어짜 젖은 공처럼 만들었어요. 그렇게 편지가 눈처럼 조각조각 흩어지는 걸 보고나서야 비누 받침대 위에 올려놓게 해주더군요.

그녀는 아무 말도 하지 않았어요. 우리는 그녀가 암모니아 냄새를 맡게 해서 정신을 차리게 한 다음 얼음으로 이마를 문질러줬어요. 그리고 다시 드레스를 입혔어요. 삼십 분 뒤 방에서 나갈 땐 그녀의 목에 진주 목걸이를 걸었어요. 그렇게 겨우 아래로 데리고 나갔어요. 약간의 해프닝으로 끝나버렸어요. 다음 날 다섯 시에 그녀는 눈 하나 깜짝 안 하고는 톰과 결혼을 한 뒤 남태평양으로 석 달짜리 신혼여행을 떠났어요.

그 부부가 신혼여행에서 돌아왔을 때 샌터바버라에서 만났어요. 저는 그렇게 남편에게 반한 여자는 처음 봤어요. 그가 잠깐이라도 방을 나가면 데이지는 불안하게 방을 돌아다녔어요. "대체 톰은 어딜 간 거야?" 그러고는 그가 문 앞에 나타날 때까지 넋 나간 표정으로 앉아 있었어요. 게다가 모래사장에서는 그의 머리를 자신의 무릎에 올려놓은 채 한 시간씩이나 그의 눈 주위를 손가락으로 어루만졌어요. 그녀는 정말 행복에 겨운 표정으로 그를 내려다보고 있었어요. 참 감동적인 모습이죠. 그때가 8월이었어요. 제가 샌터바버라를 떠난 지 일주일 뒤 톰이 몰던 벤투라가 고속도로를 달리다가 왜건을 들이받았어요. 앞바퀴가 빠져버린 사고였는데, 옆에 타고 있던 여자의 팔이 부러져 몇몇 신문에서 다루게 됐어요. 샌터바버러 호텔에서 객실 청소하는 여자였어요.

　이듬해 4월, 데이지는 딸을 낳고는 일 년 동안 프랑스에서 지냈어요. 저는 어느 해 봄에는 칸에서 그들을 만났고 그다음에는 도빌에서 만났어요. 그 후 그들은 시카고로 돌아와 정착했어요. 당신도 알 거예요. 알다시피 데이지는 시카고에서 인기가 대단했어요. 두 사람 모두 젊고 돈 많고 제멋대로인 무리들과 어울려 다녔죠. 그렇지만 데이지에 대한 평판은 아주 좋았어요. 아마 그녀가 술을 많이 마시지 않기 때문일 거예요. 늘 취해 있는 사람들 사이에서 오롯이 맨 정신으로 있다는 건 좀 유리한 상황이 많거든요. 쓸데없는 말도 줄이게 되고 혼자 이상한 실수를 한다고 해도 모두가 제정신이 아니니 괜찮은 거죠. 데이지는 바람 같은 건 꿈도 못 꿀 사람이에요. 하지만 데이지 목소리에는 이상한 낌새가 있었어요.

　그러다 육 주 전쯤 데이지의 입으로 개츠비의 이름을 듣게 된 거예요. 제가 당신에게 물었던 걸 기억하나요? 웨스트에그에 사는 개츠비를 아느냐고 물었잖아요. 그날 당신이 돌아간 뒤 데이지가 제 방에 들어와 저를 깨웠어요. 그러고는 묻더군요. "개츠비? 어떤 개츠비를 말하는 거야?" 잠에서 덜 깬 상태였지만, 저는 그에 대해 설명을 해줬어요. 데이지는 아주 이상한 목소리로 자기가 아는 사람이 틀림없다고 했어요. 그제야 저도 그녀의 흰 차에 타고 있던 장교와 개츠비를 연결 지을 수 있었어요.

플라자 호텔을 떠난 지 삼십 분이 흘렀을 때였다. 조던 베이커는 모든 이야기를 끝냈다. 우리는 관광용 사륜마차를 타고 센트럴파크를 달리고 있었다. 벌써 해가 웨스트 50번가의 영화배우들이 사는 높은 아파트를 넘어가고 있었고 여자아이들의 귀뚜라미 같은 맑은 목소리가 풀 위의 석양을 뚫고 솟아올랐다.

　　나는 아라비아의 족장
　　당신의 사랑은 나의 것
　　당신이 잠들어 있는 어두운 밤
　　당신의 천막 속으로 몰래 들어갈 거야

"대단한 우연이네요." 내가 말했다.
"절대 우연이 아니에요."
"그럼요?"
"개츠비는 일부러 데이지 집이 보이는 만 건너편에 집을 산 거니까요."

어두운 6월의 밤에 그가 애타게 바라보던 것은 밤하늘의 별들만이 아니었다. 개츠비는 목적 없는 화려함의 자궁에서 갑자기 태어나 생생한 한 사람의 모습으로 내 앞에 나타났다.

"그는 알고 싶어 해요." 조던이 말을 이었다. "당신이 데이지를 집으로 초대하면서 자기도 불러줄 수 있는지 말이에요."

그토록 겸손한 부탁에 내 몸은 떨릴 정도였다. 무려 오 년을 기다려서 밝은 불빛으로 날아드는 나방을 끌어들일 대저택을 샀지만, 정작 개츠비 자신은 잘 알지도 못하는 남자의 정원으로 '건너 갈' 수 있는지를 묻고 있었다.

"겨우 그런 부탁을 하려고 이런 얘기를 전부 한 건가요?"

"그는 두려워하고 있어요. 너무 오래 기다려왔으니까요. 그리고 당신 기분이 상하지는 않을까 걱정하고 있고요. 그는 이상하게 완고한 모습이 있어요."

마음이 불안해졌다.

"왜 그 사람은 당신에게 직접 다리 역할을 부탁하지 않는거죠?"

"그는 데이지에게 자기 집을 보여주고 싶어 해요. 당신 집은 바로 옆이잖아요." 그녀가 설명했다.

"아!"

"그는 언젠가 데이지가 자기 파티에 와줄 거라고 생각했던 것 같아요." 조던은 말을 이었다. "하지만 데이지는 그러지 않았어요. 그 뒤로 개츠비는 만나는 사람마다 데이지를 아느냐고 물어봤어요. 그렇게 처음으로 데이지를 안다고 대답한 사람이 저였어요. 파티에서 저를 따로 불렀던 그날 말이에요.

개츠비는 정성들여 계획을 짰어요. 저는 곧장 뉴욕에서 점심을 먹자고 했는데 그가 갑자기 화를 냈어요.

'이해되지 않는 행동은 하고 싶지 않습니다. 그저 바로 옆집에서 만나고 싶어요.'

당신이 톰과 꽤 친밀한 사이라고 말해주니까 그는 노력한 계획을 없애려고 했어요. 개츠비는 톰을 잘 몰라요. 여러 해동안 시카고 신문에서 데이지의 이름을 찾아봤다고 하지만 말이에요."

날은 부쩍 어둠을 향했다. 우리가 탄 마차가 작은 다리 아래로 내려갔을 때, 나는 그녀의 황금빛 어깨를 감싸 안아 내쪽으로 끌어당겼다. 그리고 저녁을 함께 하는 게 어떻겠냐고 물었다. 데이지와 개츠비에 대한 생각이 갑자기 사라져버렸다. 그 대신 세상을 회의적으로 생각하고 깨끗하고 강인하며 조금은 머릿속이 하얀, 내 팔에 생기 있게 안겨 몸을 맡기고 있는 이 여자에게 정신을 빼앗겨버렸다. 복잡한 흥분과 함께 문득 경구 하나가 내 머릿속을 파고들었다. '세상에는 쫓는 자와 쫓기는 자, 바쁘게 뛰는 사람과 피곤한 몸을 가진 사람뿐이다.'

"데이지도 자기 삶이 필요해요." 조던이 속삭였다.

"데이지가 개츠비를 만나려 할까요?"

"데이지는 아무것도 모르고 있어요. 그리고 개츠비는 이 사실을 그녀가 모르길 바라고 있어요. 당신은 그저 데이지에게 차를 마시러 오라고 하면 돼요."

우리는 어둠 속에 켜켜이 서 있는 나무울타리를 지났다.

59번가의 정면, 공원의 한바닥을 온통 비추는 새하얀 불빛이 보였다. 개츠비나 톰 뷰캐넌과 달리, 나에게는 캄캄한 처마 밑이나 불 꺼진 간판 밑을 따라 떠도는 여자의 얼굴 같은 게 없었다. 그래서 나는 두 팔에 힘을 주고 내 곁에 있는 여자를 힘껏 끌어당겼다. 그녀의 비웃는 듯한 입술이 보였다. 나는 다시 한번 그녀를 내 얼굴 쪽으로 끌어당겼다.

5

그날 밤 웨스트에그의 집에 돌아왔을 땐, 잠깐 동안 집에 불이 난 줄 착각했다. 새벽 두 시임에도 불구하고 웨스트에그 반도 한 모퉁이가 불빛으로 환하게, 마치 활활 불타오르는 것만 같았기 때문이다. 그 모퉁이는 관목에 비쳐 환상적으로 보이기도 했고 길가를 따라 늘어선 전선으로 하여금 길쭉한 빛이 반짝이고 있었다. 길모퉁이를 돌았을 때 그 빛이 개츠비의 대저택이라는 사실을 깨달았다. 그의 저택은 꼭대기에서 지하실까지 환하게 불이 밝혀져 있었다.

처음에는 그 빛이 파티를 위한 것이라 생각했다. 파티 중에 '숨바꼭질'이나 '밀어내기 놀이' 같은 걸 하느라 온 집 안 문을 활짝 열어젖히고 난장판으로 만들고 있는 줄 알았다. 그러나 아무 소리도 들리지 않았다. 그저 바람이 전깃줄을 흔들어대며 그 바람으로 불빛이 꺼졌다 켜졌다를 반복하며 집이 어둠의 공간을 향해 눈을 깜빡거리는 것만 같았다. 내가 탄 택시가 요란한 소리를 내지르며 달아나자 개츠비가 잔디밭을 가로질러 나를 향해 걸어오는 모습이 보였다.

"집이 마치 세계박람회장 같군." 내가 말했다.

"그래?" 그는 아무것도 담기지 않은 눈동자를 자기 집으로 향했다. "그저 방을 돌아보고 있었어. 우리 코니아일랜드에 가지 않을래? 내 차로 말이야."

"그러기엔 너무 늦었는데."

"그럼 수영장에 뛰어 들어 몸을 푸는 건 어때? 여름 내내 한 번도 써먹질 않았거든."

"나는 잠을 좀 자야겠어."

"그럼 할 수 없지."

그는 잠깐 머뭇거리더니 나에게 무언가를 기다리는 눈빛을 보냈다.

"사실 베이커와 이야기를 좀 나누었어." 나는 잠시 후 말했다. "내일 데이지에게 전화해서 차를 마시러 건너오라고 할게."

"아, 그래. 그거 좋은 일이네." 그는 무관심하게 대꾸했다. "너에게 폐를 끼치고 싶지는 않은데."

"언제가 좋겠어?"

"내가 언제가 좋겠냐고?" 그는 내 말을 되받았다. "방금도 말했잖아. 너에게 폐를 끼치고 싶지 않아."

"그럼 모레는 어때?"

그는 생각에 잠겼다. 그러더니 조금 주저하면서 말했다.

"잔디를 깎아야 할 것 같애."

우리는 잔디를 내려다봤다. 내 쪽의 잔디는 귀신이라도 나올 듯 어수선했고 뚜렷한 경계선 너머 그의 잔디밭은 색이 짙고 누가 봐도 관리가 잘 되어 있었다. 혹시 정리하려는 잔디가 내 쪽의 잔디일까.

"그리고 이야기를 나눌 일이 하나 더 있어." 그는 애매하게 말하면서 조금 머뭇거렸다.

"그럼 아예 며칠 뒤로 미룰까?" 내가 물었다.

"아니, 그런 이야기가 아니라. 최소한⋯⋯." 그는 어떻게 말을 꺼내야 할지 모르겠다는 듯 왔다 갔다 했다. "그게, 내 생각엔 말이야⋯⋯. 글쎄, 저기, 너 요즘 어때? 돈을 많이 벌지는 않지?"

"응, 뭐 그렇지."

내가 대답하자 그는 안심하는 듯 자신 있게 말을 이어나갔다.

"그럴 것 같았어. 기분 나쁘게 생각하지는 마. 알다시피 내가 작은 사업을 하고 있잖아. 그래서 생각을 해봤는데. 너 수입이 그닥 많지 않다면. 요즘 실적이 별로라면⋯⋯. 근데 지금 증권사에서 일을 하지?"

"그러려고 하고 있지."

"그럼 너도 관심이 생길 거야. 시간을 많이 들이지 않고도 꽤 많은 돈을 벌 수 있거든. 뭐 가끔 비밀스럽기는 하지만 말이야."

만약 다른 상황에서 이런 대화가 오갔다면, 이 일은 내 삶에 있어 가장 큰 위기가 되었을 것이다. 그러나 이때는 그의 제안이 내가 신경 써준 일에 대한 보답으로 봐도 무방했기 때문에 나는 그 자리에서 간단하게 거절할 수 있었다.

"내가 지금은 너무 바빠. 고맙긴 하지만 다른 일을 할 시간이 전혀 없어." 내가 대답했다.

"울프심과 거래를 하라는 건 아니야." 그는 내가 지난번 점심시간에 들은 '사업'의 일로 의심하고 있다고 생각하는 것 같았다. 나는 그래서가 아니라고 분명하게 밝혔다. 그는 내가 어떤 대화라도 시작하기를 바라는 눈치였지만, 나는 이미 다른 일에 정신을 두지 못 할 정도로 피곤했다. 그러자 그는 하는 수 없이 집으로 돌아갔다.

그날 밤 내 마음은 이상하리만큼 묘하면서도 행복했다. 나는 집 현관에 들어가자마자 깊은 잠에 빠져들었다. 그래서 나는 개츠비가 코니아일랜드에 갔는지 가지 않았는지, '방을 좀 둘러보느라' 얼마나 오랜 시간 환하게 불을 밝히고 있었는지 알지 못한다. 다음 날 아침 나는 사무실에서 데이지에게 전화를 걸었다. 그리고 우리 집으로 차를 마시러 오지 않겠냐며 초대의 말을 건넸다.

"톰은 데리고 오지 않았으면 해." 나는 그녀에게 주의를 줬다.

"뭐라고?"

"톰은 데리고 오지 말라고."

"'톰'이 누군데?" 그녀는 순진한 목소리로 되물었다.

약속한 날에는 비가 퍼붓듯이 내렸다. 열한 시가 되었을 때 비옷을 입은 사람이 잔디 깎는 기계를 끌고 우리 집 문을 두드렸다. 개츠비가 보낸 사람이라고 하며 그가 우리 집의 잔디를 깎으려고 했다는 것이었다. 순간 나는 핀란드인 가정부에게 다시 와 달라고 말한다는 것을 깜빡한 걸 깨달았다. 그래서 웨스트에그까지 차를 몰고 나가 비로 젖은, 깨끗하게 청소된 골목에서 그 여자를 찾아낸 뒤 컵 몇 개와 레몬, 꽃을 샀다.

꽃은 사지 않아도 됐다. 두 시가 되자 개츠비가 보낸 온실 하나가 도착해 있었으니 말이다. 그가 보낸 화분은 셀 수 없이 많았다. 그러고 나서 한 시간 뒤 플란넬 양복에 은색 셔츠, 금빛 타이를 한 개츠비가 허겁지겁 들어왔다. 잠을 도통 못 잤는지 창백한 얼굴이었고 눈 밑에는 다크서클이 짙게 내려앉아 있었다.

"준비가 된 건가?" 들어오자마자 그가 물었다.

"잔디를 말하는 거라면, 충분해."

"잔디라니?" 그가 바보같이 물었다. "아, 잔디밭을 말하는 거군." 그는 창밖을 슬쩍 내다봤지만, 표정으로 봤을 땐 딱히 무언가를 본다는 생각이 들지 않았다.

"아주 보기 좋아졌어." 그는 애매하게 말했다. "내가 어떤 신문을 봤는데. 아마 네 시에는 비가 그친다는 것 같더라고. 〈더 저널〉일 거야. 아, 차 마실 때 필요한 건 다 준비되었나?"

식료품 저장고로 그를 데리고 갔는데 그는 핀란드인 가정부를 못마땅하게 쳐다보았다. 우리는 가게에서 사온 레몬케이크 열두 개를 자세히 살폈다.

"이 정도면 될까?" 내가 물었다.

"물론이지. 이제 충분해." 그러고는 작고 힘없는 목소리로 덧붙였다. "……친구."

비는 세 시 삼십 분쯤 뜸해지더니 짙은 안개로 바뀌었다. 이따금씩 안개 속에서 이슬비가 흩뿌려졌고 개츠비는 멍한 눈으로 클레이의 『경제학 원론』을 들여다보다가 주방을 걷는 핀란드 가정부의 발소리에 놀라 움찔하기도 하고, 눈에 보이지 않지만 창밖에서 놀라운 일들이 일어나고 있다는 듯 흐릿한 창문에 시선을 돌리기도 했다. 마침내 그는 자리에서 벌떡 일어나더니 힘없는 목소리로 집에 가야겠다고 말했다.

"왜?"

"아무도 안 올 것 같아. 시간이 너무 늦었어!" 그는 다른 약속이 있는 사람처럼 시계를 들여다봤다. "온종일 기다릴 순 없어."

"왜 그래. 바보처럼 굴지 말라고. 이제 고작 네 시 이 분 전이야."

내가 그를 누른 것처럼 그는 맥이 풀린 사람처럼 자리에 앉았다. 그와 동시에 자동차 한 대가 우리 집 앞 골목으로 들어서는 소리가 들렸다. 우리는 같이 벌떡 몸을 세웠다. 나는 어리둥절해 한 채 마당으로 나갔다.

꽃잎이 흩날리는 라일락 나무 아래로 대형 오픈카 한 대가 차도를 따라와 멈췄다. 보랏빛 삼각모자 아래로 데이지의 얼굴이 보였다. 데이지는 밝고 환한 미소로 나를 향했다.

"오빠, 여기 사는 거야?"

데이지의 활기찬 목소리는 빗속에서 물결을 그리는 것 같왔고 생기 넘치는 기분을 불러일으켜 주었다. 나는 대답을 하기 전에 그녀의 목소리의 높낮이를 그대로 귀로 좇을 수밖에 없었다. 그녀의 볼에는 푸른 페인트를 일자로 그어 내린 것처럼 한 가닥의 젖은 머리카락이 흘러내려와 있었고 손등에는 반짝이는 물방울이 촉촉이 내려앉아 있었다. 나는 차에서 내리는 그녀를 도와주었다.

"나를 사랑해?" 그녀가 내 귀에 속삭였다. "그게 아니라면 왜 나한테 혼자 오라고 한 거야?"

"라크렌트 성의 비밀이야. 운전기사더러 어디 멀리 가서 한 시간 정도 있다 오라고 해."

"퍼디, 한 시간 뒤에 돌아와요," 그녀는 기사에게 말하고 돌아서서 작게 말했다. "저 기사 이름이 퍼디야."

"저 사람도 휘발유 때문에 코에 문제가 생겼나보지?"

"아닐걸. 그런데 그건 왜요?" 그녀는 무슨 말인지 전혀 모르겠다는 얼굴로 천진난만하게 말했다.

우리는 안으로 들어갔다. 그런데 놀랍게도 거실에는 아무도 없었다.

"어라? 이거 참 웃기는 일이네." 나는 큰 소리로 말했다.

"뭐가 웃기다는 거야?"

그때 현관문에서 가볍지만 정중한 노크 소리가 들렸다. 그녀는 그쪽으로 고개를 돌렸다. 내가 나가 문을 열었을 때 문 앞에는 개츠비가 죽은 사람 같은 창백한 얼굴로, 양손에는 마치 아령을 쥔 듯이 상의 주머니에 찔러 넣은 채, 빗물이 고인 물웅덩이 속에서 슬픈 얼굴로 서 있었다.

두 손을 여전히 호주머니에 넣은 채 개츠비는 나를 지나쳐 복도로 걸어 들어갔다. 그리고 전깃줄에 걸린 사람처럼 몸을 휙 돌리더니 거실로 사라져버렸다. 더 이상 웃지 않았다. 나는 심장이 빠르게 뛰는 것을 느꼈고 현관문을 닫는 일밖에 할 수 없었다. 빗줄기는 점점 더 굵어지고 있었다.

삼십 초 정도 아무 소리도 들리지 않았다. 그러더니 거실에서 목이 막힌 듯한 중얼거림과 짧은 웃음소리 따위가 들리기 시작했고 이어서 데이지의 만들어낸 것 같은 맑은 음성이 터져 나왔다.

"당신을 여기서 다시 만나게 돼서 정말 반가워요."

그리고 말은 끊겼다. 견디기 어려울 정도의 침묵이 잠깐 지나갔고 나는 복도를 서성일 수 없어 안으로 들어갔다.

개츠비는 여전히 두 손을 호주머니에 넣은 자세였다. 그리고 억지로 만들어낸 듯 편안한 척했고 벽난로에 몸을 기댄 모습은 마치 지루하다는 인상을 남기기도 했다. 그는 머리를 최대한 뒤로 젖혔고 그 바람에 벽난로 위 고장 난 시계의 글자판에 닿았다. 엉거주춤한 자세로 분명 겁을 먹고 있는 그였지만, 우아한 모습으로 딱딱한 의자 끝에 앉아 있는 데이지를 강렬한 시선으로 내려다보고 있었다.

"우린 전에 만난 적이 있어." 개츠비가 중얼거렸다. 순간, 그는 나를 향해 시선을 돌렸고 애써 웃으려던 입술은 그 모양 그대로 벌어져 있었다. 다행히도 벽시계가 그의 머리 때문에 위험하게 옆으로 기울었고 그가 몸을 돌려 떨리는 손가락으로 시계를 낚아 채 제자리에 올려두었다. 그러고는 여전히 경직된 자세로 소파에 앉아 팔꿈치를 팔걸이에 올려놓고 손으로 턱을 괴었다.

"시계를 건드려서 미안." 그가 말했다.

얼굴이 붉게 달아오른 건 오히려 나였다. 머릿속에는 할 말이 가득했지만, 흔한 공통의 화젯거리는 하나도 찾을 수 없었다.

"괜찮아. 낡은 시계인걸." 나는 바보처럼 말했다.

한순간 우리 모두는 그 시계가 바닥에 떨어져 산산조각이라도 난 것처럼 굴고 있었다.

"우리는 오랜 시간 동안 서로 만나지 못했지." 데이지가 말했다. 될 수 있는 한 사실을 말하려는 듯 감정이 없는 목소리였다.

"11월이면 오 년이 되지요."

개츠비의 기계적인 대꾸는 잠깐 동안 더 우리를 당황스럽게 만들었다. 내가 어떻게든 수를 내 주방에 가서 차를 내리는 것을 도와달라며 그들을 일으킨 순간, 마귀 같은 핀란드 가정부가 쟁반 위에 차를 받쳐 들고 들어왔다.

찻잔과 케이크가 야단스럽게 움직이는 동안 자연스럽게 예의 같은 게 생겨났다. 데이지와 내가 이야기를 나누는 동안 개츠비는 긴장되고 불행해 보이는 눈으로 우리 둘을 진중하게 번갈아 보고 있었다. 그 이후로도 침묵이 이어지자 나는 양해를 구하고 자리에서 일어났다. 침묵을 지키기 위한 만남은 아니었으니 말이다.

"어디 가?" 개츠비가 놀란 목소리로 물었다.

"금방 돌아올 거야."

"가기 전에 할 말이 있어."

그는 나를 따라 주방까지 들어오더니 문을 닫았다. 그리고 작게 속삭였다. "세상에." 절망적인 목소리였다.

"왜 무슨 문제라도 있어?"

"끔찍한 실수였어." 그는 머리를 좌우로 흔들었다. 그리고 말을 이었다. "정말 이건, 정말 끔찍한 실수라고."

"당황해서 그래, 걱정 마." 그리고 나는 알맞은 말을 덧붙였다. "데이지도 마찬가지야."

"그녀가 당황했다고?" 그는 믿을 수 없다는 듯 말했다.

"딱 너만큼이나."

"너무 큰 소리로 말하지 말아줘."

"지금 너무 어린애처럼 굴고 있어." 화를 참지 못한 내가 말했다. "게다가 지금은 너무 무례하기까지 해. 지금 문 밖에는 데이지가 혼자 앉아 있어."

그는 손을 들어 내 말을 막았다. 그리고 나를 비난하는 표정으로 바라보았다. 그 눈빛은 아직도 잊히지 않는다. 그런 뒤 조용히 문을 열고 거실로 돌아갔다.

나는 뒷길로 나와 걸었다. 개츠비가 삼십 분 전에 불안한 마음을 숨기지 못해 집을 한 바퀴 돌았던 것처럼 말이다. 나는 거대한 이파리가 지붕처럼 비를 막아줄 수 있는, 검은 옹이가 진 나무 아래로 뛰었다. 비가 다시 세차게 쏟아지기 시작했다. 개츠비의 정원사가 한 번 손질을 해주었지만 여전히 정돈 안 된 우리 집 잔디밭에는 진흙 웅덩이와 선사시대의 늪 같은 것들이 생겨나 있었다. 나무 밑에서는 개츠비의 커다란 집 말고는 아무것도 보이지 않았다. 나는 칸트가 교회의 첨탑을 바라본 것처럼 삼십 분도 넘게 그 집을 바라보았다. 십 년 전 이상한 유행이 따라다니던 '그 시대' 초기에, 한 양조업자가 그 집을 지었다. 그는 만약 주변의 모든 집 지붕을 짚으로 덮는다면 오 년 동안 세금을 대신 내주겠다는 제안을 했다는 이야기가 전해진다. 그런데 이웃들이 거절했고 그는 한 가문을 세우려는 의욕을 잃었는지도 모른다. 그 뒤 그는 몰락의 길을 걸었다. 그의 자식은 그의 장례가 끝나기도 전에 그 집을 팔아버렸다. 미국인들은 어쩌다 농노가 되려고 하기도 하지만 늘 소작농이 되려고 우기기도 한다.

삼십 분이 지나자 다시 햇살이 비쳤다. 식료품상 자동차가 개츠비네 집에서 일하는 사람들의 저녁 식사거리를 싣고 올라오고 있었다. 아마 개츠비는 한 술도 뜨지 못 할 것이다. 가정부는 위층의 창을 열어젖히기 시작했다. 창문이 열릴 때마다 그녀의 모습이 잠깐씩 나타났고 때때로 몸을 내밀어 침을 뱉기도 했다. 이제 두 사람 곁으로 돌아갈 시각이었다. 계속 내리는 비는 그들의 감정의 기복에 따라 조금 세차지기도 하고 때때로 잦아들기도 했다. 그러나 비가 완전히 그치자 집에도 고요가 내려앉았다.

나는 집 안으로 들어가, 난로를 넘어뜨리지 않았을 뿐 온갖 소음을 낸 뒤에 거실로 들어갔다. 그러나 그들은 그 소리를 눈치 채지 못한 것 같았다. 그들은 긴 의자의 양 끝에 앉아서 마치 어떤 질문 하나가 던져졌거나, 아니면 누군가의 질문이 아직 상대에게 도달하지 않은 채 허공에 매달려 있다는 듯 서로를 응시하고 있었다. 데이지의 얼굴에는 눈물자국이 보였다. 내가 들어서자 그녀가 자리에서 일어나 거울 앞으로 달려갔다. 그녀는 손수건을 들어 급하게 얼굴을 정리했다. 내가 놀란 건 개츠비의 모습이었다. 그는 말 그대로 엄청난 빛을 내뿜고 있었다. 기쁨의 말 한마디, 몸짓 하나 없었지만 그로부터 터져 나온 행복의 광휘가 작은 방을 가득 비추고 있었다.

"아, 이제야 돌아왔군." 개츠비는 몇 년 동안 나를 만나지 못한 사람처럼 말했고 순간 나에게 악수를 청할 것 같다는 착각이 들 정도였다.

"비가 그쳤어."

"그래?" 내가 어떤 말을 하는지 그가 비로소 이해했을 때 방 안으로 반짝이는 햇살이 슬쩍 비쳐들었다. 그는 기상 캐스터나 혹은 날마다 마주하는 햇빛을 늘 열정적으로 환영하는 사람처럼 그 소식을 데이지에게 전했다. "어떻게 생각해? 비가 그쳤다는데."

"좋아, 제이." 비탄에 잠긴 듯 슬프고 아름다운 그녀의 목소리는 예상할 수 없던 기쁨을 맞이한 것처럼 보였다.

"너와 데이지를 내 집에 초대하고 싶어. 데이지에게 집을 구경시켜줘도 될까?" 그가 말했다.

"나도 함께 말이야?"

"물론."

데이지가 세수를 하러 위층으로 올라 갔다. 그때야 비로소 화장실 수건들의 상태가 생각나 창피했지만 이미 늦어버렸다. 그동안 나와 개츠비는 정원에 나와 그녀를 기다렸다.

"어때? 우리 집 근사하지? 안 그래?" 그가 나에게 물었다. "집 정면에 비치는 햇살을 좀 봐봐."

나는 그의 집이 멋지다는 데 동의했다.

"그렇지." 그의 눈은 아치형 문이나, 네모난 탑 하나하나까지 구석구석을 살피고 있었다. "저 집을 사려고 삼 년 동안 꼬박 돈을 모았어."

"상속받은 돈이 꽤 되지 않았어?"

"그렇지." 그가 곧바로 대답했다. "하지만 공황 때 그 돈을 다 잃었지. 전쟁의 공황 말이야."

그는 자기가 하는 이야기가 무슨 이야기인지도 모르는 사람 같았다. 내가 무슨 사업을 하냐고 물었을 때 "그건 내 일이야."라고 답했기 때문이다. 자신의 대답에 문제가 있다는 사실을 그가 깨달은 건 얼마 뒤였다.

"아, 사업은 몇 가지가 있어." 그는 다급하게 고쳐 말했다. "약국 사업도 하고, 석유도 손댔지. 그런데 지금은 둘 다 손을 털었어." 그는 나를 경계하는 듯 바라보았다. "그날 밤 내가 제안한 건 생각해봤어?"

내가 미처 대답하기 전에 데이지가 집에서 나왔다. 드레스에 달린 두 줄의 청동 단추들이 햇빛에 빛나고 있었다.

"저 엄청나게 큰 저택을 말하는 거야?" 그녀가 손으로 집을 가리켰다.

"마음에 들어?"

"응, 그런데 저렇게 큰 집에 어떻게 혼자 살 수 있는지 이해할 수가 없어."

"밤낮으로 재미있는 사람들이 드나들어. 재미있는 일을 하는 사람들, 유명인사들 말이야."

우리는 롱아일랜드 해협을 따라가는 지름길을 두고 큰길로 내려가 커다란 후문으로 집에 들어섰다. 데이지는 마치 무언가에 홀린 사람처럼 무어라 중얼거렸는데, 하늘을 배경으로 높게 솟아 있는 중세 봉건 시대풍 저택의 윤곽을 칭찬하는가 하면 노랗게 핀 수선화의 짙은 향기와 산사나무, 은은하게 퍼지는 자두꽃의 향기와 제비꽃의 옅은 황금색에도 감탄을 감추지 않았다. 이상한 것은 우리가 대리석 계단까지 지나가며 문을 드나들 때 데이지의 화려한 드레스 자락의 사각대는 소리조차 들리지 않았다. 그저 나무 위에서 소리를 내는 새의 지저귐 말고는 아무 소리도 들리지 않았다.

우리가 안에 들어가서 마리 앙투아네트 음악실과 왕정복고 시대의 살롱을 얼쩡대는 동안, 아무도 보이지 않았다. 마치 우리가 다 지나갈 때까지 숨까지 죽이고 어딘가에 숨어 있으라는 명령을 받고 손님들이 소파와 테이블 뒤에 숨은 게 아닐까 싶을 정도였다. 개츠비가 머턴 대학 서재의 문을 닫았다. 순간 나는 올빼미 눈의 사내가 헛것처럼 웃음을 터뜨리는 것만 같았다. 틀림없다는 생각마저 들었다.

우리는 위층으로 올라가 붉은색과 보라색 비단으로 장식하고 이제 막 피어난 생기 있는 꽃들이 어우러져 있는 고풍스러운 침실, 의상실과 당구장, 바닥을 깊게 판 욕조가 있는 욕실을 지나쳤다. 한번은 잠옷 차림으로 머리카락이 흐트러진 채 방바닥에서 운동을 하고 있는 사내의 방에 들어가기도 했다. 그는 하숙생이라고 불리는 클립스프링어였다. 나는 그날 아침 그가 정신없이 해변을 쏘다니는 것을 본 적 있었다. 그리고 마침내 개츠비의 방에 들어갔는데, 그의 방은 침실과 욕실, 애덤식으로 꾸며진 서재로 이루어져 있었다. 우리는 서재에 앉아 그가 벽 찬장에서 꺼내 온 샤르트뢰즈를 한 잔씩 마셨다.

그의 눈은 줄곧 데이지를 향하고 있었다. 그녀의 눈동자가 그의 집을 살피는 반응에 따라 주변의 모든 것을 다시 평가하는 것만 같았다. 그리고 그녀가 자신의 눈앞에 있다는 게 놀랍다는 듯, 그리고 더 이상 그 무엇도 바라지 않는다는 식으로 가끔씩 자신의 집 안 물건을 멍하게 둘러볼 뿐이었다. 그러다가 그만 계단에서 구를 뻔했다.

그의 집 가운데 가장 소박한 공간은 그의 침실 같았다. 화장대 위에 놓인 순금 도구를 제외한다면 말이다. 데이지는 활기찬 표정으로 그의 빗을 집어 들고 자신의 머리칼을 정리했다. 개츠비는 의자에 앉아 데이지를 향한 채로 눈을 가리고 웃기 시작했다.

"아, 친구. 이보다 더 웃길 순 없을 것 같아. 나는 더 이상 할 수 없어요. 아무리 노력해 봐도……." 그는 잔뜩 들떠서 말했다.

그는 두 번째 단계를 지나 서서히 세 번째 단계로 접어드는 것 같았다. 처음에는 어쩔 줄 몰라 하며 당황하다가 그다음에는 세상 그 어떤 일보다 기뻐하는 식이었다. 그리고 그 두 번째 단계를 지나, 지금은 그녀가 자기 눈앞에서 움직이고 있다는 사실 하나만으로도 감탄하고 있는 것이었다. 그는 긴 시간을 건너오면서 그녀를 만나겠다는 생각에만 집중하고 있었다. 그리고 그 결과를 찾을 때까지 그 생각에만 몰두하고 이를 악물고 이 시간에 오게 된 것이다. 그러나 이제 그 반작용으로 너무 많이 태엽을 감아 놓은 시계처럼 온몸의 힘이 빠르게 풀리고 있었다.

잠시 후 그는 다시 정신을 차렸다. 큼지막한 옷장 두 개를 열어젖혔다. 그 안에는 양복과 실내복 그리고 넥타이와 와이셔츠가 켜켜이 쌓여 있었다.

"영국에서 옷을 사서 보내주는 사람이 있어. 봄가을 계절이 바뀔 때마다 이렇게 옷을 선별해서 보내주지."

그는 와이셔츠 더미에서 하나씩 끄집어내고 우리 앞에 던져보였다. 얇은 리넨 셔츠, 두툼한 실크 셔츠 그리고 고급 플란넬 셔츠가 우리 앞에 떨어지면서 개켜 있던 자국이 펼쳐졌고 테이블 위에는 여러 종류의 와이셔츠들로 뒤덮였다. 데이지와 내가 감탄을 숨기지 못하자 그는 더 많은 셔츠를 가져왔다. 한눈에 봐도 부드럽고 비싸 보이는 셔츠는 점점 더 높게 더미를 만들었다. 산호색과 밝은 녹황색, 라벤더색과 옅은 오렌지색. 줄무늬와 소용돌이무늬, 바둑판무늬를 띤 셔츠들에는 희미하게 푸른빛을 띤 채 그의 이름이 새겨져 있었다. 그때 갑자기 데이지가 해괴한 소리를 내며 셔츠에 머리를 파묻었다. 그러고는 왈칵하고 울음을 터트렸다.

"이렇게 아름다운 셔츠들을 본 적이 없어요." 그녀가 훌쩍이는 소리는 셔츠 더미 속에서 묻혀버렸다. "너무 슬퍼요. 난 지금까지 이렇게…… 이렇게 아름다운 셔츠를 본 적이 없어요."

집 안을 다 구경한 우리는 저택의 주변과 수영장 그리고 모터보트와 꽃밭을 둘러볼 참이었다. 그런데 창밖으로 다시 비가 내리기 시작했다. 우리는 개츠비의 저택 창 앞에 나란히 서서 롱아일랜드 해협의 일렁이는 파도를 바라보았다.

"안개가 끼지 않았다면 바다 건너에 있는 당신의 집이 보일 거야. 당신 집 부두 끝에는 항상 초록빛이 흔들리더군." 개츠비가 말했다.

갑자기 데이지가 그의 팔에 자신의 팔을 감았지만 개츠비는 자신의 말에 취한 사람처럼 멍해보였다. 아마 멀리 반짝이던 그 불빛이 갖고 있던, 자신을 에워싸던 큰 의미가 멀리 사라져버렸다는 생각에 빠져 있을지도 모른다. 그와 데이지 사이에 놓여 있던 엄청난 거리와 비교했을 때, 그 불빛은 그녀와 너무 가까운, 쉽게 손이 닿을 수 있을 정도로 가까워 보였다. 하지만 이제 그 불빛은 제자리를 찾았다. 그저 부두 곁에 우두커니 자리를 잡고 있는 초록빛에 지나지 않았다. 그에게 환상을 만들어준 것 중 하나가 사라진 셈이었다.

나는 점점 어두워지는 공간 안에서 방 안에 놓인, 잘 보이지 않는 온갖 물건을 눈여겨보면서 더듬거렸다. 그의 책상 위 벽에 걸려 있는 사진이 내 시선을 사로잡았다. 요트복을 입은 노인의 사진이었다.

"저 사람은 누구지?"

"아, 저 사람은 댄 코디 씨야."

언젠가 들어본 적 있는 낯익은 이름이었다.

"지금은 이 세상에 없어. 몇 해 전만 하더라도 나랑 가장 친했던 사람이지."

그의 기다란 책상 위에는 노인과 마찬가지로 요트복을 입은 개츠비의 사진이 있었다. 그 사진은 조그마했는데 사진 속 개츠비는 반항아처럼 머리를 뒤로 젖히고 있었다. 앳된 얼굴의 개츠비는 열여덟 살 정도로 보였다.

"그 사진 멋져요!" 데이지가 소리쳤다. "특히 위로 빗어 올린 이 머리 스타일 말이에요! 이런 머리를 했다고 말한 적은 없잖아요······. 요트도 그렇구."

"여길 봐요." 개츠비가 급하게 말을 돌렸다. "여기에는 당신과 관련된 기사들이 많아요. 모두 내가 스크랩해둔 기사예요."

그들은 나란히 서서 신문 기사를 훑어보고 있었다. 그동안 모은 루비를 보여 달라고 개츠비에게 말하려던 참이었다. 전화벨이 울렸다. 개츠비는 수화기를 들었다.

"네······. 글쎄요? 지금은 상황이 그래요······. 말하기 곤란하다니까요. 이봐요, '작은' 도시라고 말했잖아요······. 작은 도시가 어디를 말하는지는 그 친구가 잘 알고 있을 거예요. 아니, 디트로이트를 작은 도시라고 한다면 그런 친구를 내가 어디에 써먹죠?"

그는 수화기를 내려놨다.

"어서 이리로 와요! 빨리요!" 데이지는 창가에 서서 외쳤다.

여전히 비가 내리고 있었다. 어둠은 점점 서쪽 하늘을 갈라놓았고 바다 위에는 분홍빛과 황금빛 거품 같은 구름이 바다 위에 떠 있었다.

"저것 좀 봐요." 그녀는 작게 속삭이더니 조금 시간을 둔 채 다시 말했다. "저 분홍빛 구름 위에 당신을 태우고 싶어요. 그리고 이리저리 밀고 싶어요."

그때 나는 집으로 돌아가려고 했다. 하지만 그들은 나를 보내주지 않았다. 아마 그들의 곁에 내가 있어야만 서로가 단둘에게 집중하고 있다는 느낌이 더 강렬하다고 생각하는 것 같았다.

"그럼 이건 어때요? 클립스프링어에게 피아노를 치라고 하지." 개츠비의 제안이었다.

개츠비는 "유잉!"이라고 외치며 방을 나가더니 곧이어 어떤 일이 벌어지고 있는지 모른다는 표정을 한 청년을 데리고 들어왔다. 그는 머리숱이 별로 없는 금발에 뿔테 안경을 쓰고 있었는데 조금 피곤한 얼굴이었다. 그는 목 부분이 트여 있는 스포츠 셔츠에 희끗한 색의 면바지를 단정하게 입고 스니커즈를 신고 있었다.

"설마 운동하는 걸 방해한 건 아니죠?" 데이지는 예의를 갖춰 물었다.

"아니요, 잠을 자고 있었어요." 클립스프링어가 당황한 듯 크게 대답했다. "아니, 그러니까 저는…… 잠을 자고 있었다고요. 근데 일어나서……."

"이 친구는 피아노를 잘 쳐." 개츠비가 청년의 말을 끊었다. "그렇지?"

"아, 잘 치는 건 아니에요. 못 치는데……. 피아노를 잘 친다고 말할 수는 없어요. 연습을 너무 안 해서……."

"자, 이제 모두 1층으로 내려가자." 개츠비는 다시 한번 그의 말을 잘랐다. 그리고 그는 스위치를 올렸고 집 안 전체에 환하게 불이 들어왔다. 어두컴컴한 채 자리를 지켰던 창들이 사라졌다.

개츠비는 음악실에 들어서 피아노 옆에 하나뿐인 램프를 켰다. 그리고 떨리는 손으로 성냥을 그어 데이지의 담배에 불을 붙였다. 그들은 피아노와 멀리 떨어져 있는 기다란 의자에 함께 앉았다. 그 자리는 홀에서 들어온 빛이 바닥에 반사돼 조금 밝을 뿐, 다른 불빛은 없었다.

클립스프링어는 〈사랑의 둥지〉를 쳤다. 그리고 의자에 앉은 채 몸을 돌려 어둠 속에서 개츠비를 찾았는데, 짐짓 슬픈 얼굴이었다.

"보시다시피 이래요. 전혀 연습을 안 했어요. 못 친다고 아까도 말씀드렸잖아요……. 연습을 도통 안 해서……."

"자네는 말이 너무 많아." 개츠비는 명령하듯 말했다. "어서 더 치라고!"

아침에도

저녁에도
우리는 얼마나 즐거운가……

바깥에서 세찬 바람이 부는 것 같았다. 그리고 해협을 따라 희미한 천둥소리가 울렸다. 이제 웨스트에그는 환한 불이 전부 켜져 있었다. 사람들을 실은 기차가 빗줄기를 뚫고 뉴욕을 떠났으며, 그들 각자의 집을 향해 속도를 내고 있었다. 내면에 심오한 심리 변화가 생기고 공기의 기류에 흥분이 묻어나는 그런 시각이었다.

한 가지는 분명하지
다른 일은 잘 몰라
부자는 더 부자가 되고
가난한 사람들에게는 아이만 생기고
그러는 동안에
그러는 사이에……

개츠비에게 작별 인사를 하러 다가섰을 때, 그의 얼굴에는 또 다시 당혹함이 보였다. 지금 그에게 주어진 행복이 얼마나 큰 가치를 안고 있는지에 대해 살짝 의심을 하는 것 같은 표정이었다. 오 년이라는 긴 시간! 물론 그날 오후 중 데이지의 모습이 그의 상상과 다른 순간이 있었을지도 모른다. 그건 그녀의 잘못이 아니다. 그렇기보다는 그가 내내 마음에 상상하고 품어온 환상의 거대함 때문이었을 것이다. 그 환상은 이미 그녀 자체의 본모습을 뛰어넘었고 그녀가 아니더라도 다른 모든 것 이상이었을 것이다. 그의 창의적인 열정에 그는 온몸을 내던졌다. 그러고는 그 환상의 몸집을 점점 더 크게 키워나갔으며, 자기 길 앞에 놓인 온갖 화려한 깃털로 그 환상을 포장했다. 그 어떤 열정도, 그 어떤 순수함도 한 인간의 마음속에 품어 만든 헛것에 도전할 수 없으리라.

그를 다시 쳐다봤다. 그는 이제 점점 지금의 분위기에 적응한 듯했다. 그는 데이지의 손을 꼭 부여잡았고 그녀가 낮은 목소리로 귀에 뭐라 속삭이자, 복잡해진 감정이 툭하고 열리는 듯 그녀를 향해 몸을 돌렸다. 지금 생각하면 잔잔한 수면 위에 퍼지는 물결처럼 파도치는 그녀의 음성이 그를 흥분에 사로잡히게 만든 것 같다. 그 목소리는 아무리 꿈을 꿔도 잡을 수 없는, 사라지지 않을 노래와도 같았을 것이다.

그들은 내가 있다는 사실을 완전히 잊은 것 같았지만, 데이지는 나를 슬쩍 쳐다보고는 손을 내밀었다. 그러나 개츠비는 여전히 나를 잊은 것 같았다. 나는 다시 그들의 모습을 바라봤다. 그들은 어떤 뜨거운 감정에 사로잡힌 채 그윽한 눈빛으로 나를 돌아봤다. 나는 그들을 방에 내버려둔 채 밖으로 나왔다. 천천히 대리석 계단을 밟고 내려와 빗속으로 걸어 들어갔다.

6

어느 날 아침이었다. 뉴욕의 야심찬 젊은 기자 하나가 개츠비를 찾아와 물고 늘어졌다. 그리고 뭔가 할 말이 없느냐고 물었다.

"어떤 걸 묻는 겁니까?" 개츠비는 정중하게 물었다.

"글쎄요……. 밝히고 싶은 그 어떤 말이든 상관없어요."

그들은 당황스러운 분위기에서 오 분 정도 시간을 끌었다. 그런 뒤에야 이 기자가 신문사 주변에서 개츠비와 관련된 소문을 듣고 찾아온 거라는 게 밝혀졌다. 그는 쉬는 날임에도 그 사실이 어떤 일인지 제대로 '알아보려고' 아침 일찍 서둘러 개츠비를 찾은 것이다.

그 기자는 마구잡이식으로 그를 찔러본 것뿐이지만 그의 예감은 적중했다. 개츠비에게서 환대를 받았던 수백 명의 사람들은 그의 과거에 소식통이 되어 있었다. 그에 대한 나쁜 소문들은 그들의 입에서 흘러 나왔고 여름 내내 거대해지더니 마침내 뉴스거리가 되기 직전이었다. 이 무렵 '캐나다로부터 연결된 파이프로 미국까지 술을 나른다.'와 같은 소문들이 그와 연결 지어졌다. 또한 개츠비는 집에서 사는 게 아니라 집처럼 생긴 배에 살고 있으며, 비밀리에 롱아일랜드 해안을 남북으로 오르내린다는 소문이 끊임없이 나돌았다. 다만 이런 근거 없는 소문을 듣고 노스타코다주 출신 개츠비가 만족해했는지는 그 요인을 찾아보기 어려웠다.

제임스 개츠비, 이것이 그의 진짜 이름, 어쩌면 최소한 법적인 그의 이름이다. 그가 이름을 바꾼 건 열일곱 살 때다. 그는 자신의 인생이 진정으로 시작되던 바로 그 특별한 순간에 이름을 바꾸었다. 바로 댄 코디의 요트가 슈피리어 호수의 가장 위험한 곳에 닻을 내리던 순간이었다. 개츠비는 그 광경을 목격했다.

그날 오후 찢어진 초록색 셔츠에 캔버스 바지 차림으로 해변을 노닐던 사람은 제임스 개츠비였다. 하지만 노 젓는 배를 빌려 투올로미 호가 닻을 내린 곳으로 나가 삼십 분 안에 거센 바람이 불어와 요트가 박살나고 말 것이라고 일러줬을 땐, 그는 이미 제이 개츠비였다.

어쩌면 그는 아주 오래 전부터 그 이름을 마음에 두고 있었는지도 모른다. 그의 부모는 이렇다 할 기술도 없는 실패한 농사꾼이었다. 그의 상상력으로는 결국 그들은 자신의 부모로 받아들일 수가 없었다. 사실 롱아일랜드 웨스트에그에 사는 제이 개츠비는 그 스스로 만들어낸 이상적인 인물이었다. 그는 신의 아들이었다. 이 말의 의미가 맞는다면 정확했다. 그 말 그대로 그는 '자기 아버지의 일', 거대하고 세속적이며 겉만 번지르르한 아름다움을 떠받치는 일이 그의 역할이었다. 그래서 그는 열일곱 살짜리가 만들어낼 법한 수준인 제이 개츠비라는 인물을 만들었고 그 인물의 역할에 끝까지 충실했다.

개츠비는 일 년이 넘도록 슈피리어 호수의 남쪽에서 조개를 캐거나 연어를 잡으면서 숙식을 해결할 만한 일을 닥치는 대로 하며 살았다. 고된 노동과 한가로운 생활을 반복하면서 그의 몸은 단단한 갈색으로 바뀌었다. 그는 일찌감치 여자에 눈을 떴고 그 탓인지 일찍이 여자들을 경멸했다. 자신의 성격을 버려 놓는다는 이유였다. 그는 젊은 여자는 무식해서 싫어했고 그렇지 않은 여자들은 심하게 자기도취에 빠져 있는 자신이 당연하다고 생각하는 일을 두고 신경질적이라며 싫어했다.

그러나 개츠비의 마음속에는 언제나 거친 폭풍우가 끊임없이 끓고 있었다. 특히 밤이 되어 잠자리에 들 때마다 기괴하고 비현실적인 생각이 머릿속에 머물렀다. 세면대 위 시계가 째깍거리는 소리를 내고 물기를 품은 달빛이 바닥에 벗어 둔 옷을 비출 때면 말로 표현할 수 없이 화려한 우주가 머릿속에서 빙글빙글 맴돌았다. 매일 밤 졸음이 몰려와 눈앞의 선명한 장면들을 망각으로 감싸 안을 때까지 새로운 환상을 지속적으로 머릿속에 쌓았다. 그의 이런 환상은 얼마 동안 그의 상상의 돌파구나 다름없었다. 그것은 현실의 비현실적인 것이 될 수 있다는 만족스러운 암시이자 이 세상의 주춧돌도 요정의 날개에 안정하게 세워질 수 있다는 약속이었다.

앞으로 그에게 다가올 영광에 대한 본능적인 육감은 그를 이보다 더 앞서 남부 미네소타에 있는 루터교 재단의 세인트 올라프 대학에 입학하게 만들었다. 그는 운명의 북소리에, 아니 운명 자체에 무심한 학교에 실망했고 학비를 벌기 위해 시작한 건물 관리의 일조차 경멸하게 되자 이 주일 만에 학교를 관두고 나왔다. 그리고 그는 슈피리어 호수로 다시 돌아왔고 댄 코디의 요트가 호숫가에 닻을 내리던 그날도 일거리를 찾고 있던 중이었다.

네바다주 은광과 유콘 강을 비롯해 1875년 이후의 모든 광산이 만들어낸 인물이나 다름없던 코디는 당시 쉰 살이었다. 몬태나에서 동광사업을 했고 덕분에 어마어마한 부자가 된 그는, 육체는 강했지만 정신은 나약해져 있었다. 그걸 눈치 챈 여자들은 그에게서 한몫 챙기려고 그를 유혹하고 수작을 부렸다. 엘라 케이라는 신문사 여기자가 그의 나약함을 이용해 맹트농 부인 행세를 하며 그를 요트에 태워 바다로 내보낸 유쾌하지 않은 일화는 1902년 과장된 채 여러 저급 언론사에 알려졌다. 댄 코디는 지난 오 년 동안 요트를 타고 기후 좋은 해안을 따라 여행을 했고 마침내 리틀걸만에서 제임스 개츠비의 운명적인 존재로 모습을 드러냈다.

노에 기대서서 난간이 둘러진 갑판을 올려다본 젊은 개츠비에게 댄 코디의 요트는 세상의 모든 아름다움과 매력을 대변했다. 아마 그는 댄 코디에게 미소를 지어보였을 것이다. 자신의 미소가 상대를 끌어당기는 힘이 있다는 걸 알아차렸는지도 모른다. 어쨌든 댄 코디는 개츠비에게 몇 가지 질문을 했고 개츠비는 그중 한 질문에 대한 답변으로 금세 새 이름을 지었다. 코디는 단번에 알아차렸다. 개츠비가 머리가 빠른 야심가라는 걸 말이다. 며칠 후 코디는 그를 덜루스에 데려가 푸른색 상의 한 벌과 흰 면바지 여섯 벌, 요트모자를 사 주었다. 그리고 투올로미 호가 서인도제도와 바버리 해안으로 떠날 때, 개츠비를 배에 태웠다.

개츠비가 맡고 있는 일은 딱히 정의할 수 없는 일이었다. 코디와 함께 있는 동안 개츠비는 집사였고 항해사나 조타수이기도 했다. 비서가 되기도 했으며 심지어 경비원 노릇까지 했다. 댄 코디는 평소에는 멀쩡했지만, 술에 취하면 자신이 얼마나 황당한 사건을 벌이는 사람인지 잘 알고 있었다. 개츠비에 대한 신뢰가 쌓이면서 자신의 갑작스런 행동에 대처하려 큰일을 맡기게 됐다. 이런 식의 생활은 오 년이나 이어졌다. 그동안 코디의 배는 미 대륙을 세 번이나 횡단했다. 만약 어느 날 밤 갑자기 보스턴에서 엘라 케이가 요트에 오르지 않고 그로부터 일주일 뒤 댄 코디가 죽지만 않았더라면, 그들의 여행은 아마 영원히 지속됐을지도 모른다.

개츠비의 침실에 걸려 있던 반백의 머리카락을 가진 그의 얼굴이 기억난다. 그는 굳은 표정으로 불그스름한 혈색을 띠고 있었다. 그는 미국 역사의 한 시기에 개척지의 창녀촌과 술집의 무자비함을 동부 해안가로 끌고 온 난봉꾼 개척자였다. 개츠비가 술과 친하지 않은 이유도 어찌 보면 코디의 영향이 크다. 흥청망청한 분위기의 파티에서도, 때때로 여자들이 그의 머리에 샴페인을 부어도 그는 술을 입에 대지 않았다. 그의 습관과 같은 일이었다.

개츠비는 코디로부터 유산을 상속받았다. 2만 5천 달러였지만 실제로 그 돈 전부를 받지는 못했다. 개츠비는 자신에게 불리하게 작용한 법에 완벽하게 무지했고 그 수백만 달러의 돈은 결국 엘라 케이의 손에 넘어가고 말았다. 그 대신 그에게는 남다르게 받은 적절한 교육이 남았다. 제이 개츠비의 흐릿했던 실루엣이 점차 실제적인 한 사람의 모습으로 채워졌다.

개츠비에게 이 이야기를 들었을 때는 한참이 지난 뒤였다. 하지만 내가 그의 이야기를 이곳에 적는 이유는 절대 사실이 아닌 소문들, 그가 누구의 후손이니 하면서 터무니없이 나돌았던 첫 소문을 없애기 위해서다. 내가 그에게서 이 이야기를 들었을 때, 나조차도 그의 말을 어디까지 믿어야 할지 아니면, 아예 믿지 말아야 할지 혼란스러운 상태였다. 그래서 나는, 말하자면 개츠비가 잠깐 숨을 돌리고 있는 동안 뜬소문에 대한 오해를 없애려고 이 짧은 틈을 이용하는 셈이다.

개츠비의 연애도 잠시 휴식기를 맞이하고 있었다. 지난 몇 주 동안 나는 그를 보지 못했거니와 통화조차 하지 못했다. 조던과 뉴욕 이곳저곳을 쏘다니거나 그녀의 나이 많은 숙모의 기분을 맞추는 데 마음을 쏟으며 대부분의 시간을 뉴욕에서 보내고 있었다. 하지만 어느 일요일 오후 어쩌다 그의 집에 건너가게 되었고 내가 그 집에 도착한 지 이 분도 지나지 않아서, 누군가가 술을 한잔하자며 톰 뷰캐넌을 이끌고 그 집에 들이닥쳤다. 나로서는 당연히 놀랄 일이었지만 더 놀라운 일은 이제껏 한 번도 그런 일이 일어나지 않았다는 사실이다.

톰의 일행 셋은 전부 말을 타고 왔다. 톰과 슬론이라는 남자, 그리고 갈색 승마복 차림을 한 예쁘장한 여자였는데, 그녀는 예전에도 이 집에 찾아온 적이 있었다.

"만나서 반갑습니다. 저희 집에 찾아주셔서 고맙습니다." 현관에 서서 개츠비가 말했다.

마치 그들이 개츠비의 말에 관심이라도 가진 것처럼 말이다!

"자, 자리에 앉으세요. 담배나 시가가 필요한가요?" 그는 벨을 울리며 방 안을 잰걸음으로 걸었다. "마실 술은 곧 준비하도록 하지요."

개츠비는 그 자리에 톰이 있다는 사실만으로도 어떤 힘을 받고 있는 것 같았다. 그러나 그들이 자기 집을 찾아온 이유는 단지 술을 마시기 위함이라는 걸 깨달았다. 그래서인지 몰라도 개츠비는 무언가 대접하기 전까지 불안해 보였다. 슬론 씨는 아무것도 마시지 않으려 했다. 레몬에이드라도 드릴까요? 아뇨, 괜찮습니다. 그럼 샴페인은 어떠세요? 아뇨, 됐습니다······ 미안합니다······.

"승마는 어땠나요?"

"이 근처는 말을 타기에 좋은 길이더군요."

"제 생각에는 자동차가 더······."

"물론 그렇기는 하지요."

개츠비는 톰이 자신을 처음 만나는 듯 대하자 더 이상 참지 못하고 그를 향해 고개를 돌렸다.

"뷰캐넌 씨, 전에 한 번 뵌 적이 있지요?"

"아, 그랬죠." 톰은 분명히 언제 만났는지 기억하지 못했는데도 퉁명스럽지만 정중하게 답했다. "그랬죠. 이제 기억이 나네요."

"이 주일 전이었어요."

"그래요. 여기 있는 닉과 함께 계셨죠?"

"아내 분을 알고 있습니다." 개츠비의 말은 거의 공격에 가까웠다.

"그래요?" 톰은 나를 향해 고개를 돌렸다.

"닉, 이 근처에 살아?"

"응, 바로 옆집이지."

"그래?"

슬론 씨는 대화에 끼지 않은 채 거만하게 의자에 등을 기댄 자세였다. 같이 온 여자도 그다지 말이 없었다. 그러다 하이볼 두 잔을 마시더니 예상보다 나긋하게 행동했다.

"개츠비 씨, 다음에 우리 다 같이 당신의 파티에 오려고 해요. 괜찮겠죠?" 그녀가 말했다.

"물론이죠. 영광입니다."

"좋군요." 슬론 씨는 고마워하는 기색 없이 고맙다고 말했다. "그건 그렇고…… 이제 집으로 출발해야겠군요."

"그렇게 서두를 필요가 있나요." 개츠비는 간곡하게 말했다. 이제 막 분위기에 적응한 그는 톰에 대해 더 알고 싶어 보였다. "저녁을 함께 먹는 게 어떻습니까? 괜찮으시다면요. 뉴욕에서 다른 분들이 찾아온다고 해도 놀랄 일은 아니죠."

"그럼 저희 쪽으로 오셔서 저녁을 먹는 건 어때요. 두 분 모두요." 여자가 적극적으로 말했다.

나를 포함한다는 말이었다. 그리고 슬론 씨가 자리에서 일어났다.

"자, 가죠." 그가 말했다. 하지만 그녀에게만 하는 말이었다.

"전 진심이에요. 두 분을 모두 초대하고 싶어서요. 자리도 남거든요." 여자는 고집을 부렸다.

개츠비는 내 의사를 살펴려는지 나를 바라봤다. 그는 그 자리에 가고 싶어 했고 슬론 씨는 결코 원하지 않는다는 사실을 전혀 눈치 채지 못하고 있었다.

"저는 못 갈 것 같아요." 내가 말했다.

"그럼, 당신이라도 오세요." 그녀는 개츠비에게 부쩍 관심을 보이며 재촉했다.

슬론 씨가 그녀의 귀에 대고 뭐라 말했다.

"지금 출발하면 늦지 않을 거예요." 그녀는 큰 소리로 다시 재촉했다.

"그런데 어쩌죠. 전 타고 갈 말이 없습니다. 군대에 있을 때는 말을 탔는데, 말을 산 적은 없습니다. 저는 제 차로 쫓아가야 할 것 같네요. 그럼 잠깐 실례하겠습니다." 개츠비가 말했다.

그를 뺀 우리는 현관으로 걸어 나갔고 현관에서는 슬론과 여자가 말싸움을 벌이고 있었다.

"맙소사, 정말 갈 생각인가 봐. 저 여자가 자기를 데려갈 생각이 없다는 걸 모르나?" 톰이 말했다.

"여자가 계속 재촉했잖아."

"저 여자가 여는 파티인데, 꽤 커. 그곳에 있는 사람 중에 저 자를 아는 사람은 한 사람도 없을 거야." 그는 찌푸린 채 말했다. "그나저나 어디서 데이지를 만난 걸까? 내가 구닥다리인지는 모르겠지만, 요즘 여자들은 너무 쏘다니는 게 문제야. 별의별 괴상한 사람들을 다 만나고 다니거든."

갑자기 슬론 씨와 그 여자가 계단을 걸어 내려가더니 각자 말에 올라탔다.

"자, 이러다 늦을지도 몰라. 빨리 가야 해." 슬론 씨가 톰에게 외치고는 나를 향해 이렇게 말했다. "저 사람에게 우리가 기다릴 수 없다고 전해주겠소?"

톰과 나는 악수를 했다. 나머지 사람들에게는 그저 가볍게 목례로 인사를 대신했다. 그렇게 그들은 재빨리 말을 몰아 차도를 내려갔다. 8월의 나뭇잎 아래로 그들이 사라진 뒤에야 얇은 외투와 모자를 든 개츠비가 현관에 나타났다.

그다음 토요일이었다. 데이지가 혼자 돌아다니는 게 영 불안했는지 톰은 데이지와 함께 개츠비의 파티에 참석했다. 그날의 파티가 그 어떤 파티보다 뚜렷하게 기억에 남는 이유는 톰이 참석해 그날의 파티에 이상한 긴장감을 뿌려놓았기 때문이었을 것이다. 똑같은 사람들, 아니 적어도 똑같은 종류의 사람들이 참석하고 여느 때와 똑같은 샴페인이 흘러넘치는, 다양하지만 요란한 사건들 또한 똑같이 벌어졌다. 하지만 그 날은 이상했다. 전에 없던 불쾌함과 불편함이 공기 중에 떠다니는 것만 같았다. 어쩌면 내가 이미 웨스트에그에 익숙해져 버렸는지도 모를 일이었다. 그 자체의 기준과 그 자체의 유명한 사람들을 갖춘 하나의 완벽한 공간이라고 믿는 사람들 사이에서, 그런 믿음이 전혀 없던 내가 그 공간에 발을 들이는 것에 익숙해진 탓일지도 모른다. 이제 나는 데이지의 눈으로 웨스트에그, 그 공간을 다시 바라봤다. 이미 적응한 사물들을 다시 낯선 눈으로 바라봐야 한다는 건 조금 우울한 일이다.

그들은 석양이 질 무렵 도착했다. 빛을 내뿜듯이 흥분해 있는 수많은 사람들 사이를 천천히 거닐면서 데이지는 온갖 기교를 부린 목소리로 웅얼거렸다.

"나는 이런 풍경에 흥분이 돼. 닉, 오늘 밤 언제라도 나와 키스하고 싶으면 말해. 기꺼이 허락해 줄게. 그냥 내 이름을 불러. 아니면 녹색카드를 보여주거나. 지금 줄게, 녹색……."

"천천히 둘러봐." 개츠비의 제안이었다.

"지금 둘러보고 있어요. 게다가 재미있게 즐기고 있어, 아주 신나게……."

"지금까지 이름만 들었던 사람들을 직접 만날 수 있을 거야."

톰은 콧대 높은 눈빛으로 손님들을 둘러봤다.

"우리는 잘 돌아다니는 편이 아니오. 사실, 여기 있는 사람들 중 아는 사람은 한 명도 없는 것 같은데요." 그가 말했다.

"아마, 저 여자 분은 아실지도 모르죠." 개츠비는 하얀 꽃을 피운 자두나무 아래 한 잎의 난초 같이 우아하게 앉아 있는, 사람이라고 믿기 힘들 정도로 아름다운 여자를 가리켰다. 지금까지 이 세상 사람이 아닌 그저 가짜와 같았던 유명한 여배우였고, 톰과 데이지는 믿을 수 없다는 눈으로 그 여자를 바라봤다.

"아, 정말 아름다워요." 데이지가 말했다.

"그녀 앞에 허리를 숙인 남자는 그녀가 출연했던 영화의 감독이에요."

개츠비는 그들을 사람들이 모여 있는 곳으로 데리고 다니며 격식을 차렸다.

"여기는 뷰캐넌 부인, 이쪽은 뷰캐넌 씨입니다." 잠깐 머뭇거리다가 그가 말을 덧붙였다. "폴로 선수세요."

"아, 아닙니다. 난." 톰은 재빠르게 아니라고 부정했다.

그러나 그날 저녁 내내 톰이 '폴로 선수'로 통했던 걸 보면, 그 말이 개츠비의 마음에 들었던 게 분명하다.

"이렇게 유명한 사람들을 많이 만나보기는 처음이에요." 데이지는 감격에 빠졌다. "아, 난 저 분이 마음에 들어요……. 저 분의 이름이 뭐죠? ……코가 푸른 저 신사분이요."

개츠비는 그가 누구라고 데이지에게 설명하며, 평범한 제작자라고 덧붙였다.

"어쨌든 저 사람이 좋아요."

"난 폴로 선수가 아니었으면 좋겠어. 그저 이 유명한 사람들을 넋 놓고 바라보기만 해도 충분해. 그들의 기억에서 잊힌 채 말이야."

데이지는 개츠비와 함께 춤을 췄다. 그 전까지는 그가 춤을 추는 모습을 한 번도 본 적이 없었기 때문에 그가 우아한 자세로 보수적인 폭스트롯을 추는 걸 보고 놀란 기억이 난다. 그런 다음 그들은 우리 집으로 한가로이 걸어가 삼십 분쯤 계단 위에 앉아 머물렀다. 그러는 동안 나는 데이지의 부탁으로 정원에서 망을 봐야 했다. "불이 나거나 홍수가 날지도 모른다구. 아니 어쩌면 하늘에서 내리는 벌에 대비해야 할지도 몰라." 그녀의 이유였다.

우리가 함께 저녁을 먹으려고 앉아 있을 때 잠깐이나마 잊고 있었던 톰의 모습이 보였다. 그는 우리에게 물었다. "저기 있는 사람들과 함께 저녁을 먹어도 괜찮을까? 한 친구가 재미있는 이야기꾼 같거든."

"그렇게 해요. 혹시 주소를 알고 싶다면 여기 내 금제 연필을 써요……" 데이지가 상냥하게 말했다. 그녀는 주변을 두리번거리더니, 그 아가씨는 '품위는 없지만 얼굴이 예쁘장하다.'라고 말했다. 결국 나는 그녀가 개츠비와 있던 삼십 분을 제외하고는 이 자리에 있는 게 그리 즐겁지 않다는 걸 눈치채고 말았다.

우리가 앉은 테이블에는 유난히 술에 취한 사람이 많았다. 그 모든 일은 내 실수였다. 잠깐 개츠비가 전화를 받으러 자리를 비웠고 나는 이 주일 전에 함께했던 사람들과 자리를 함께했던 것이다. 물론 그때는 즐거웠다. 하지만 지금은 굉장히 불쾌하다.

"미스 베데커 양 괜찮나요?"

내가 질문을 한 이름의 아가씨는 내 어깨에 기대려고 했지만 도통 몸을 가누지 못했다. 대신 그녀는 내 말을 듣더니 의자에서 몸을 고쳐 세우고 두 눈을 똑바로 떴다.

"뭐라고요?"

데이지에게 내일이라도 바로 근처 클럽에서 골프를 치자고 조르던, 무기력해 보이고 덩치가 큰 여자가 미스 베데커를 옹호하고 나섰다.

"아, 그 아이는 괜찮아요. 칵테일 대여섯 잔에 늘 저렇게 몸을 못 가누고 소리를 질러대요. 그래서 술에 손대지 말라고 늘 내가 주의를 줘요."

"난 술에 손도 안 댔어." 사고 낸 사람으로 취급받던 아가씨가 힘없이 답했다.

"아니, 우리는 네가 소리 지르는 걸 들었어. 봐, 그래서 의사 선생님도 불러왔어. 시베트 선생님께 '선생님의 도움이 필요한 친구가 있어요.'라고 했단 말이야."

"얘도 고맙게는 생각할 거예요." 또 다른 친구는 하나도 고맙지 않은 표정으로 말했다. "하지만 선생님이 재 머리를 수영장에 집어넣는 바람에 옷이 전부 젖어버렸어."

"내가 세상에서 가장 싫어하는 게 수영장에 머리를 처박는 거야. 뉴저지에서는 진짜로 물에 빠져 죽을 뻔한 적도 있어." 미스 베데커가 중얼거렸다.

"그러니까 술을 작작 마셔요." 시베트 박사가 끼어들며 말했다.

"남 얘기처럼 말하지 마요!" 미스 베데커가 난폭하게 소리
쳤다. "지금 선생님 손도 덜덜 떨리고 있잖아요. 나는 절대 선
생님께 수술 받지 않을 거예요!"

그런 식이었다. 그날 밤 내 기억의 마지막은 데이지와 함
께 서서 영화감독과 그의 스타를 지켜본 것이었다. 그들은 여
전히 흰 자두나무 아래에 마주하고 있었다. 가느다랗게 한 줄
내려온 달빛은 그들 사이에 놓여 있었을 뿐이었다. 저녁 내내
그 남자는 조금씩 그녀 곁으로 얼굴을 숙여 지금의 그 거리에
서 마주하는 것 같다는 생각이 들었다. 심지어 내가 지켜보는
동안 그는 아주 약간 고개를 숙여 그녀의 뺨에 입을 맞추고
말았다.

"난 저 여자가 마음에 들어. 매력적이야." 데이지가 말
했다.

그러나 나머지 사람들은 데이지에게 불쾌함만을 심어줬
다. 몸짓이 아닌 감정 때문이라는 데는 가타부타 따질 필요
가 없었다. 데이지는 롱아일랜드의 한 어촌에 만들어진 한 번
도 본 적 없는 이 웨스트에그라는 '지역'에 질리고 말았다. 낡
고 완곡한 화법, 짜증날 정도의 날것 그대로의 활력에, 그리
고 지름길을 따라 무에서 무로 이어지는 것들에 대해. 무조건
강요하는 것만 같은 선을 넘어선 운명에 섬뜩함을 느꼈다. 그
녀는 도저히 이해할 수 없는 그 단순함 속에서 어떤 끔찍하고
무서운 걸 보고 있었다.

나는 두 사람과 나란히 계단에 앉아 그들의 자동차를 기다

렸다. 우리의 앞쪽은 그저 캄캄한 어둠뿐이었다. 밝은 문 정면으로 한 치 앞만을 따듯하게 밝힌 채 새벽의 깊은 어둠을 비추고 있었다. 이따금 그림자 하나가 위층 옷방의 블라인드를 등지고 움직였고 이내 다른 그림자에 자리를 내어주었다. 립스틱을 바르고 분을 바르는 행렬이 보이지 않는 거울 속에서 이어지고 있었다.

"그나저나 개츠비라는 작자는 도대체 뭘 하는 인간이야? 거물 밀주업자라도 되는 건가?" 갑자기 톰이 물었다.

"그런 소리를 어디서 들은 거야?" 내가 되물었다.

"아니, 들은 건 아니고 생각해 낸 거야. 닉, 너도 알잖아. 갑자기 부자가 되는 사람들 중에 거물 밀주업자가 많다는 걸."

"그런데 개츠비는 아니야." 나는 딱 잘라 말했다.

톰은 잠깐 말을 잇지 않았다. 차도에 깔린 자갈이 그의 발밑에서 서로의 몸을 부대끼는 소리를 냈다.

"그래, 아무튼 개츠비는 이 별난 사람들을 한곳에 모으느라 힘깨나 들였겠어."

잔잔한 바람이 불어오자 회색 안개 같은 데이지의 옷깃 털이 살랑살랑 나부꼈다.

"적어도 이 사람들은 우리가 알고 있는 사람들보다 재미있어." 데이지는 애써 말했다.

"당신은 그렇게 재미있어 보이지 않던데."

"아뇨, 난 재미있었어."

톰은 웃더니 나를 향해 몸을 돌렸다.

"아까 그 아가씨가 데이지에게 찬물 샤워를 시켜달라고

했을 때 데이지의 얼굴이 어땠는지 알아?"

데이지는 음악에 맞춰 잔잔하게 리듬을 타며 허스키한 목소리로 노래를 부르기 시작했다. 노래 가사의 뜻을 하나하나 해석하며 부르는 일은 전에도 없었고 앞으로도 없을 것이다. 음이 높아지면 그녀의 목소리는 마치 콘트랄토 가수가 부르는 것처럼 감미롭게 멈췄다가 다시 목소리를 내곤 했다. 이렇게 목소리에 변화가 생길 때마다 그녀가 품은 따스하고 인간적인 마법이 공기 속으로 조금씩 퍼져나갔다.

"초대받지 않은 사람이 많았어." 갑자기 데이지가 말을 꺼냈다. "그 아가씨도 초대받지 않았어. 그런 사람들이 들이닥쳐도 개츠비는 너무 정중한 사람이라 거절하지 못하는 거야."

"난 대체 그 작자가 누군지, 어떤 일을 하는지 알고 싶단 말이지. 뭐 알아내는 방법은 다 있지." 톰은 집요하게 말했다.

"그거라면 지금이라도 당장 말해줄 수 있어. 그는 약국을 경영해. 그것도 아주 많이. 스스로 세운 사업이야." 데이지가 대답했다.

그때 리무진이 꾸물거리며 차도 위로 올라왔다.

"오빠, 잘 자." 데이지가 말했다. 그녀는 내 뒤에 있는 불이 켜진 계단 꼭대기로 시선을 보냈다. 그곳의 열린 문으로는 그해 유행한 산뜻하지만 우울한 왈츠 〈새벽 3시〉가 흘러나오고 있었다. 딱딱한 격식이 필요 없는 개츠비의 파티는 그녀가 사는 세상에서는 절대 찾아볼 수 없는 낭만적인 가능성이 새겨져 있었다. 그 노래에 들어 있는 무언가가 그녀를 다시 집 안으로 불러들이고 있는 걸까? 아무것도 예측할 수 없는 지금

이 캄캄한 시각에 어떤 일이 일어날 수 있을까? 어쩌면 믿기 어려운 손님이 올지도 모른다. 아니면 눈부시게 아름다운 젊은 아가씨가 도착해, 마법 같은 한순간의 만남으로 개츠비를 첫눈에 사로잡아 오 년간 오로지 한쪽으로만 향했던 마음을 깨끗하게 없애줄지도 모른다.

그날 밤 늦게까지 나는 개츠비의 집에 남아 있었다. 그에게 시간이 날 때까지 기다려 달라는 부탁을 받았기 때문이다. 수영을 즐기던 한 무리들이 시원하고 개운한 기분으로 깜깜한 해변에서 올라와 손님방 불이 전부 꺼질 때까지 정원에서 어슬렁거렸다. 마침내 그가 계단을 내려왔다. 그의 갈색빛 피부는 유난히 팽팽하게 얼굴에 달라붙어 있었다. 그의 두 눈은 반짝였지만 어쩐지 피곤한 기색이 역력했다.

"데이지는 여길 좋아하지 않았어." 나를 보자마자 그가 말했다.

"아니, 그렇지 않아. 좋아했어."

"좋아하지 않았어. 결코 즐거운 시간을 보내지 않았어." 그의 말은 완강했다.

그는 잠깐 침묵했고 나는 그가 의기소침해 있어 아무 말도 않는다는 것을 느꼈다.

"데이지가 멀게 느껴졌어. 어떻게 이해시켜야 할지 모르겠어." 그가 말했다.

"아까 그 춤을 말하는 거야?"

"춤이라고?" 그는 손가락을 한 번 튕겨 그가 추었던 춤을 모두 무시해버렸다. "닉, 춤은 중요한 게 아니야."

그가 원한 건 단 한가지였다. 데이지가 톰에게 가서 "난 당신을 결코 사랑한 적이 없어." 하고 말하는 것뿐이었다. 그 말 하나로 지난 세월을 완전히 지우고 그녀와 현실적인 방법을 찾을 수 있을 거라고 믿었다. 데이지가 톰으로부터 자유로워진다면 함께 루이빌로 돌아가 그녀의 집에서 결혼식을 올리는 것이다. 마치 오 년 전의 그때처럼.

"데이지는 이해하지 못하고 있어. 전에는 그렇지 않았어. 우린 몇 시간이고 함께 앉아서……." 그는 절망적이었다.

개츠비는 말을 끊더니 과일 껍데기나 버려진 선물, 짓밟힌 꽃이 나뒹구는 길을 쓸쓸하게 왔다갔다 걸었다.

"나라면, 데이지에게 많은 걸 요구하지 않을 거야. 과거를 되돌릴 수는 없잖아." 나는 불쑥 말했다.

그는 과거가 그의 손이 닿지 않는 곳에 있듯, 마치 자기 집 앞 그늘진 공간에 몸을 숨기고 있다고 생각하는 듯 주위를 두리번거렸다.

"난 모든 걸 옛날과 똑같이 되돌려 놓을 거야. 데이지도 알게 될 거야." 그는 단호하게 고개를 끄덕이며 말했다.

그는 그날 자신의 과거에 대해 많은 이야기를 했다. 나는 그가 되돌리고 싶은 게 어쩌면 데이지를 사랑하게 된 그 무엇, 그 자신에 대한 관념이 아닐까 싶었다. 그 뒤로 그의 삶은 혼란에 빠진 채 엉망이 됐지만, 만약 그에게 한 번의 기회가 생겨 다시 출발점으로 돌아갈 수 있다면, 그리고 천천히 모든 것을 다시 생각한다면, 그는 그가 되찾고 싶었던 게 무엇인지 찾아낼 수 있을지도 모른다…….

……오 년 전의 어느 가을밤이었다. 그들은 나뭇잎이 떨어지는 거리를 함께 걸었다. 그리고 나무 한 그루 없이 달빛이 하얗게 번진 인도에 이르렀다. 그들은 발을 멈추고 서로를 바라봤다. 일 년 중 딱 두 번 있는, 신비로운 흥분이 떠다니는 그런 서늘한 밤이었다. 집집마다 밝힌 조용한 불빛이 어둠 속에서 노래를 불렀고 별들 사이에서도 소란하게 움직이는 소리가 들렸다. 개츠비는 곁눈질로 보도블록이 실제 사다리가 되어 나무 꼭대기 비밀스런 장소로 올라가는 것을 봤다. 만약 혼자 그 사다리를 타고 올랐다면 그는 그 비밀스런 곳에 발을 디딜 수 있었을 것이다. 일단 오르기만 하면 생명의 젖을 빨고 그 어느 것에도 비교할 수 없는 신비의 젖을 들이켤 수 있었을 것이다.

데이지의 하얀 얼굴이 자신의 얼굴에 닿는 순간 그의 심장은 세차게 뛰었다. 눈앞에 있는 이 아가씨와 입을 맞추면 말로 설명할 수 없는 자신의 환상을 그녀의 숨결과 하나로 영원히 더해버리면, 앞으로 그의 심장은 마치 신의 심장처럼 다시는 뛰지 않으리라는 것을 잘 알고 있었다. 그는 잠시 기다려 소리굽쇠가 별에 부딪히는 아름다운 소리에 귀를 기울였다. 그러고 나서 그녀의 입에 자신의 입을 가져갔다. 그녀는 그의 입술이 닿자 그를 위한 한 송이 꽃처럼 활짝 피어나 새로운 삶을 만들었다.

그가 들려준 이야기는 끔찍할 정도로 놀라운 감상이었다. 하지만 개츠비의 말을 모두 들었을 때 내 머리엔 문득 무언가 떠올랐다—오래 전에 어디선가 들었던—포착할 수 없는 리듬과도 같은, 잃어버린 말의 조각 같은. 순식간에 어떤 말 조각들이 내 입가에 떠올라 내 입은 바보같이 벌어졌다. 마치 놀란 숨을 한 번 내쉴 때보다 더 힘이 든 것처럼 말이다. 그러나 입술 사이에서는 아무 말도 나오지 않았다. 내가 기억해낼 뻔했던 말 조각들은 영영 전달할 수 없게 되었다.

7

개츠비에 대한 관심이 최고조에 달했던 건 어느 토요일 밤, 저택에서 불빛이 보이지 않고부터였다. 트리말키오로서의 삶도 그 시작과 마찬가지로 슬그머니 막을 내렸다.

자동차들이 그의 집 앞에 기대를 품은 채 서 있다가 잔뜩 화가 난 듯이 떠나버린 장면들도 점점 잦아졌다. 나는 그가 아픈 건 아닐까 싶어 알아보려고 그의 집으로 건너갔다. 인상이 험악한 낯선 집사는 문을 열고 미심쩍은 표정으로 나를 내려다봤다.

"개츠비 씨가 어디 편찮으신 건가요?"

"아닙니다." 그리고 잠깐 말을 멈춘 뒤, 어쩔 수 없다는 투로 '선생님'이라는 말을 덧붙였다.

"요즘 통 뵙지를 못해 걱정이 됩니다. 혹시 캐러웨이가 찾아왔다고 전해주실 수 있나요?"

"누구라고요?" 그는 무례하게 물었다.

"캐러웨이요."

"네, 캐러웨이. 알겠습니다. 말씀드리죠."

그는 갑자기 문을 쾅하고 닫았다.

우리 집 핀란드인 가정부 말로는 일주일 전 개츠비는 집에 있던 하인 전부를 해고했고 새로운 하인을 대여섯 명 정도 고용했다. 그들은 웨스트에그 상점에 가서 흥정 없이 적당한 양의 식품을 전화로 주문한다고 했다. 식료품 배달 소년의 말로는 주방이 마치 돼지우리나 다름없었다고 했고 마을에는 새로 고용된 사람들이 하인이 아니라는 소문이 있었다.

이튿날 개츠비에게 전화가 왔다.

"다른 곳으로 떠날 생각이야?" 내가 물었다.

"아니야."

"하인을 전부 내보냈다면서."

"입이 무거운 사람들이 필요했어. 데이지가 자주 놀러오거든. 오후가 되면⋯⋯."

그녀의 불만스러운 눈빛 한 번에, 손님으로 떠들썩했던 거대한 개츠비의 저택이 종이로 만든 집처럼 무너져 내린 것이다.

"울프심하고 뭘 같이하려던 사람들이야. 형제자매 같은 사이들. 그들은 함께 작은 호텔을 경영한 적도 있어."

"그렇군."

개츠비는 데이지의 부탁으로 전화를 했다고 말했다. 내일 그녀의 집에 점심을 하러 가지 않겠느냐고 물었다. 미스 베이커도 올 예정이라고 했다. 삼십 분쯤 뒤 데이지가 직접 전화를 걸어왔다. 내가 가겠다고 말하자 안심하는 투였다. 분명 어떤 일이 있었던 것이다. 그러나 그들이 설마 그 자리에서 어떤 소동을 벌이리라고는, 개츠비가 정원에서 생각해낸 비참한 그 소동을 위한 날이라고는 상상도 못했다.

다음 날은 끓는 듯 더운 날씨였다. 그해 여름의 마지막으로 접어든 무렵이었고 그동안의 날 중 가장 더운 날이었다. 내가 탄 기차가 터널에서 햇볕 속으로 빠져나왔을 때는 내셔널 비스킷 회사의 뜨거운 경적 소리만이 뜨거운 정오의 적막을 찢고 있었고 객차의 밀짚 시트는 금방이라도 타버릴 지경이었다. 옆자리에 있던 여자는 흰 블라우스 차림으로 우아하게 땀을 흘리고 있다가 손에 쥔 신문이 축축하게 젖자, 절망스러운 외마디를 지르면서 의자 깊숙이 몸을 파묻었다. 그때 그녀의 지갑이 바닥에 떨어졌다.

"어머나." 그녀는 숨을 헐떡거렸다.

나는 더위로 지친 몸을 숙여 그녀의 지갑을 들어서는, 다른 의도 따위가 전혀 없다는 것을 보여주기 위해 지갑 끄트머리만 살짝 집어서 그녀에게 전해주었다. 그러나 그녀를 포함한 근처의 승객들은 나에게 수상한 눈초리를 보였다.

"너무 더워요!" 차장이 낯익은 얼굴을 향해 말했다. "날씨가 너무 심해요…… 더워요…… 더워요……. 덥다, 덥다. 이렇게 덥다니! 다들 덥죠? 그렇죠?"

내 정기 승차권은 그의 손을 거치면서 조금 더러운 모습으로 돌아왔다. 이 정도의 더위라면 차장이 누군가의 붉은 입술에 키스를 하든, 누군가가 그의 가슴 셔츠의 호주머니를 축축하게 적신들 조금의 신경이라도 쓸 것인가!

……개츠비와 내가 문 앞에서 기다리는 동안 뷰캐넌 저택의 홀을 가로질러 전화벨 소리가 약한 바람에 실려 들려왔다.

"주인어른 시체라뇨!" 집사가 수화기에 대고 큰 소리를 냈다. "사모님, 죄송하지만 지금은 해 드릴 수가 없습니다……. 이런 한낮에는 너무 더워서 시체를 만질 수 없습니다!"

실제로 그가 한 말은, "네……. 네……. 알겠습니다."였다.

그는 수화기를 내려놓고 땀에 번질거리는 얼굴로 우리에게 다가왔다. 그리고 빳빳한 밀짚모자를 받아들었다.

"부인께서는 응접실에서 기다리고 있습니다." 그는 그쪽을 가리키면서 외쳤다. 그럴 필요까지는 없었는데 말이다. 이런 심한 더위 속에서는 불필요한 몸짓 하나조차도 일상에 대한 도전처럼 느껴진다.

차양으로 잘 가려진 방에는 낮은 어둠이 깔려 있고 서늘했다. 데이지와 조던은 긴 의자에 은사처럼 앉아, 큰 선풍기가 윙윙대며 만드는 바람에 나풀거리는 하얀 옷자락을 누르고 있었다.

"전혀 움직일 수 없어요." 그들은 한목소리를 냈다.

분을 바른 조던의 그을린 손가락이 잠깐 내 손 위에 놓였다.

"우리의 뷰캐넌 선수는?" 내가 물었다.

내 말이 채 끝나기 전에 홀에서 퉁명스럽게 웅얼대는 쉰 소리가 들렸다. 톰이 전화를 거는 소리였다.

개츠비는 진홍빛 카펫 한가운데에 서서 매혹당한 표정으로 주위를 둘러보고 있었다. 데이지는 그런 그를 바라보면서, 그녀 특유의 활기차면서도 남을 설레게 하는 웃음을 지었다. 그녀의 가슴께에서 미세한 분가루가 공중으로 피어올랐다.

"소문으로는, 톰의 애인에게서 걸려온 전화라는군요." 조던이 작게 속삭였다.

우리는 아무 말도 하지 않았고 그래서인지 홀에서 들려오는 짜증 섞인 목소리가 더욱 크게 들렸다. "그래, 좋아. 당신한테 그 차를 팔지 않겠어…… 그리고 난 당신한테 어떤 것도 빚지지 않았다고…… 그리고 그 문제로 내 점심시간을 망치려는 건 도저히 못 참아!"

"수화기를 막고 저러는 걸 거야." 데이지가 빈정댔다.

"아니, 그렇지 않아. 저건 진짜야. 뭐 어쩌다 알게 됐지만." 나는 그녀에게 확인해주었다.

문이 활짝 열리더니 톰이 육중한 몸으로 문가를 막고 잠시 서 있다가 급하게 안으로 들어왔다.

"개츠비 씨!" 그는 그의 적대감을 감추면서 넓적한 손을 내밀었다. "만나서 반가워요…… 그리고, 닉……"

"찬 음료 좀 가져다줘요." 데이지가 외쳤다.

그가 방에서 나가자 그녀는 몸을 일으켜 세워 개츠비에게 다가왔다. 그리고 그의 얼굴을 끌어내리고 그의 입술에 키스를 했다.

"내가 사랑하는 거 알지?" 데이지가 나지막한 소리로 속삭였다.

"이 자리에 숙녀 한 사람이 더 있다는 걸 잊었나 봐." 조던이 말했다.

그러자 데이지는 의아하다는 표정으로 돌아봤다.

"너도 닉에게 키스하렴."

"정말 자기 마음대로구나!"

"그래도 난 신경 쓰지 않아." 데이지가 소리쳤다. 데이지는 소리를 치고는 벽돌 난롯가에서 탭댄스 같은 춤을 추듯 움직였다. 그러다가 더워졌는지 죄책감이라도 느낀 듯 긴 의자에 걸터앉았다. 바로 그때 보모가 예쁜 옷차림을 한 자그마한 여자아이를 데리고 들어왔다.

"어휴, 예쁜 것! 내 보물!" 그녀는 두 팔을 벌리며 나직하게 소곤댔다. "널 사랑하는 엄마 품으로 오렴."

보모가 아이를 놓아주자, 아이는 달려가 제 엄마의 옷 속으로 수줍게 파고들었다.

"예쁘고 귀여운 내 보물. 우리 아가 금발에 엄마 분을 묻혔네. 자, 이제 일어나서 인사를 해야지."

개츠비와 나는 차례로 몸을 굽혀 소녀의 머뭇거리는 작은 손을 잡았다. 그 후로도 개츠비는 놀랍다는 눈으로 아이를 지켜봤다. 그는 데이지에게 있는 이 아이의 존재가 전혀 믿기지 않았던 것 같다.

"점심 먹으려고 이렇게 옷을 갈아입었어요." 아이가 데이지 쪽으로 돌아서며 말했다.

"엄마가 널 너무 보여주고 싶어 그랬어." 데이지는 아이의 희고 가느다란 목주름 속에 얼굴을 묻었다.

"넌 이 엄마의 꿈이야. 작고 예쁜 우리 아가."

"응, 조던 아줌마도 하얀 드레스를 입었네." 아이는 조용히 대답했다.

"엄마 친구들이야, 어때?" 데이지는 아이를 한 바퀴 돌려 세워 개츠비와 마주 보도록 했다. "멋지지 않아?"

"아빠는 어디 있어?"

"앤 아빠를 안 닮았어. 날 닮았지. 머리카락이랑 얼굴이 꼭 빼닮았어." 데이지가 설명했다.

데이지가 긴 의자에 다시 기대앉았다. 보모가 다가와 아이 손을 잡아끌었다.

"페미, 이리 와."

"잘 가, 귀여운 아가."

아이는 내키지 않아 하면서 힐끔 돌아봤지만 교육을 엄격하게 받았는지 보모의 손을 잡고 밖으로 나갔다. 그와 동시에 톰이 얼음을 채운 진 리키 네 잔을 들고 방 안으로 들어왔다.

개츠비는 자기 잔을 받았다.

"정말 시원해 보이네요." 눈에 띄게 긴장한 개츠비가 말했다.

우리는 게걸스럽게 단숨에 쭉 들이켰다.

"어디선가 읽은 적이 있어. 태양이 매년 뜨거워지고 있다는군. 이렇게 가다가는 얼마 지나지 않아 지구가 태양 속으로 폭발하고 말 거예요. 아니, 가만 보자. 그 반대이던가. 태양이 점점 식어가고 있다는 말이었나……." 톰이 다정하게 말했다.

그리고 개츠비에게 제안했다. "우리 다들 밖으로 나가죠.

집 구경을 좀 시켜드릴게요."

나는 그들과 함께 베란다로 나갔다. 더위는 여전했다. 그
속에 가만히 고여 있는 초록의 해협에 작은 돛단배 한 척이
더 시원한 바다 쪽으로 천천히 나아가고 있었다. 개츠비는 잠
시 그것을 바라보다가 손을 들어 만 반대편을 가리켰다.

"난 저 건너편에 삽니다."

"그렇군요."

우리는 장미 화단과 불볕더위 아래 뜨거운 잔디밭과 해변
의 잡초 더미로 시선을 옮겼다. 돛단배의 하얀 돛이 푸른 수
평선을 배경 삼아 천천히 움직이고 있었다. 그 앞에는 축복
받은 수많은 섬들이 부채처럼 펼쳐진 바다의 곁을 지키고 있
었다.

"한번 해볼 만한 스포츠죠. 한 시간 정도 저기에서 보내면
좋겠군요."톰이 고개를 끄덕이며 말했다.

우리는 덥지 않도록 차양을 내린 어두운 식당에서 점심을
들면서 차가운 흑맥주로 유쾌한 분위기를 가장했다.

"우리 이제 오후에는 뭘 하지?"데이지가 소리쳤다. "그리
고 내일은? 또 앞으로 삼십 년 뒤에는?"

"유난 떨지 마. 가을이 오고 날씨가 다시 좋아지면 인생은
다시 시작된다고."조던이 대꾸했다.

"하지만 너무 더워! 그리고 만사가 정신없이 뒤죽박죽이
야. 우리 다 같이 시내로 나가자!"데이지는 금방이라도 울 것
같은 얼굴로 고집을 부렸다.

그녀의 목소리는 더위를 뚫고 나아가려고 계속 애쓰며 무

의미하게 뱉는 말에 형체를 부여하고 있었다.

"마구간을 차고로 개조한다는 얘기는 나도 들어 봤어요. 하지만 차고를 뜯어고쳐 마구간으로 만든 사람은 아마 내가 처음일 거예요." 톰이 개츠비에게 말했다.

"누구 시내에 나가고 싶은 사람 없어요?" 데이지가 끈질기게 보챘다. 개츠비는 그녀에게로 시선을 돌렸다. "아, 당신 너무 멋져요."

그들의 눈길이 마주쳤다. 그들은 마치 주변에 아무도 없다는 듯 서로의 시선이 얽혔다. 데이지는 시선을 어렵게 거둬 식탁 아래로 옮겼다.

"당신은 언제나 멋져요." 그녀는 반복해서 말했다.

데이지는 톰이 있는 그 자리에서 개츠비에게 사랑한다고 말한 것과 다름없었다. 톰은 단번에 알아차렸다. 그는 놀랐다. 입을 벌린 채 개츠비를 쳐다보다가, 마치 오래 전에 알았던 사람을 지금에서야 알아봤다는 표정으로 데이지를 돌아봤다.

"당신은 광고에 나오는 그 사람을 닮았어요." 그녀는 순진하게 말을 이어나갔다. "당신도 알지? 그 사람……."

"좋아." 톰이 갑자기 대답했다. "나도 시내에 나가고 싶어졌어. 자, 모두 시내로 가자고."

톰은 여전히 개츠비와 데이지를 번갈아가며 쏘아봤다. 그가 자리에서 일어났지만 움직이는 사람은 아무도 없었다.

"자! 어서 가자고. 도대체 왜 이렇게 꾸물대는 거야? 시내에 나갈 거라면 지금 출발하자고." 그는 화를 냈다.

그는 금방이라도 터질 것 같은 화를 억누르느라 손이 떨렸다. 톰은 그 손으로 얼마 안 남은 흑맥주를 들어 입술을 축였다. 데이지의 목소리를 듣고 나서야 우리는 자리에서 일어나 태양이 뜨겁게 내리쬐는 자갈밭으로 나갔다.

"지금 당장 갈 거야?" 그녀가 이의를 제기했다. "그냥 이렇게 담배도 한 대 안 피우고 가?"

"점심 먹으면서 다들 피웠잖아."

"아, 그냥 재미있게 좀 놀아. 이렇게 더운 날 짜증을 내야겠어?" 데이지가 조르는 듯 말했다.

톰은 아무 말도 없었다.

"그럼 당신 하고 싶은 대로 해. 조던, 가자." 그녀가 말했다.

여자들이 위층에 올라가 준비하는 동안 세 남자는 뜨거운 자갈을 발로 차고 있었다. 서쪽 하늘에는 이미 은빛 초승달이 걸려 있었다. 개츠비가 어떤 말을 하려다가 그만두었지만, 톰은 이미 기다렸다는 듯 개츠비 쪽으로 몸을 돌리고 있었다.

"뭐라고요?"

"마구간이 여기 있나요?" 개츠비는 마지못해 물었다.

"이 길로 한 1킬로미터 내려가면 있지요."

"아."

잠시 침묵이 지나갔다.

"왜 그렇게 시내에 가겠다는 건지 도통 모르겠단 말이야. 여자들 머릿속에는 도대체 뭔 생각들이 들어 있는지……." 톰이 벌컥 화를 냈다.

"뭐 마실 거라도 들고 갈까?" 데이지가 위층 창문을 열고 물었다.

"위스키를 가져갈게." 톰이 대답하고는 안으로 들어갔다.

개츠비는 굳은 얼굴로 나를 향해 몸을 돌렸다.

"이 집에서는 아무 말도 할 수 없어."

"데이지의 목소리에는 신중한 구석이 없어." 내가 말했다. "그 아이의 목소리는 마치……."

나는 머뭇거렸다.

"그녀의 목소리는 돈으로만 가득 차 있어." 갑자기 개츠비가 말했다.

바로 그랬다. 전에는 미처 그 사실을 깨닫지 못했지만 정말 그녀의 목소리는 돈으로 가득했다. 그 안에 오르고 내리는 매력, 짤랑거리다가 가끔은 심벌즈처럼 요란해지는, 하얀 궁전의 저 높은 곳에 있는 공주처럼, 금빛으로 빛나는 소녀상처럼…….

톰이 1리터짜리 술병을 수건으로 감싸들고 집 안에서 나왔고 그 뒤를 따라 메탈릭한 천으로 만든 작고 꼭 끼는 모자를 쓰고 팔 위에 얇은 케이프를 걸친 데이지와 조던이 나왔다.

"모두 내 차로 가실까요?" 개츠비의 제안이었다. 그는 뜨거운 녹색 가죽 시트를 만졌다. "그늘에 세워둘 걸 그랬어요."

"변속 기어인가요?" 톰이 물었다.

"네, 그렇습니다."

"그럼 댁이 내 쿠페를 몰고, 내가 당신 차를 시내까지 몰도록 합시다."

개츠비는 그 제안이 못마땅하다는 눈치였다.

"기름이 충분하지 않을 거요." 개츠비는 반대했다.

"기름이야 어디든 충분하죠." 톰이 신나서 말했다. 그는 연료 계측기를 들여다보았다. "기름이 떨어지면 약국에 들르면 되지요. 요즘 약국에서는 뭐든 다 판다고 하더라구요."

그의 엉뚱한 말에 잠시 침묵이 흘렀다. 데이지는 눈살을 찌푸리며 톰을 노려봤다. 지금 당장은 이해할 수 없지만 언젠가 한번은 들었을 법한 말인, 복잡하고 뭐라고 표현하기 힘든 표정이 개츠비의 얼굴을 지나갔다.

"자, 데이지. 이 서커스 마차에 태워줄게." 톰은 개츠비의 자동차 쪽으로 데이지를 밀면서 말했다.

그가 차 문을 열었지만 그녀는 그의 팔 안에서 빠져나왔다.

"당신은 닉하고 조던을 데리고 가요. 우린 쿠페를 타고 뒤따를게요."

데이지는 개츠비 곁으로 바짝 다가섰다. 그리고 그의 상의를 어루만졌다. 조던과 톰, 그리고 나는 개츠비의 차 앞자리에 올라탔다.

톰은 익숙하지 않은 기어를 몇 번 건드려보더니 숨이 막힐 듯한 더위 속으로 쏜살같이 튀어나갔다. 뒤에 남겨진 두 사람의 모습이 점점 멀어졌다.

"봤지?" 톰이 말했다.

"뭘 말이지?"

그는 나를 날카롭게 쳐다봤다. 조던과 내가 모든 것을 알고 있었다는 것을 이제 깨달은 듯했다.

"내가 바보인 줄 아나?" 그는 떠보듯 물었다. "아니, 그럴지도 몰라. 그렇지만 나한테는 통찰력이라는 게 있거든. 가끔은 그게 나에게 무얼 해야 하는지를 알려줘. 아마 못 믿겠지만 과학은……."

그는 잠시 말을 멈췄다. 눈앞에 닥칠 돌발 상황이 그의 생각을 덮쳤고 이론의 심연 속에서 그를 끌어올렸다.

"저 작자에 대해서 조사를 했어." 그는 말을 이었다. "미리 알았다면 좀 더 잘 알아봤어야 했는데……."

"용하다는 점쟁이에게라도 가봤다는 말이에요?" 조던이 웃으며 물었다.

"뭐?" 우리가 웃는 동안 그는 어리바리한 표정으로 우리를 쳐다봤다. "점쟁이라니?"

"개츠비에 관해서 말이에요."

"개츠비에 대해서라니! 아니, 내 말은, 그 작자의 과거를 알아봤다니까."

"그럼, 그가 옥스퍼드 출신이라는 걸 알겠네요." 조던이 거들었다.

"무슨! 옥스퍼드 같은 소리!" 그는 도저히 믿을 수 없다는 얼굴로 말했다. "퍽이나 그러겠어. 빌어먹을 분홍색 양복이나 입는 꼴인데……."

"그렇지만 그는 옥스퍼드 출신이에요."

"뉴멕시코 주에 있는 옥스퍼드겠지." 톰은 경멸하듯 코웃음 쳤다. "아니, 또 모르지. 그 비슷한 어디든가."

"아니, 톰. 그렇게 속물이면서 왜 개츠비를 점심에 초대했어요?" 조던이 따지듯 물었다.

"데이지가 초대한 거야. 우리가 결혼하기 전부터 서로 알았다는데 어디서 알았는지 누가 알겠어!"

우리는 흑맥주 취기에서 벗어나면서 짜증이 늘었고 그걸 의식하게 되자 각자 할 말을 잃었다. 그렇게 차는 도로를 달렸고 T. J. 에클버그 의사의 빛바랜 눈이 시야에 들어왔다. 나는 기름이 부족할지도 모른다는 개츠비의 말이 떠올랐다.

"시내까지는 충분해." 톰이 말했다.

"하지만 바로 저 앞에 기름 넣는 곳이 있잖아요. 이렇게 끔찍한 더위에 기름이 떨어져 길바닥에 멈춰버리는 건 상상도 하기 싫어요." 조던이 반대했다.

톰은 신경질적으로 브레이크를 밟았다. 우리는 윌슨의 정비소 간판 밑으로 미끄러지듯 멈춰 섰다. 잠시 뒤 주인이 가게 안쪽에서 나타나 퀭한 눈으로 차를 바라봤다.

"기름 좀 넣어줘." 톰이 거칠게 소리쳤다. "우리가 왜 차를 세웠을 것 같나? 경치를 감상하려고?"

"몸이 안 좋아요. 온종일 앓았어요." 윌슨이 꼼짝도 안 한 채로 대꾸했다.

"어디가 안 좋은데?"

"이제 완전히 지쳤어요."

"그럼 내가 직접 넣어?" 톰이 물었다. "전화로는 말짱해 보이던데……."

윌슨은 기대어 서 있던 문가 그늘에서 간신히 몸을 떼고는 숨을 가쁘게 몰아쉬며 주유구 뚜껑을 열었다. 햇빛에서 보니 그의 얼굴은 푸른색이었다.

"점심을 방해할 생각은 없었어요. 하지만 돈이 아주 급해요. 그리고 그 옛날 차를 어떻게 하실지 궁금했어요……."

"이 차는 어때?" 톰이 물었다. "지난주에 샀어."

"노란색이 아주 근사하네요." 윌슨이 주유 펌프 핸들에 힘을 주면서 대답했다.

"살 생각은 있어?"

"좋은 기회죠. 그런데, 싫어요. 다른 차로도 돈을 벌 수 있으니까요." 윌슨은 힘없이 미소 지으며 말했다.

"근데 왜 갑자기 돈이 필요하지?"

"이곳에 너무 오래 살았어요. 어디 다른 데로 가보려고요. 마누라와 저는 서부를 생각하고 있어요."

"당신 부인이 가고 싶어 해?" 톰이 놀라 큰 소리를 냈다.

"마누라는 십 년 전부터 그 소리를 했어요." 그는 펌프에 기대어 손으로 햇빛을 가리며 잠시 쉬었다. "이번에는 마누라가 원하든 원하지 않든 무조건 갈 겁니다. 제가 데리고 가려고요."

그때 쿠페 한 대가 한바탕 먼지를 일으키며 지나갔다. 차 안에서 흔드는 손이 보였다.

"얼마야?" 톰이 거칠게 물었다.

"이틀 전까지는 제가 몰랐던 어떤 사실을 알게 됐어요. 그래서 이사를 가려고 해요. 자동차 때문에 성가시게 군 것도 그래서였어요." 윌슨이 말했다.

"얼마냐고!"

"1달러 20센트예요."

무자비하게 쏟아지는 열기에 정신이 없었다. 찝찝한 시간이 조금 지나고 나서야 나는 윌슨이 아직까지는 톰을 의심하지 않는다는 걸 깨달았다. 그는 머틀이 자기와 완전하게 먼 세상에서 살아가고 있다는 걸 이제야 알았고 그걸 발견한 충격에서 벗어나지 못해 병이 난 것이었다. 나는 물끄러미 그를 쳐다보다가 톰에게 눈길을 돌렸다. 그런데 톰 역시 한 시간 전에 그와 비슷한 발견을 했었다. 남자 사이에서 지능이나 인종의 차이는, 건강한 사람과 아픈 사람 차이에 비하면 아무것도 아니라는 생각이 들었다. 윌슨은 병색 짙은 얼굴로 도저히 용서 받을 수 없는 죄를 지은 사람 같았다. 마치 불쌍한 한 소녀를 임신시키기라도 한 것처럼.

"그 차를 넘기겠어. 내일 오후에 보낼게." 톰이 말했다.

그 동네는 햇볕이 환한 대낮에도 어딘가 불편한 모습을 드러내는 곳이었다. 나는 뒤를 조심하라는 경고를 받은 것 같은 기분에 뒤를 돌아보았다. 쓰레기 더미 너머로 T. J. 에클버그 의사의 거대한 눈이 내려다보고 있었다. 그러나 잠시 뒤, 나는 또 다른 눈이 놀랄 정도로 번득이며 우리를 지켜보고 있다는 것을 깨달았다. 채 6미터도 떨어지지 않은 곳이었다.

정비소 위층의 창문 하나는 커튼이 옆으로 살짝 젖혀 있었다. 바로 그곳에서 머틀 윌슨이 자동차를 내려다보고 있었다. 그녀는 너무 몰입한 나머지 누군가 자신을 보고 있는지조차 전혀 모르고 있었다. 그녀의 얼굴은, 사진을 막 현상할 때

피사체의 그림자가 천천히 떠오르는 것처럼 온갖 감정이 쏟아져 나오고 있었다. 보통의 여자들에게 드러나는 익숙한 표정이었지만, 머틀 윌슨의 얼굴에 떠오른 표정은 이유가 없는, 어떤 말로 설명할 수 없는 것이었다. 그러다가 그녀는 질투와 놀라움으로 눈이 커졌다. 조던을 발견하고 그녀가 톰의 아내라고 생각하고 있었다.

단순한 정신은 혼란에 약하다. 차가 달리는 내내 톰은 혼란에 빠져 허우적대고 있었다. 불과 한 시간 전만 하더라도 온전히 자신의 것이라고 생각했던 아내와 정부가 그의 뜻이 아닌 채로 자신의 손에서 빠져나가고 있었다. 그는 윌슨을 뒤로하고 데이지를 쫓기 위해 본능적으로 속도를 내고 있었다. 롱아일랜드시티를 향해 시속 80킬로미터로 달리자 마침내 고가도로의 거미줄 같은 교각 사이를 느긋하게 달리는 푸른색 쿠페가 눈에 들어왔다.

"50번가 근처의 큰 극장들이 시원하더라고요." 조던이 제안했다. "난 다들 떠나버린, 여름날 오후의 뉴욕이 너무 좋아요. 뭔가 감각적인 구석이 있어요. 온갖 신기한 과일이 손으로 막 떨어지려고 하는 것 같은 농익은 모습이랄까요."

'감각적'이라는 말에 톰의 마음은 더 심란해졌지만 그가 뭐라고 대꾸하기도 전에 쿠페가 멈춰 섰다. 데이지가 차를 옆으로 대라고 우리에게 신호를 보냈다.

"어디로 가?" 그녀가 소리쳤다.

"영화는 어때?"

"너무 덥잖아." 그녀가 투덜댔다. "당신들은 가도록 해. 우리는 차로 조금 더 돌아다니다가 나중에 합류할게." 그녀는 조금이라도 재치 있어 보이려 애썼다. "어느 길모퉁이에서 담배 두 개비를 태우고 있는 사람이 있으면 난 줄 알아."

"여기서 그런 얘길 하고 있을 순 없어." 톰이 조급하게 말했다. 트럭 한 대가 우리 뒤에서 비키라며 욕을 퍼붓듯 경적을 울려 대고 있었다. "센트럴파크 남쪽 플라자 호텔 앞으로 날 따라와."

톰은 몇 번이나 고개를 돌려 차가 잘 따라오고 있는지 살폈다. 그들의 차가 교통 신호에 걸려 늦어지기라도 하면 차가 보일 때까지 속도를 늦췄다. 어느 순간 그들이 자신을 따돌려 자신의 삶으로부터 영영 도망쳐 버리는 게 아닐까 하고 걱정하는 듯했다.

그러나 그들은 그러지 않았다. 그리고 우리는 어느새 플라자 호텔에서 응접실이 딸린 스위트룸을 잡는, 말로 설명하기 어려운 일에 다다랐다.

그 방으로 몰려 들어갈 때까지 시간을 끌며 뭐라고 언쟁을 벌이며 소란스럽게 굴었는지 이젠 기억도 잘 나지 않는다. 하지만 그러는 와중에 속옷이 축축한 뱀처럼 다리를 휘감고 때때로 땀방울이 등줄기로 서늘하게 흘러내렸던 것만큼은 아직도 기억에 생생하다. 욕실을 다섯 개 빌려 냉수욕을 하자는 제안에서 시작된 결과였다. 그러다가 '민트 줄렙 한 잔 정도를 마실 수 있는 곳'이라는 구체적인 제안으로 발전한 것이다. 우리는 저마다 '어처구니없는 생각'이라고 몇 번이나 말했다. 우리는 우리의 아이디어를 호텔 프런트 직원에게 말했고 그러면서 우리가 꽤나 재미있는 사람들이라고 생각하고 있었다. 아니면 애써 그렇게 생각하는 척했다.

방은 컸지만 숨이 막힐 듯 더웠다. 벌써 네 시였지만 열린 창문으로는 센트럴파크의 관목숲에서 들어오는 뜨거운 바람뿐이었다. 데이지는 거울 쪽으로 가서 우리에게 등을 돌리고 머리를 정리했다.

"스위트룸 좋네." 조던이 감탄한 듯 말하자 다들 웃었다.

"다른 창문도 더 열어." 데이지는 몸을 돌리지 않은 채 말했다.

"더 이상 창문은 없어."

"그럼 아래 전화를 걸어 도끼를 가져오라고 해."

"더위는 그냥 잊으면 되는 거야. 덥다고 짜증내니까 더 더운 거라고." 톰이 못 참고 말했다.

그는 위스키 병을 꺼내 감싸고 있던 수건을 풀어 탁자에 올렸다.

"그냥 둬요. 시내로 오자고 한 사람은 당신이었어." 개츠비가 말했다.

그러자 잠시 침묵이 흘렀다. 못에 걸려 있던 전화번호부가 바닥에 떨어지자 조던이 "미안해요."라고 말했지만, 아무도 웃지 않았다.

"내가 주울게." 내가 나섰다.

"벌써 주웠어." 개츠비는 끊어진 줄을 보면서 재미있다는 듯 "흠!" 하고 중얼대더니 그것을 의자 위에 던졌다.

"그게 당신의 말투지?" 톰이 날카롭게 말했다.

"무슨 얘기죠?"

"그 말끝마다 '친구' 어쩌고 하는 말투 말이오. 도대체 그런 말은 어디서 배운 거요?"

"저기, 톰." 데이지가 거울에서 몸을 돌리며 말했다. "당신이 이렇게 삐딱하게 인신공격이나 한다면 난 여기에 단 일 분도 있지 않을 거야. 전화를 걸어 민트 줄렙에 넣을 얼음이나 주문해."

톰이 수화기를 들자 가득 채워 있던 더위가 소리로 바뀌었다. 우리는 아래층 연회장에서 들려오는 멘델스존의 〈결혼 행진곡〉의 불길한 음정에 귀를 기울였다.

"이 더위에 결혼식을 올리는 사람을 생각해봐!" 조던이 침울하게 말했다.

"그렇지…… 나도 6월 중순에 결혼을 했어." 데이지가 마침 기억이 났다는 듯 말했다. "그것도 6월 루이빌에서 말이야! 누군가 기절을 했는데…… 톰, 기절한 게 누구였지?"

"빌록시였잖아." 그가 짤막하게 대답했다.

"빌록시라는 남자였지. 그는 박스를 만드는 사람이었어. 그래서 우리는 정말 '블록스'라고 불렀어. 테네시 주의 빌록시 출신이었어."

"사람들이 그를 우리 집으로 실어왔었지." 조던이 끼어들었다. "교회에서 두 집만 건너도 바로 우리 집이었으니까. 그런데 그 남자가 무려 삼 주일 동안 우리 집에 죽치고 있었어. 마침내 아빠가 나가달라고 말할 때까지 말이야. 그 남자가 떠난 다음 날 아빠가 돌아가셨어." 자기가 한 말의 앞뒤가 잘 맞지 않다고 생각했는지 그녀는 잠깐 쉬었다가 다시 말을 이었다. "그렇다고 어떤 관련이 있다는 건 아니고."

"나도 멤피스 출신의 빌 빌록시라는 사람을 만난 적이 있어." 내가 말했다.

"그 사람은 블록스 빌록시와 사촌 사이예요. 난 그가 떠나기 전에 그 사람의 집안 내력을 모두 알게 됐어요. 요즘 사용하는 알루미늄 골프채도 그가 준 거예요."

결혼식이 시작되면서 음악도 잦아들었다. 이제는 창가에서 긴 탄성이 들려오더니 그 뒤를 이어 "그렇지, 오, 우와!"라는 탄성이 띄엄띄엄 이어졌고 맨 마지막으로 무도회가 시작되면서 재즈 음악이 시작됐다.

"우린 이제 늙어가고 있어. 젊었다면 이럴 때 일어나서 춤을 췄을 텐데." 데이지가 말했다.

"빌록시를 생각해서 참아." 조던이 데이지를 말렸다. "근데 그 사람은 어떻게 알게 된 거예요, 톰?"

"빌록시 말이야?" 그는 정신을 가다듬었다. "전에는 만난 적이 없었어. 데이지의 친구였지."

"내 친구는 아니었어. 난 그 사람을 본 적도 없어. 그는 자기 차를 몰고 왔어." 데이지가 부정했다.

"글쎄, 그 친구는 당신을 안다고 하던데. 루이빌 출신이라고도 했고, 에이서 버드가 마지막 순간에 그를 데리고 와서 이 사람도 초대해줄 수 있냐고 물었어."

조던이 미소를 지었다.

"아마 무전으로 여행을 하다 집으로 가던 길이었을 거야. 예일에서 두 분이랑 같은 학년에 학생회장이었다고 하던데요."

톰과 나는 서로를 멍하니 쳐다봤다.

"빌록시가?"

"우선 우리 학교에는 동기 회장이란 게 없어."

개츠비가 초조한 듯 한쪽 발로 마룻바닥을 짧게 툭툭 치자, 톰이 그에게 시선을 돌렸다.

"그런데, 개츠비 당신이 옥스퍼드 출신이라고 한 것 같은데."

"꼭 그런 건 아니고요."

"아니, 맞아. 옥스퍼드 다녔다고 했지."

"네, 다녔죠."

잠시 말이 끊겼다. 그리고 톰이 도저히 믿을 수 없다는 듯 무례하게 말했다.

"빌록시가 뉴헤이번에 가 있을 때, 당신도 옥스퍼드에 있었겠군."

다시 침묵이 왔다. 웨이터가 노크를 하고 들어와 으깬 박하와 얼음을 내려놓고 "감사합니다."라고 말하고 다시 조용히 나갈 때까지도 그 침묵은 깨지지 않았다. 마침내 그에 대한 진실이 낱낱이 파헤쳐지는 순간이었다.

"그곳에 머문 적이 있다고 말했죠." 개츠비가 말했다.

"그랬지. 그런데 그게 언제지?"

"1919년 다섯 달 동안 머물렀습니다. 그래서 옥스퍼드를 나왔다고는 말하지 않고요."

톰은 우리도 그의 말을 믿지 않는지 살펴려고 주위를 두리 번댔다. 그러나 우리 모두는 개츠비만 바라보고 있었다.

"휴전 이후 몇몇 장교들만 그 기회를 얻었어요." 그가 말을 이었다. "영국이나 프랑스에 있는 대학이라면 어디든 갈 수 있었어요."

나는 자리에서 일어나 그의 등을 살짝 두드려주고 싶었다. 이전에도 느꼈던 그에 대한 완벽한 신뢰가 새삼스럽게 다시 살아났다.

데이지가 살짝 미소를 띠며 일어서서 탁자 쪽으로 걸어갔다.

"톰, 위스키나 따." 그녀가 명령했다. "민트 줄렙을 만들어 줄게. 그걸 마시고 나면 스스로가 그렇게 바보처럼 보이진 않을 거야. 어머, 이 민트 좀 봐!"

"잠깐." 톰이 재빠르게 말했다. "난 개츠비에게 하나 더 물어볼 게 있어."

"어디 계속 해보시지요." 개츠비가 정중하게 말했다.

"도대체 우리 집에 어떤 문제를 일으키려는 거요?"

마침내 모든 게 대놓고 공개되자 오히려 개츠비는 만족스러워했다.

"분란을 일으키는 사람은 그 사람이 아니야." 데이지가 절망적으로 두 사람을 번갈아가면 쳐다봤다. "문제를 만들고 있는 건 바로 당신이야. 제발 조금이라도 자제해."

"자제하라고?" 톰은 믿을 수 없다는 듯 데이지의 말을 되풀이했다. "도대체 어디에서 굴러먹다 온지도 모르는 작자가 자기 마누라한테 집적거리는데도 가만히 있으라고? 글쎄, 당신 생각이 그렇다고 하더라도 나는 빼주었으면 좋겠어…….
요즘 사람들이 가정생활이나 가족제도를 우습게 여기는데, 이러다가는 모든 걸 다 팽개치고 백인이 흑인이랑 결혼하려는 시대도 올 판이야."

자신이 어떤 말을 하고 있는지도 모른 채 횡설수설하는 톰은 문득 자신이 문명의 마지막 보루에 홀로 서 있다는 모습을 상상한 모양이었다.

"우리 모두 백인인데." 조던이 중얼거렸다.

"그래, 내가 인기 있는 사람이 아니라는 건 나도 알아. 성대한 파티를 열지도 않아. 현대 사회에서는 친구를 사귀려면 자기 집을 돼지우리로 만들어야 되는 건가."

나는 다른 사람들과 마찬가지로 화가 치밀었지만 톰이 말을 할 때마다 웃고 싶었다. 바람둥이에서 도덕군자로 변한 건 정말이지 완벽했다.

"당신에게 말해둘 게 있어요, 친구." 개츠비가 말을 꺼냈고 데이지는 그의 의도를 간파했다.

"제발 그만둬요." 그녀는 당황하며 그의 말을 잘랐다. "우리 다 같이 집으로 돌아가요. 이제 집으로 가는 게 어때?"

"좋은 생각이야." 나는 자리에서 일어났다. "자, 톰. 가자고. 술을 마시고 싶어 하는 사람은 아무도 없잖아."

"개츠비 씨가 하고 싶은 말이 뭔지 궁금해."

"당신 부인은 당신을 사랑하지 않습니다." 개츠비가 말했다. "데이지는 당신을 사랑하지 않아요. 나를 사랑하고 있어요."

"완전히 미쳤구먼!" 톰이 자기도 모르게 버럭 소리를 질렀다.

개츠비도 잔뜩 흥분한 채 자리에서 벌떡 일어섰다.

"데이지는 당신을 사랑한 적이 없단 말이야. 알아 듣겠어?" 그가 소리쳤다. "그녀는 내가 가난했기 때문에, 나를 기다리다 지쳐서 당신하고 결혼하는 끔찍한 실수를 저질렀지. 그렇지만 데이지는 나 말고는 아무도 사랑한 적이 없어!"

이쯤에서 조던과 나는 나가려고 했지만, 톰과 개츠비가 우리가 남아 있어야 한다고 고집을 부렸다. 마치 두 사람은 감출 것이라곤 이제 단 하나도 없다는 듯, 우리가 그들의 감정을 대신 겪는 게 대단한 특권이라도 되는 것처럼 행동했다.

"데이지, 잠깐 자리에 앉아. 그동안 무슨 일이 있었지?" 톰은 아버지 같은 인자한 목소리를 내려고 했지만 그런 목소리는 아니었다. "전부 다 듣고 싶어."

"그동안 있었던 일은 내가 말했잖아요! 이제 오 년이 되어 갑니다…… 당신만 몰랐던 거지." 개츠비가 말했다.

그러자 갑자기 톰이 데이지 쪽으로 몸을 돌렸다.

"지난 오 년 동안 이 작자를 만났다는 거야?"

"아니, 그런 얘기가 아닙니다. 우리는 만날 수가 없었지." 개츠비가 말했다. "하지만 그 시간 동안 우리는 둘 다 서로를 사랑하고 있었어. 친구, 바로 당신만 그걸 모르고 있었던 거야. 나는 혼자 웃곤 했지." 그러나 그의 눈에서는 웃음이라고는 찾아볼 수 없었다. "당신이 아무것도 모르고 있다는 걸 생각하면서 말이야."

"아, 그게 전부요?" 톰은 두툼한 손가락을 성직자처럼 두드리더니 몸을 의자에 기댔다.

"당신 정말 미쳤어!" 톰은 갑자기 폭발했다. "오 년 전에 일어난 일은 상관하지 않겠어. 그때 나는 데이지를 몰랐으니까……. 그리고 식료품 배달이나 하면서 데이지의 집에 드나들지 않는 이상, 어떻게 당신이 이 여자에게 접근할 수 있었지? 알다가도 모를 일이야. 하지만 그 나머지는 다 새빨간 거짓말이야. 데이지는 나와 결혼할 때도 나를 사랑했고 지금도 여전해."

"아니, 그렇지 않아." 개츠비는 고개를 저으며 말했다.

"누가 뭐라고 해도 데이지는 날 사랑하고 있어. 어쩌다 바보 같은 생각에 빠져서는 자기가 뭘 하는지도 모르지만 말이야." 톰은 모든 걸 다 깨달은 사람처럼 고개를 끄덕였다. "게다가 나도 데이지를 사랑하고 있어. 가끔 술을 마시고 취해서 바보짓을 한 적이 있지만……. 하지만 언제나 다시 내 자리로 돌아왔지. 그리고 내 마음은 언제나 데이지뿐이야."

"역겨워, 당신." 데이지가 말했다. 그녀는 나를 향해 몸을 돌렸고 한 음 낮아진 목소리는 섬뜩한 경멸로 방을 가득 채웠다. "우리가 왜 시카고를 떠났는지 알아? 술독에 빠져서 저지른 그 바보 같은 짓들. 오빠 얘기 못 들었어?"

개츠비가 그녀에게로 걸어가 옆에 섰다.

"데이지, 이젠 모두 끝났어. 이제는 그런 건 아무래도 상관

없어. 저 사람에게 진실을 말하기만 하면 돼…… 그를 단 한 번도 사랑한 적 없다고……. 그러면 그 일은 영영 없는 일처럼 지워져버리는 거야." 개츠비는 진지하게 말했다.

데이지는 멍하니 개츠비를 쳐다봤다. "아니……. 내가 어떻게 저 사람을 사랑할 수 있겠어……. 정말로 어떻게……."

"당신은 저 사람 사랑한 적 없어."

데이지는 망설이고 있었다. 그녀는 호소하는 듯한 눈빛으로 나와 조던을 바라봤다. 마치 이제야 자신이 저지른 일이 무엇인지 깨달은 것 같았다. 그녀 자신은 그 어떤 일도 만들고 싶지 않았다는 듯. 하지만 이미 일은 벌어졌고 그걸 되돌리기엔 너무 늦었다.

"저 사람을 사랑한 적 없어요." 그녀는 내키지 않는 듯, 마지못해하며 말했다.

"카피올라니에서도?" 톰은 다그쳐 물었다.

"응."

아래층 무도장으로부터 눅눅한 음악이 뜨거운 공기를 타고 올라왔다.

"펀치볼에서 당신 신발이 젖지 않도록 안고 내려왔던 그 날도 말이야?" 톰의 목소리는 허스키하지만 부드러움이 감돌았다. "……데이지?"

"제발, 그만 해." 그녀의 목소리는 차가웠지만 적대감은 가시고 없었다. 그녀는 개츠비를 쳐다봤다. "제이." 그녀가 말했다. 하지만 담배에 불을 붙이려는 그녀의 손은 떨리고 있었다. 갑자기 그녀는 담배와 불이 붙은 성냥을 카펫 위에 던졌다.

"아, 당신은 너무 많은 걸 원해." 그녀가 개츠비에게 소리 쳤다. "지금 난 당신을 사랑하고 있어…… 그걸로 충분하지 않은 거야? 과거는 어쩔 수 없어." 그녀는 절망적인 목소리로 흐느껴 울기 시작했다. "저 사람을 사랑한 적이 있었어. 그렇 지만 당신 역시 사랑했다고."

개츠비가 눈을 떴다 감았다.

"나도 사랑했다고?" 개츠비는 그녀의 말을 되풀이했다.

"그것도 거짓말이야." 톰은 잔인하게 말했다. "데이지는 당 신이 살아있는지조차도 몰랐어. 데이지와 나 사이엔 당신이 알지 못하는 여러 일들이 있지. 우리 두 사람 모두 영원히 잊 을 수 없는 일들."

톰이 내뱉는 말들이 개츠비의 몸을 물어뜯고 있는 것 같았 다.

"데이지와 단 둘이 말하고 싶어." 개츠비가 말했다. "지금 은 데이지가 많이 흥분한 것 같아……."

"우리 둘만 있다고 해도 난 톰을 사랑한 적 없다고 말할 수 없어, 그건 사실이 아니니까." 그녀가 애처로운 목소리로 인 정했다.

"그렇지." 톰이 동의했다.

그녀가 남편 쪽으로 몸을 돌렸다.

"그게 그렇게 중요해?" 그녀가 대꾸했다.

"물론 중요하지. 앞으로는 내가 더 잘할게."

"당신은 아직도 이해를 못하고 있군." 개츠비는 당황한 어투로 말했다. "잘해 줄 필요가 없을 거야."

"왜지?" 톰은 눈을 동그랗게 뜨고 웃었다. 그제야 톰에게는 자신의 감정을 억제할 여유가 생긴 것이다.

"데이지는 당신 곁을 떠날 거야."

"웃기는 소리야."

"하지만 진짜야." 데이지는 눈에 띄게 힘들어하며 대꾸했다.

"데이지는 가지 않아." 톰의 입에서 쏟아지는 말들이 개츠비를 향해 돌진했다. "그녀 손가락의 반지까지 훔쳐야 하는 악명 높은 사기꾼 때문에 나와 헤어지지는 않을 거야."

"난 이제 더 이상 못 참겠어. 아, 제발 이제 이곳에서 나가자." 데이지가 소리쳤다.

"도대체 뭐하는 작자야?" 톰은 느닷없이 외쳤다. "마이어 울프심과 몰려다니는 패거리인 건 어쩌다 알게 됐어. 내가 조사를 좀 했거든. 내일은 조금 더 자세히 알아 볼 거야."

"좋을 대로." 개츠비가 차분하게 말했다.

"당신이 말하는 '약국'이 뭔지 알아냈어." 그는 우리를 향해 말을 재빨리 이어나갔다. "이 작자는 그 울프심이라는 사람과 시카고 뒷골목 약국을 여러 곳 사들여 에틸알콜을 팔았어. 그게 저 작자의 작은 일 중 하나야. 처음 봤을 때부터 밀주업자일 거라고 생각했는데 그리 틀린 예상이 아니었어."

"그래서 그게 어쨌다는 거지?" 개츠비는 점잖게 말했다. "당신 친구 월터 체이스는 생각도 없이 우리 사업에 낀 모양이야?"

"당신은 그 친구가 곤경에 빠졌는데도 모른 척했어. 아닌가? 뉴저지주 감옥에 한 달 동안 갇혀 있도록 내버려뒀잖아. 이야, 월터가 당신을 뭐라고 하는지 직접 들어봐야 하는데!"

"그 월터는 완전 거지인 채로 우리에게 왔어. 돈 좀 만지게 되니까 엄청나게 좋아하더군, 친구."

"자꾸 날더러 친구, 친구라고 하지 마!" 톰이 소리쳤다. 개츠비는 아무 말도 하지 않았다. "월터는 당신을 도박금지법을 걸어 잡아넣을 수도 있었어. 하지만 울프심이 겁을 주니까 입을 다물고 있는 거야."

여전히 낯설지만, 이제는 알아볼 수 있는 개츠비 특유의 표정이 얼굴에 드러났다.

"약국 사업은 푼돈에 불과해." 톰이 천천히 말을 이었다. "월터가 겁이 나서 나한테 말은 못하지만, 당신에게 다른 꿍꿍이가 있겠지."

나는 개츠비와 자기 남편을 공포에 질려 번갈아 보는 데이지를 쳐다봤다. 조던은 눈에 보이지 않지만 흥미로운 무언가를 턱 끝에 올려놓고 균형을 잡기 시작했고 나는 개츠비 쪽으로 몸을 돌렸다. 그런데 나는 개츠비의 표정에 깜짝 놀랐다. 그는 마치, 그의 집 정원에서 사람들이 수군대던 것과는 전혀 다른 맥락에서, '살인이라도 한' 사람의 표정을 짓고 있었다. 그 순간 그의 굳은 표정은 그런 기이한 표현이 아니면 묘사할 수 없었다.

그 표정이 사라지자 개츠비는 데이지에게 흥분해서 말하기 시작했다. 아직 나오지도 않은 비난까지 방어하고 모든 것을 부정하며 자신을 변명했다. 그러나 그가 말을 하면 할수록 그녀는 점점 움츠러들었다. 결국 그는 포기하고 말았다. 오후 해가 점점 기울어지는 동안 허망한 꿈만 홀로 남아 싸우고 있었다. 이제는 만져 볼 수도 없는 것을 만지려고 애쓰면서, 암울하지만 절망하지 않으면서, 방을 가로질러 그 잃어버린 목소리를 향해 몸부림치고 있었다.

그 목소리의 주인공이 다시 한번 집으로 가자고 애원했다.

"제발, 톰! 더 이상은 못 참아."

겁에 질린 그녀의 눈을 보면, 지금까지 얼마나 큰 용기를 갖고 있었든, 그 의도가 무엇이었든, 완전히 사라지고 말았음을 알 수 있었다.

"데이지, 둘이 먼저 출발해. 개츠비 씨 차로 말이야." 톰이 말했다.

그녀는 놀란 눈으로 톰을 쳐다봤지만, 그는 경멸 섞인 관대함을 보였다.

"어서 가라고. 저자가 당신을 괴롭히진 않겠지. 주제넘은 연애질도 이미 끝장났다는 걸 이제 깨달았을 거야."

그들은 한마디 말도 없이 나가버렸고 우리의 동정심으로부터도 마치 유령처럼 사라져 버렸다.

잠시 후 톰이 자리에서 일어나 마개도 따지 않은 위스키 병을 다시 수건으로 감싸기 시작했다.

"이거 마실까? 조던?…… 닉?"

나는 아무 말도 하지 않았다.

"닉?" 그가 다시 물었다.

"왜?"

"좀 마실 거냐고."

"아니…… 오늘이 내 생일이라는 게 막 생각났어."

나는 서른이 되었다. 내 앞으로는 새로운 십 년이라는 불
길하고도 위협적인 길이 펼쳐져 있었다. 우리가 톰과 함께 롱
아일랜드로 출발한 건 일곱 시였다. 톰은 신나게 웃으면서 끊
임없이 떠들었지만, 조던과 나에게 그의 목소리는 보도의 낯
선 소음이나 고가도로 위 소음처럼 아득하게 느껴졌다. 인간
의 공감에는 한계가 있다. 우리는 도시의 불빛을 등진 채 그
들의 비극적인 싸움과 멀어진다는 것에 안도했다. 서른 살,
앞으로 외로움으로 걸어갈 십 년이라는 시간, 알고 지내는 미
혼자 수가 줄어들고 열정이라는 가방이 얇아지고 머리카락
이 빠지는. 하지만 내 곁에는 조던이 있었다. 데이지와 다르
게 똑똑해서 한 해가 지난 꿈들은 간직하지 않은 채 까맣게
잊어버릴 사람이었다. 어두운 다리를 지날 때, 그녀는 나른한
듯 창백한 얼굴을 내 윗옷 어깨에 기댔다. 서른 살이 되었다
는 충격은 그녀의 손길 아래서 사라졌다.

그렇게 우리는 서늘한 황혼녘의 도로를 그대로 질주해 죽
음을 향했다.

쓰레기 골짜기 옆에서 커피집을 운영하는 젊은 그리스인
마이케일러스가 사건의 주요 목격자였다. 그는 더위 속에서
다섯 시가 넘을 때까지도 늘어지게 잠을 잤다. 그러다가 일어

나 주변을 어슬렁거리며 자동차 정비소에 들렀다. 윌슨은 자기 사무실에서 끙끙 앓고 있었다. 고통이 심한 듯 얼굴이 흐릿한 머리칼만큼 창백했고 온몸을 부들부들 떨고 있었다. 마이케일러스는 침대에 가서 좀 누우라고 했지만 윌슨은 장사에 손해가 난다면서 거절했다. 아래에서 이런 실랑이가 벌어지는 동안에 그들의 머리 위에서는 요란한 소리가 들렸다.

"마누라를 2층에 가뒀어." 윌슨이 힘없이 설명했다. "모레까지는 저기에 가둘 거야. 그리고 이사를 갈 거야."

마이케일러스는 깜짝 놀랐다. 그들은 4년 동안 이웃으로 지냈고 윌슨이 그런 말을 할 수 있는 사람이라고 보지 않았기 때문이다. 그는 늘 무기력한 남자였다. 일하지 않는 순간에는 문간에 내놓은 의자에 앉아 지나가는 사람과 차를 바라보았다. 누가 말이라도 걸면 언제나 사람 좋은 미소를 지었지만, 생기라고는 찾아볼 수 없었다. 아내에게 잡혀 살 사람이지, 자기 뜻대로 아내를 구속하는 남자는 아니었다.

마이케일러스는 당연히 무슨 일이냐고 추궁했지만, 그는 한마디도 하지 않았다. 대신 그에게 궁금함을 지닌 의심 깊은 시선을 던지면서 특정한 날짜와 시각을 대면서 어디서 뭘 했는지 캐묻기 시작했다. 마이케일러스는 점점 불편해지려는 찰나 몇몇의 인부가 정비소 앞을 지나 그의 가게로 향했고 덕분에 그는 자리를 피할 수 있었다. 나중에 다시 오겠다고 생각했지만, 그러지 못했다. 일곱 시가 좀 지나 다시 밖으로 나왔을 때, 그와 나눈 대화가 떠올랐다. 정비소 아래층에서 큰 소리로 욕설을 퍼붓는 윌슨 아내의 목소리가 들렸기 때문이다.

"때려 봐!" 그녀가 악다구니를 썼다. "쳐보라니까. 이 병신 같은 놈아!"

잠시 후 그녀는 손을 흔들고 고래고래 악을 쓰며 어스름 속으로 달려 나갔다. 그가 문을 나서기도 전에 모든 상황은 끝나버렸다.

신문에서 '죽음의 차'라고 이름을 붙인 그 차는 멈추지 않았다. 깊어가는 어둠 속에서 튀어나와서는 잠깐 비극적으로 비틀거리다가 길모퉁이에서 모습을 감췄다. 마이케일러스는 그 차가 어떤 색이었는지도 정확하게 기억하지 못했다. 처음 찾아온 경관에게는 연두색이라고 말했다. 뉴욕으로 향하던 다른 차가 백 미터쯤 지나가 멈췄고 운전자가 머틀 윌슨이 끔찍하게 죽은 현장으로 달려갔다. 그녀는 도로 위에 엎드려 있었고 끈적끈적한 붉은 피와 먼지가 엉겨 붙어 있었다.

마이케일러스와 운전자는 가장 먼저 그녀에게 다가갔다. 하지만 그들이 아직도 땀으로 축축한 블라우스를 찢어 젖혔을 때, 왼쪽 젖가슴이 축 늘어지면서 몸에서 벗어난 채 덜렁 거렸다. 심장 박동을 들어볼 필요도 없었다. 입이 크게 벌어져 있었고 입가는 조금 찢어져 있었다. 마치 그동안 오랫동안 간직했던 엄청난 활력을 포기하는 게 억울하다는 듯.

가까워지려면 아직 꽤 남아 있던 거리에서부터 차 서너 대와 구경꾼들이 보였다.

"교통사고군!" 톰이 말했다. "좋은 일이지. 윌슨에게도 일

거리가 생기겠어."

톰은 속력을 줄였지만, 그때까지만 해도 멈출 생각은 없어 보였다. 그런데 좀 더 앞으로 다가서서 정비소 앞에 모여 있는 심각한 표정의 사람들을 보자, 자기도 모르게 브레이크를 밟았다.

"좀 보고 가지." 그가 수상하다는 듯 말했다. "구경이나 하자고."

그제야 나는 정비소에서 허망하게 울부짖는 소리가 끊임없이 흘러나온다는 걸 알아차렸다. 쿠페에서 내려 문으로 걸어가자 그 소리는 헐떡이는 신음과 함께 "아이고! 하나님!"이라는 말로 바뀌었다.

"뭔가 심각한 일이 생긴 것 같은데." 톰이 흥분해서 말했다.

톰은 정비소 가까이 다가가 까치발을 세우고 빙 둘러선 사람들 머리 너머로 그 안을 들여다봤다. 머리 위로 흔들리는 철제 등갓 속에 노란 등불이 밝혀져 있었다. 순간 톰이 거친 소리를 내뱉었고 힘센 팔로 주변 사람들을 난폭하게 밀어 젖히면서 앞으로 향했다.

사람들은 불평하며 웅성거리더니 다시 모여들었다. 잠시 나는 아무것도 볼 수 없었다. 그러다가 새로 온 구경꾼들이 줄을 흩트렸고, 그 바람에 조던과 나는 안으로 밀려들어갔다.

머틀 윌슨의 시체는 더운 밤에 추위라도 타는 사람처럼 담요로 겹겹이 싸인 채 벽 옆의 작업대 위에 있었고, 톰은 우리에게 등을 돌린 채 미동도 없이 시체 위에 몸을 구부리고 있었다. 그의 옆에는 교통경관이 땀을 뻘뻘 흘리며 조그만 수첩에 어떤 이름을 적었다 지웠다 하면서 서 있었다. 처음에는 텅 빈 정비소에 시끄럽게 울리는 흐느낌이 어디서 나는지 알수 없었다. 그러다가 사무실을 들여다보니 윌슨이 높은 문턱위에 서서 문설주를 잡고 몸을 앞뒤로 흔들고 있었다. 누군가 나지막한 목소리로 이야기를 하면서 그의 어깨에 손을 얹으려 했지만, 윌슨은 아무것도 보이지 않고 아무것도 들리지 않은 사람 같았다. 그의 시선은 흔들리는 전등에서 시체가 놓인 벽 가의 작업대로 천천히 움직였다가 다시 전등으로 휙 돌아갔다. 그는 쉬지도 않고 높은 톤의 끔찍한 소리를 질러댔다.

"아, 어떻게, 이런 일이! 이럴, 이럴 수가! 어, 어, 어떻게! 맙소사!"

톰은 불쑥 머리를 들어 휑한 눈으로 정비소 안을 둘러본 후 경관을 향해 앞뒤 없이 중얼거렸다.

"M, a, v……." 경관이 말했다. "……o……."

"아니요, r……." 한 남자가 고쳐주었다. "M, a, v r……."

"내 말을 좀 들어봐요!" 톰이 거칠게 외쳤다.

"r……." 경관이 계속 중얼거렸다. "o……."

"g……."

"g……." 톰의 넓적한 손이 경관의 어깨를 세게 쥐었다. 경관이 톰 쪽으로 돌아봤다. "뭐죠?"

"어떻게 된 겁니까? 그걸 알고 싶어서요."

"자동차에 치였어요. 즉사했습니다."

"즉사했다." 경관을 보면서 톰이 되풀이했다.

"여자가 차도로 뛰어들었습니다. 그 망할 놈은 차를 세우지도 않고 가버렸고요."

"차가 두 대였어요." 마이케일러스가 말했다. "한 대는 오고 있었고, 한 대는 가고 있는. 아시겠죠?"

"어디로 갔죠?" 경관이 날카롭게 물었다.

"서로 반대 방향으로 각자 갔죠. 글쎄, 이 여자가." 그는 손을 담요 쪽으로 들어 올렸다가 다시 옆구리에 붙었다. "이 여자가 저쪽으로 달려 나갔고요. 뉴욕에서 내려오던 차가 그대로 들이받았어요. 아마 시속 50~60킬로미터는 족히 됐을 거예요."

"여기 동네 이름이 뭐죠?" 경관이 물었다.

"이름 같은 건 없어요." 창백한 얼굴빛에 잘 차려입은 흑인이 다가와 말했다.

"노란 차였습니다." 그가 말했다. "크고 노란색인 차. 최신형이었어요."

"사고를 목격했나요?" 경관이 물었다.

"아니요, 하지만 그 차가 저를 지나쳐 길 아래로 내려갔어요. 그리고 60킬로미터가 아니라 80~90킬로미터는 됐을 거예요."

"이리 와서 이름 좀 알려주세요. 비켜요, 저 사람 이름을 적어야 하니까."

이 대화 중 몇 단어가 사무실 문에 기대 몸을 흔들던 윌슨에게도 들린 게 틀림없었다. 그의 헐떡이고 울부짖는 말 사이에서 새로운 대사가 터져 나왔으니 말이다.

"그게 어떤 차인지 말할 필요 없어. 내가 알고 있어!"

톰의 윗옷 아래 어깨 근육이 팽팽해지는 게 보였다. 그는 재빨리 윌슨에게 걸어가 그의 앞에 서서 두 팔을 움켜쥐었다.

"정신 차려!" 강압적인 소리였지만 그를 달래는 것 같았다.

윌슨의 시선이 톰에게 멈췄다. 그는 깜짝 놀라 발끝으로 일어나려고 했다. 아마 톰이 그를 잡아주지 않았다면, 그는 무릎을 꿇고 쓰러졌을 것이다.

"잘 들어." 톰은 윌슨을 흔들며 말했다. "뉴욕에 갔다가 이제 막 왔어. 전에 얘기했던 그 쿠페를 갖고 오는 길이지. 오늘 오후에 내가 운전한 차 알지? 그 노란색 차 말이야. 그건 내 차가 아니야. 알았어? 오후 내내 보지도 못했어."

톰의 말을 들을 만한 거리에는 나와 흑인이 있었다. 그러나 경관은 톰의 말에서 뭔가 낌새를 알아채고는 그를 날카롭게 노려봤다.

"그게 무슨 소리죠?" 경관이 물었다.

"전 이 사람 친굽니다." 톰이 고개를 돌렸지만 손은 여전히 윌슨의 몸을 꼭 붙든 채였다. "이 친구가 사고를 낸 차를 안다고…… 노란색입니다."

경관은 어떤 직감을 했는지, 의심의 눈초리로 톰을 바라봤다.

"당신 차는 무슨 색이죠?"

"파란색 쿠페입니다."

"우린 지금 막 뉴욕에서 오는 길이에요." 내가 말했다.

우리 차 바로 뒤에서 따라오던 운전자가 그 사실을 확인해

주자 경관은 다시 돌아섰다.

"자, 정확하게 적어야 하니까, 이름을 알려주세요."

톰은 윌슨을 인형처럼 번쩍 들어 사무실로 데려간 다음 의자에 앉혀놓고는 다시 돌아왔다.

"누가 가서 저 사람과 함께 있어줘요." 톰이 명령조로 말했고 가장 가까이에 서 있던 두 남자가 잠시 눈치를 보다가 마지못해 방으로 들어가는 걸 지켜봤다. 그러고 나서 그는 문을 닫았고 테이블 쪽은 쳐다도 보지 않은 채 계단을 내려왔다. 그는 나를 스쳐 지나가면서 속삭였다. "나가자."

톰은 주변을 의식한 채 위압적으로 팔을 휘둘러 아직 흩어지지 않고 모여 있는 군중을 밀쳤다. 그때 혹시나 하는 마음에 삼십 분 전에 부른 의사가 손에 진료가방을 든 채 우리 곁을 지나쳤다.

톰은 모퉁이를 넘어갈 때까지 천천히 차를 몰다가 갑자기 속도를 냈다. 쿠페는 어둠을 뚫고 질주했다. 잠시 후 낮고 허스키한 울음소리가 들려왔다. 나는 그의 얼굴에 번지는 눈물을 보았다.

"빌어먹을 겁쟁이 자식!" 그가 훌쩍였다. "차를 세우지도 않았다고!"

바삭거리는 소리를 내는 검은 나무 사이로 뷰캐넌의 집이 모습을 드러냈다. 톰은 현관 옆에 차를 세우고 2층을 올려다봤다. 창문 두 개가 덩굴 사이에서 빛을 밝히고 있었다.

"데이지가 집에 있군." 톰이 말했다. 그는 차에서 내리며 나를 힐끗거리더니 미간을 좁혔다.

"닉, 너를 웨스트에그에 내려다줄걸 그랬어. 오늘 밤, 우리가 할 수 있는 건 아무것도 없는데 말이야."

톰은 딴 사람 같이 단호하고 차분하게 말했다. 현관까지 달빛에 젖은 자갈밭을 걸어가며 그가 이 모든 상황을 몇 마디로 정리했다.

"집에 갈 택시를 불러줄게. 기다리는 동안 조던하고 주방에 가서 저녁 좀 차려달라고 해. 원한다면 말이야." 그가 문을 열었다. "들어가지."

"아니야. 택시만 불러줘. 밖에서 기다릴게."

조던이 내 팔에 팔짱을 꼈다.

"닉, 안 들어갈 거예요?"

"아니, 난 됐어요."

나는 비위가 상해서 잠시라도 혼자 있고 싶었다. 그러나 조던은 잠깐 머뭇거렸다.

"이제 겨우 아홉 시 반이에요." 그녀가 말했다.

그 안으로 들어간다면 정말 끔찍할 것이다. 하루 사이에 이들 모두에게 진절머리가 났다. 조던도 예외는 아니었다. 그녀는 내 표정에서 무언가를 눈치 챘을 것이다. 불쑥 돌아서더니 현관 계단을 뛰어올라 집 안으로 들어가 버렸다. 안에서 집사가 전화로 택시를 부르는 소리가 들렸다. 나는 머리를 손으로 감싸고 수 분 동안 가만히 앉아 있었다. 정문에서 기다릴 생각으로 집 앞을 벗어나 천천히 차도를 따라 내려갔다.

20미터도 채 가지 않았을 때 등 뒤에서 내 이름을 부르는 소리가 났다. 개츠비가 관목숲 사이에서 차도로 걸어 나왔다. 그 순간 나는 이상한 기분에 휩싸였다. 달빛에 빛나는 개츠비의 분홍색 양복만 보일 뿐, 아무 생각도 할 수 없었다.

"뭐 해?" 내가 물었다.

"그냥 서 있었지, 친구."

어쩐지 비열한 수작처럼 느껴졌다. 곧 톰의 집을 털기라도 할 모양이었는지도 모른다. 그의 등 뒤에 펼쳐진 어두운 관목숲에서 험상궂은 '울프심과 패거리들'의 얼굴이 보인다 해도 절대 놀라지 않았을 것이다.

"도로에 사고 난 거 봤어?" 잠시 후 그가 물었다.

"응."

개츠비는 망설였다.

"그 여자, 죽었어?"

"응."

"그럴 거라고 생각했어. 데이지에게도 그럴 거라고 말을 했고. 충격은 한 번에 받는 게 더 낫지. 그래도 데이지는 충격을 잘 견디고 있어."

그는 데이지의 반응만이 유일한 관심사인 듯 말했다.

"옆길로 웨스트에그에 왔어." 그는 계속 말했다. "그리고 그 차는 내 차고에 뒀어. 아무도 우릴 못 본 것 같아. 확신할 순 없지만……."

그 순간 그가 너무 싫어졌다. 그가 어떤 잘못을 저질렀는지조차 말해줄 수 없었다.

"어떤 여자지?" 개츠비가 물었다.

"그 여자 이름은 윌슨이야. 남편은 정비소 주인이고. 어쩌다 이런 사고가 난 거야?"

"나는 핸들을 돌리려고 했어……." 거기서 갑자기 그의 말이 끊겼다. 순간적으로 사건의 진실을 알 수 있었다.

"데이지가 운전했어?"

"응." 그는 서둘러 말했다. "하지만 내가 운전했다고 할 거야. 알다시피 뉴욕을 떠날 때, 데이지는 무척이나 예민했어. 그래서 난 운전을 하면 마음이 나아질 거라고 생각했어. 그런데 반대편에서 오던 차를 지나치는 순간 그 여자가 우리에게 달려들었어. 모든 일은 순식간이었어. 그 여자는 아마 우리가 아는 사람인 줄 착각한 것 같아. 뭐라고 말을 걸려고 했거든. 데이지는 그 여자를 피해 마주 오던 차 쪽으로 핸들을 돌렸다가, 겁이 난 나머지 다시 핸들을 되돌렸어. 내 손이 핸들에 닿는 순간 충격이 왔어. 아마 즉사했을 거야."

"온몸이 찢겨나가서……."

"그만 해, 친구." 그는 움츠러들었다. "어쨌든……. 데이지는 계속해서 액셀레이터를 밟았어. 멈추라고 말했지만 그럴 수가 없었어. 내가 비상 브레이크를 당기자 데이지는 내 무릎에 쓰러졌어. 그리고 난 뒤에는 내가 운전했고."

그는 덧붙여 말했다. "내일이면 데이지도 괜찮아질 거야. 나는 여기서 기다리면서 혹시 오늘 있었던 일로 톰이 데이지를 괴롭히지 않는지 지켜볼 거야. 데이지는 방문을 잠그고 자기 방에 있어. 만약 그가 폭력을 쓰려 든다면 불을 껐다 켤 거야."

"아마 그러지 않을 거야." 내가 말했다. "지금 톰에게 데이지는 안중에도 없어."

"나는 그를 믿을 수가 없어."

"얼마나 더 오래 있을 셈이야?"

"필요하다면 밤새도록. 어쨌든 두 사람 모두 잠들 때까지."

문득 새로운 생각이 떠올랐다. 데이지가 운전했다는 사실을 톰이 알게 되었다고 가정했을 때, 그는 그 사건에 있어 어떤 필연성을 발견할지도 모른다. 또는 다른 일을 꾸밀지도 모른다. 나는 집 쪽을 바라봤다. 아래층 창문 두세 개에 불이 들어와 있었고 데이지의 2층 방에서는 핑크빛 불빛이 새어나오고 있었다.

"여기서 기다려." 내가 말했다. "소란스러운 일이 일어날지 보고 올 테니까."

나는 잔디밭 가장자리를 따라 돌아가, 조용히 자갈길을 가로질렀다. 그리고 베란다 계단을 조심히 올라갔다. 거실 커튼은 젖혀 있었고 방은 텅 비어 있었다. 석 달 전 그 6월의 밤에 함께 저녁을 먹었던 베란다를 지나 식품 저장실 창문으로 짐작되는 작은 직사각형 불빛 쪽으로 향했다. 블라인드가 내려져 있었지만 창문턱에 틈이 하나 있었다.

데이지와 톰은 주방 식탁에 앉아 마주 보고 있었다. 그들 사이에는 다 식어 빠진 프라이드치킨과 맥주 두 병이 있었다. 그는 식탁 너머의 그녀에게 열심히 떠들고 있었고 진지하게 손을 뻗어 아내의 손을 감쌌다. 데이지는 가끔씩 톰을 올려다보며 동의하듯 고개를 주억거렸다.

그들은 행복해 보이지 않았다. 치킨이나 맥주에는 손도 대지 않고 있었다. 그렇다고 불행해 보이지도 않았다. 그들의 장면에는 자연스럽고 친밀한 분위기가 떠다녔고 누구라도 그 모습을 본다면, 두 사람이 무언가를 함께 모의하는 중이라고 했을 것이다.

현관에서 조심스럽게 걸어 나오는데, 깊은 어둠 속에서 택시 한 대가 올라오는 게 보였다. 개츠비는 아까 그 자리에 그대로 있었다.

"어때? 조용해?" 개츠비는 걱정스럽게 물었다.

"응, 전부 조용해." 나는 망설였다. "그냥 집에 가서 자는 게 어때?"

그는 고개를 흔들었다.

"데이지가 잠들 때까지는 여기서 기다릴 거야. 잘 가, 친구."

개츠비는 상의 주머니에 손을 넣고는 돌아서서 다시 집을 살폈다. 나라는 존재가 그의 신성한 임무에 대한 모독이라는 듯. 나는 그가 공허함을 지켜보도록 두고 그곳을 빠져나왔다.

8

밤새도록 잠을 이룰 수 없었다. 해협에서는 안개 경보가 밤새 울부짖었고 나는 비몽사몽인 상태에서 끔찍한 현실과 무서운 꿈 사이를 헤맸다. 새벽녘 개츠비의 집에 택시가 들어오는 소리를 듣자마자 자리에서 일어나 주섬주섬 옷을 걸쳤다. 그에게 먼저 해줘야 할 경고의 말이 있다는 생각이 들었고 아침은 너무 늦을 것 같았다.

잔디밭을 가로지르는데 현관문은 열려 있었고 그는 홀 안의 테이블에 기대어 축 늘어져 있었다. 낙심한 것처럼 보이기도 했고 그냥 졸고 있는 것처럼 보이기도 했다.

"아무 일도 없었어." 개츠비는 지쳐보였다. "기다리고 있었는데 네 시쯤에 데이지가 창가로 나와 잠시 서 있다가 불을 끄더라구."

일찍이 담배를 찾아 큰 방들을 샅샅이 헤매고 다녔던 그날 밤처럼 그의 집이 그렇게 커 보인 적은 없었다. 우리는 대형 천막 같은 커튼을 젖히고 전등 스위치를 찾아 엄청나게 높고 어두운 벽을 더듬었다. 한번은 내가 유령 같은 피아노 건반 위로 쾅 소리를 내며 넘어졌다. 집은 이해가 되지 않을 정도로 구석구석이 먼지더미였다. 그리고 오래도록 환기를 하지 않았는지 방에서는 곰팡이 냄새가 났다. 나는 처음 보는 테이블 위에서 담뱃갑 하나를 찾아냈는데 그 안에는 말라비틀어진 담배 두 개비가 들어 있었다. 우리는 거실의 프랑스식 창문을 열어젖히고 어둠 속으로 담배 연기를 내뿜었다.

"떠나야 해." 내가 말했다. "틀림없이 당신 차를 찾아낼 거야."

"지금?"

"일주일 정도 애틀랜틱시티에 가 있거나, 몬트리올에 가 있어."

그는 그럴 생각조차 없었다. 데이지가 어떻게 할 작정인지를 알 때까지 아마도 그는 그녀를 떠나지 못할 것이다. 개츠비는 마지막 희망에 붙잡혀 있었고 내가 어떻게 말릴 수 있는 상황이 아니었다.

그가 댄 코디와 보냈던 젊은 시절의 이상한 이야기는 그날 듣게 됐다. '제이 개츠비'라는 존재가 톰의 악의적인 적대감에 유리처럼 부서져 버렸고 그 때문에 비밀을 감췄던 긴 광상곡이 끝났다. 그는 무슨 이야기를 털어놓았을 테지만, 정말 하고 싶던 얘기는 데이지에 관한 것이었다.

그녀는 개츠비가 처음 만난 '우아한' 여자였다. 그는 나름

대로 어떤 수단을 만들어내 그린 부류의 여자들을 꽤나 만나 왔지만, 그와 그들 사이에는 늘 보이지 않는 거리감이 있었다. 그러나 데이지에게는 완전히 빠져버린 것이다. 그는 데이지가 너무 탐났다. 처음에는 캠프 테일러의 다른 장교들과 함께 그녀의 집에 놀러 갔지만 나중에는 혼자 찾아갔다. 그녀는 그에게 놀라운 경험이었다. 그렇게 아름다운 집에 들어가는 것도 처음이었다. 그러나 그 집에서 숨 막힐 정도로 강렬한 감정을 받게 된 것은 바로 데이지가 그곳에 살고 있었기 때문이었다. 부대의 막사가 그에게 아무 감정도 주지 않는 것처럼 데이지 역시 자신의 집에 무심했다. 그러나 개츠비 눈에는 달랐다. 그 집 전체가 무르익은 신비로움이 감싸 있는 것처럼 보였다. 위층은 세상 그 어떤 침실보다 아름답고 근사했으며, 복도에서는 신나고 화려한 일들이 일어나고 있을 것만 같았으며, 라벤더 속에 버려진 썩은 로맨스 대신 이제 갓 출시된 번쩍대는 자동차처럼 신선하고 향기로운 로맨스가 펼쳐질 것 같았고 시들지 않는 꽃처럼 무도회가 끊임없이 이어질 것 같았다. 지금까지 이미 많은 남자들이 데이지를 사랑했다는 사실 또한 그의 가슴을 더 설레게 만들었다. 그에게 그녀는 점점 더 가치 있는 여자가 됐다. 그는 그녀에게 구애한 그 남자들의 존재가 아직도 떨리는 감정을 그 집에 그림자로 드리우고 있고 그들의 열렬한 마음이 메아리쳐 집 구석구석을 채우고 있다는 것을 느낄 수 있었다.

그러나 그는 자신이 데이지의 집에 발을 디딜 수 있게 된 것이 엄청난 우연 덕분이라는 사실을 잘 알고 있었다. 제이 개츠비로서의 장래가 아무리 찬란하다고 한들 그때는 그저 경력도 없는 무일푼의 청년에 불과했고 지금 당장이라도 제복이 사라진다면 눈에조차 띄지 않을지도 몰랐다. 그래서 그는 자기에게 주어진 시간을 최대한 이용하기로 마음먹었다. 그는 탐욕스럽고 대담하게 그가 원하는 걸 구해냈다. 10월의 어느 밤, 그는 마침내 데이지를 차지했다. 그로서는 그녀의 손을 만질 권리조차 없었기 때문에 그녀를 가지게 된 것이다.

그는 거짓을 핑계 삼아 그녀를 차지했고 때문에 스스로를 경멸했을지 모른다. 있지도 않은 수백만 달러를 가졌다고 사기를 쳤다는 뜻이 아니다. 그저 데이지에게 의도적으로 안도감을 불어넣어 주었다는 정도다. 그는 자신이 그녀와 같은 사회 계층에 속하는 인물인 것처럼 믿도록 만들었다. 자신은 충분히 그녀를 보살필 수 있는 능력이 있다고 말이다. 사실 그에게는 그럴 만한 능력이 없었다. 그의 앞을 봐줄 부유한 가족도 없이, 변화무쌍한 국가 결정에 따라 세계 어디로 보내져 목숨을 잃어도 이상하지 않은 처지였다.

그러나 그는 자신을 경멸하지 않았고 상황은 그의 예측과 다르게 흘러갔다. 아마 그는 얻을 수 있는 것을 얻은 후 훌쩍 떠나버릴 생각이었는지도 모른다. 하지만 그때 그는 성배를 찾는 일을 한 셈이었다. 그녀가 특별하다는 건 알고 있었지만, 그는 '우아한' 여자가 도대체 어디까지 특별해질 수 있는지 미처 몰랐다. 그녀는 개츠비를 뒤에 남겨둔 채 부유한 자신의 가족들에게로, 풍족한 그녀의 삶 속으로 사라져버렸다. 개츠비는 그녀와 결혼한 듯한 느낌이었지만 그건 아니었다.

이틀 뒤 그들이 다시 만났을 때, 버려졌다는 생각에 숨이 가빠지는 건 개츠비 쪽이었다. 그녀의 집 현관은 돈을 주고 산 별빛 같은 사치품으로 눈이 부셨다. 그녀가 그에게 몸을 돌려 키스를 할 때 긴 고리버들 의자의 삐걱거리는 소리조차 멋지게 들렸다. 감기에 걸린 그녀의 목소리는 전과 다르게 허스키했지만 그조차도 그에게는 매력적일 뿐이었다. 개츠비는 부유함이 가두어 보호하는 젊음과 신비로움, 그 많은 옷이 뿜어내는 생동감을, 그리고 데이지를 잘 알게 됐다. 힘겹게 살아가는 가난한 사람들과는 완벽하게 동떨어진 곳에서 안전하게 오만한 은빛을 내뿜는다는 사실을.

"내가 그녀를 사랑한다는 사실을 깨닫고 얼마나 놀랐는지 차마 말로 표현할 수 없어, 친구. 한동안은 차라리 그녀가 날 내팽개치듯 버렸으면 하고 바라기까지 했거든. 하지만 그런 일은 일어나지 않았어. 데이지도 나를 사랑하고 있었거든. 그녀는 자신이 모르던 세계를 내가 알고 있다는 사실만으로도 나를 똑똑하다고 생각했어…… 어쨌든 나는 내 야망 따위를 새까맣게 잊고 순간순간 그녀에게 깊이 빠져들었어. 그녀 외의 다른 것에 대해서는 전혀 신경 쓰지 않았던 거지. 그녀에게 앞으로 할 일을 들려주면서 즐겁게 지낼 수 있는데, 어떤 대단한 일을 벌일 이유가 어디 있었겠어?"

개츠비가 해외로 파병되기 전날, 그는 늦은 오후까지 데이지를 양팔로 껴안고 오랫동안 말없이 앉아 있었다. 서늘한 가을날이라 방에 난로를 피웠고 그녀의 뺨은 붉어졌다. 때때로 그녀가 뒤척이면 그는 팔을 조금 바꾸었고 한번은 그녀의 윤기 있는 검은색 머리카락에 입을 맞추기도 했다. 다음 날로 예정된 긴 이별에 대해 추억을 깊이 간직하려는 듯 한동안 고요한 채로 차분하게 있었다. 그들이 서로 사랑한 한 달 동안, 데이지의 다문 입술이 그의 코트 어깨를 스칠 때나, 마치 그녀가 잠들어 있기라도 한 듯 그녀의 손끝을 살짝 만질 때만큼 더욱 가깝다고 느끼거나 서로 더 깊이 마음이 통한 적은 일찍이 없었다.

전쟁에서 개츠비의 활약은 대단했다. 전선에 나가기 전에 육군 대위로 진급했고 아르곤 전투 뒤에는 소령 계급장을 달고 사단 기관총 부대의 지휘관이 됐다. 휴전 뒤에는 하루라도 빨리 미국으로 돌아가려 서둘렀지만, 어떤 행정 착오나 오해로 인해 옥스퍼드로 가게 됐다. 데이지가 보내오는 편지에는 절망 같은 것이 배어 있었다. 그녀는 그가 돌아오지 않는 걸 이해하기 어려워했다. 주변에서의 압력이 심해질수록 그녀는 그를 만나고 싶었다. 그의 곁에서 그의 존재를 느끼고 결국 자신이 잘하고 있다는 것을 확인받고 싶었다.

데이지는 어렸다. 그녀의 만들어져 있는 세계는 난초 향과 쾌활하고 명랑한 속물근성의 냄새로 가득했으며, 삶의 비애와 암시를 새로운 리듬으로 풀어낸 그해 유행하는 오케스트라를 생각나게 했다. 밤새도록 색소폰이 〈빌 스트리트 블루스〉의 구슬픈 부분을 불어대는 동안 금빛과 은빛의 화려한 구두 수백 켤레가 어수선하게 반짝이는 먼지를 일으켰다. 티

타임이 있는 으스름한 밤이면 으레 방마다 은근하고 달콤한 열기가 훗청거렸고 애절한 트럼펫 소리에 불려 날아가는 장미 꽃잎처럼, 주변에는 새로운 얼굴들이 떠다니고 있었다.

계절이 바뀌면서 데이지는 또다시 이 황혼의 사교계에 모습을 드러냈다. 그녀는 하루에도 대여섯 번씩 대여섯 명의 남자들과 데이트를 하는 생활로 돌아왔고 새벽이 되면 침대 옆 바닥에서 구슬과 시폰이 달린 구겨진 이브닝드레스를 입은 채 시들어 가는 난초 사이에서 꾸벅꾸벅 졸곤 했다. 그러는 동안에도 그녀의 마음 한구석에서는 어떤 결단을 요구하는 목소리가 아우성이었다. 그녀는 자기 삶이 당장에 그럴듯한 모습으로 자기 앞에 나타나기를 바랐다. 그런데 그 결단은 자신이 아닌 다른 힘에 의해 결정되어야 했다. 사랑, 돈, 혹은 의심할 여지가 없는 현실적인 이유 같은 것에 따라서 말이다. 그러한 것들은 그녀가 손만 뻗어도 닿을 곳에 가까이 있어야 했다.

그 외부의 힘이라는 건 봄이 한창인 어느 날, 톰 뷰캐넌의 등장으로 현실의 옷을 입게 되었다. 그의 풍채와 사회적 지위에는 어떤 무게감이 있었고 데이지는 그 무게감에 우쭐해 했다. 데이지는 한동안 갈등을 겪었을 것이다. 하지만 그 안에서 안도감 같은 감정 역시 들었을 것이다. 여전히 옥스퍼드에 있던 개츠비는 그런 소식을 담은 편지를 한 통 받게 되었다.

어느새 롱아일랜드에 새벽빛이 퍼지고 있었다. 우리는 집 안을 돌아다니면서 아래층의 나머지 창문들을 모두 열어젖혀 실내를 흐릿한 금빛 햇살로 가득 채웠다. 나무의 그림자가 이슬 위에 드리워지고 푸른 나뭇잎 사이로 유령 같은 새들이 지저귀기 시작했다. 바람이 거의 불지 않는 대기에서 느릿하면서도 상쾌한 공기가 천천히 순환했고 서늘하고 기분 좋은 날을 예고하고 있었다.

"데이지가 그 친구를 사랑했을 리가 없어." 개츠비가 창 쪽에서 몸을 빙글 돌리며 도전적으로 나를 쳐다봤다. "봤지? 어제 오후 그녀는 몹시 흥분한 상태였어. 그는 겁을 주면서 다 그치기까지 했어. 그러면서 나를 어떤 사기꾼으로 취급했지. 그러다 보니 데이지는 자기가 무슨 말을 하는지도 몰랐던 거야."

그는 침울한 표정으로 자리에 앉았다.

"어쩌면 신혼이었을 땐, 아주 잠깐이라도 그를 사랑했을지도 몰라……. 물론 그때조차 나를 더 사랑했겠지. 알겠어?"

갑자기 그가 이상한 말을 꺼냈다.

"하지만 어차피, 개인적인 문제야." 그가 말했다.

대체 어떤 의미였을까? 어쩌면 그가 판단할 수 없는 어려운 일에 골몰한 나머지 툭하고 튀어나온 말이 아니었을까? 그 이상으로 해석할 수 없었다.

톰과 데이지가 여전히 신혼여행 중일 때, 그는 프랑스에서 돌아와 군에서 받은 마지막 봉급으로 루이빌로 향했다. 비참한 기분이었지만 그것 외엔 아무 방법도 없는 사람처럼 그곳에 이끌려 갔다. 그는 루이빌에 일주일을 머물면서 11월 밤 그들이 걸었던 그 길을 다시 걸었고 그녀의 흰 차로 함께 달렸던 비밀 장소들을 혼자 돌아보았다. 데이지의 집이 그에게는 그 어떤 집보다 신비롭고 유쾌해 보였던 것처럼, 그 도시역시 비록 그녀는 떠나고 없지만 우수에 찬 매력이 깃든 장소인 것만 같았다.

그는 그곳을 떠나면서 이렇게 생각했다. 조금 더 적극적으로 데이지를 찾아 나섰다면 찾아냈을지도 모른다고. 그는 어쩐지 그녀를 뒤에 남기고 떠나는 느낌이 들었던 것이다. 이제그의 주머니에는 한 푼도 남아 있지 않았다. 그는 뜨거운 일반 객차에 몸을 실었다. 객차 통로로 나가 접는 의자에 앉았다. 정거장이 천천히 미끄러져 뒤로 물러나고 낯선 건물들의뒤통수가 스쳐 지나갔다. 마침내 기차가 봄 들판으로 나서자노란 전차가 잠깐 경주라도 하듯이 나란히 달렸다. 전차에 탄사람들은 언젠가 우연히 거리를 지나면서 그녀의 창백한 얼굴이 뿜어내는 매력을 보았을지도 모른다.

선로가 구부러지면서 이제 기차는 태양으로부터 멀어지기 시작했다. 태양이 더 낮게 기울어지면서 그녀가 숨 쉬었던, 점점 멀어져 가는 도시 위에 마치 축복이라도 내리듯 빛을 뿌리는 것 같았다. 그는 한 움큼의 공기라도 손에 쥐려는듯, 그녀가 있어 아름다웠던 그 도시의 한 조각이라도 간직해두려는 듯 필사적으로 팔을 뻗었다. 그러나 이제, 눈물이 번진 눈에는 모든 것들이 재빠르게 지나가 버렸다. 그는 그 도시에서 가장 멋지고 제일 아름다운 것을 영원히 잃어버렸다는 사실을 깨달았다.

우리가 아침 식사를 마치고 현관으로 나갔을 때는 아홉 시였다. 밤사이에 날씨가 달라져 공기 중에는 어느새 가을 기운이 담겨 있었다. 개츠비의 옛 일꾼 중 마지막으로 남아 있던 정원사가 계단 아래로 다가왔다.

"오늘 수영장 물을 뺄까 해요. 곧 나뭇잎이 떨어지기 시작할 텐데 그러면 파이프에 낙엽이 엉켜 막히거든요."

"오늘은 하지 마." 개츠비가 말했다. 그는 변명하듯 내 쪽으로 몸을 돌렸다. "이번 여름에는 저 수영장에 한 번도 못 들어갔어. 알아?"

나는 시계를 들여다보고 자리에서 일어섰다.

"기차 시각까지 십이 분밖에 안 남았어."

나는 시내에 가고 싶지 않았다. 별일이 없다는 게 이유였지만 그보다는 다른 이유에서였다. 개츠비를 홀로 남겨두고 가고 싶지 않았다. 나는 그 기차를 놓치고 그다음 기차까지 놓친 뒤에야 마지못해 일어섰다.

"전화할게." 결국 내가 말했다.

"그래."

"열두 시쯤 전화할게."

우리는 천천히 계단을 내려왔다.

"내 생각엔…… 데이지도 전화를 걸겠지?" 그는 내 동의를 구한다는 듯 바라봤다. 간절한 눈빛이었다.

"그럴 거야."

"그래. 그럼, 잘 가."

악수를 나눈 뒤 나는 그 집을 떠났다. 그 집에서 걸어 나오

며 울타리에 다다르기 바로 직전에 나는 무언가 생각이 나서
뒤돌아섰다.

"그 인간들은 다 썩었어." 내 목소리가 잔디밭을 넘어갔다.
"너 한 사람이 그 인간들을 다 합친 것보다 더 가치 있어."

나는 그렇게 말한 것이 아직도 잘한 일이라고 생각한다.
처음부터 끝까지 그를 인정하지 않았으니 그때의 그 말이 그
에게 건넨 유일한 찬사였다. 그는 겸손하게 고개를 끄덕이더
니 나중에는 환한 미소를 띠었다. 마치 우리가 오래 전부터
같은 일을 공모한 사람들처럼, 모든 걸 이해한다는 미소였다.
그의 화려한 분홍색 양복이 하얀 계단을 배경으로 밝은색 반
점처럼 남아 있는 모습을 보자, 석 달 전 그의 고풍스러운 저
택을 처음 찾아갔던 그날 밤이 떠올랐다. 잔디밭과 차도에는
개츠비가 어떤 범죄를 저지른 사람이라고 넘겨짚는 사람들
로 붐볐다. 그리고 그때 그는 저 계단에 서서 영원히 변하지
않는 꿈을 숨긴 채 그들에게 손을 흔들어 작별 인사를 하고
있었다.

나는 그의 환대가 고마웠다. 우리는 언제나 그의 환대에
고마워하고 있었다. 나, 그리고 다른 손님들 모두.

"잘 있어." 내가 소리쳤다. "아침 고마웠어, 개츠비."

시내에 돌아와 쉴 새 없이 쏟아지는 엄청난 양의 주식시세
표를 작성하려다 말고 그만 회전의자에 앉은 채로 잠이 들었
다. 정오가 되기 직전 전화벨 소리에 깨어났다. 정신을 차려
보니 이마에 식은땀이 흐르고 있었다. 조던 베이커였다. 그녀
는 뚜렷한 일정 없이 호텔과 골프장, 남의 가정집들을 오갔기

때문에 이 시각에 종종 전화를 걸어왔다. 평소 그녀의 목소리
는 골프장의 초록색 잔디가 사무실 창으로 날아 들어오는 것
처럼 상쾌하고 시원스러웠지만 그날은 달랐다. 거칠고 메마
른 목소리였다.

"데이지네서 나왔어요. 지금은 헴스테드에 있어요. 오늘
오후 사우샘프턴으로 내려가려고요." 그녀가 말했다.

조던이 데이지의 집을 나온 건 잘한 행동이었지만 그녀의
행동에 나는 짜증이 밀려왔다. 그녀의 다음 말을 듣고서는 마
음에 확신이 섰다.

"어제는 너무 했어요."

"그런 상황에서 그게 대수인가요?"

서로 잠깐 말이 없었다. 그러더니 그녀가 말했다.

"하지만…… 보고 싶어요."

"나도요."

"오후에 사우샘프턴에 가지 말고 시내로 나오라는 말인가
요?"

"아뇨. 오늘 오후는 힘들 것 같아요."

"알았어요."

"오늘 오후는, 아무래도 이런저런 일이……."

한동안 그런 식으로 통화가 이어졌다. 그러다가 갑자기
대화가 끊겼다. 우리 둘 중 누가 먼저 수화기를 내려놓았는
지는 모르지만 나는 대수롭게 생각하지 않았다. 영원히 그녀
와 말을 할 수 없다 하더라도 적어도 그날 오후에는 그녀와
테이블을 사이에 두고 마주 앉아 태평하게 이야기를 나눌 수

는 없었다.

　몇 분 뒤 나는 개츠비의 집으로 전화를 걸었다. 하지만 그는 통화중이었다. 네 번이나 걸었을 땐 마침내 화가 난 교환원이 디트로이트에서 걸려온 장거리 전화 때문이라고 말해 줬다. 나는 기차 시간표를 꺼내 세 시 오십 분 기차 시간에 동그라미를 쳤다. 그러고 나서 의자에 몸을 파묻고 이런저런 생각을 정리하려 애썼다. 그때가 바로 정오였다.

　그날 아침 기차가 쓰레기 계곡을 지날 때 일부러 반대편에 앉았다. 하루 종일 호기심에 가득 찬 무리가 서성일 것 같았다. 아이들은 먼지 속에서도 검붉은 얼룩을 발견할 것이고 말하기 좋아하는 인간들은 그 사건을 되풀이해서 말하는 바람에 그 자신조차도 점점 현실이라는 생각을 못하게 되면서 더 이상 이야기하지 않을 것이다. 그리고 머틀 윌슨의 비극적 최후도 결국은 잊힐 것이다. 이제 다시 조금 앞으로 돌아가서 전날 밤, 우리가 떠난 뒤 정비소에서 어떤 일이 벌어졌는지 말해야겠다.

　경관은 머틀의 여동생 캐서린의 소재를 파악하려 진땀을 뺐다. 그녀는 술은 안 마신다는 자신의 규칙을 깬 것이 틀림없다. 그녀가 도착했을 무렵에는 술에 너무 취해 구급차가 플러싱으로 벌써 떠났다는 말도 이해 못 할 정도였다. 겨우 그녀에게 그 일이 어떤 의미인지를 설명하자, 그제야 그녀는 구급차가 떠난 것이 이 사건에서 가장 견디기 힘든 일이라도 되는 듯 기절해버렸다. 누군가가 친절인지 호기심인지 모를 감정으로 그녀를 자기 차에 태워 언니의 시신을 따라가게 해주었다.

자정이 훨씬 지난 시각까지도 새로운 구경꾼들이 정비소 앞으로 들이닥쳤다. 윌슨은 여전히 정비소 안 긴 의자에 앉아 몸을 앞뒤로 흔들어 댔다. 한동안은 사무실 문이 열려 있어 모두가 그 모습을 보지 않을 수 없었다. 마침내 누군가가 저게 무슨 짓이냐고 문을 닫았다. 마이케일러스와 다른 서너 명은 윌슨과 함께 있었다. 처음에는 네댓 명이었지만 나중에는 두세 명으로 줄었다. 그리고 조금 더 시간이 흐른 뒤에 마이케일러스가 마지막으로 남아 있던 낯선 남자에게 십오 분만 더 있어 달라고 부탁하고는 가게로 돌아가 커피를 한 주전자 끓여왔다. 그런 다음, 그는 혼자 그곳에 남아 새벽까지 윌슨을 지켰다.

새벽 세 시쯤이 되자 두서없이 떠들어대는 윌슨의 말에 변화가 일어났다. 전보다는 차분해졌고 노란색 차에 대해 말하기 시작했다. 그는 노란 차가 누구 차인지 알아낼 방법이 있다고 말했다. 두 달 전 자기 아내가 얼굴에 멍이 들고 콧등이 부은 채로 시내에서 돌아온 일이 있었다고 불쑥 말했다.

그러다가 자기 입으로 한 이 말에 혼자 놀라 움찔하더니 괴로워하며 "아, 세상에 어떻게 이런 일이!" 하고 울부짖기 시작했다. 마이케일러스가 그의 생각을 다른 데로 돌리려고 애썼다.

"조지, 결혼한 지는 얼마나 됐죠? 자, 진정하고 내가 묻는 말에 대답을 해요. 결혼한 지 얼마나 됐어요?"

"십이 년."

"아이는요? 자, 조지 좀 가만히 있어봐요……. 내가 묻잖아요. 아이는 없어요?"

희미한 전등에 껍질이 딱딱한 갈색 딱정벌레들이 제 몸을 부딪쳤고 밖에서는 차들이 질주하는 소리가 들렸다. 마이케일러스는 몇 시간 전 사고를 내고 달아난 차의 소리를 듣는 기분이었다. 시체가 놓여 있던 작업대가 피로 얼룩져 있었기 때문에 그는 주유소 쪽으로 들어가고 싶지 않았다. 그래서 사무실 주위를 불편한 마음으로 안절부절 움직이게 되니, 그 안에 있는 물건이 무엇인지 아침이 오기 전에 다 알게 되었다. 그러면서 이따금씩 윌슨을 진정시키려고 애썼다.

"조지, 혹시 교회 다녀요? 아주 오래 전에 다니다 말았던 교회라도요. 교회에 전화를 걸어 목사님을 불러오는 건 어때요. 같이 이야기를 나눈다면 더 좋아질 거예요."

"아무 데도 안 다녀."

"이럴 때를 대비해서라도 교회를 다녀야 해요. 전에는 분명 교회를 다녔을 거예요. 결혼식을 교회에서 하지 않았나요? 조지, 내 말을 들어 봐요. 교회에서 결혼하지 않았어요?"

"그건 아주 오래 전 일이야."

대답하느라 몸을 앞뒤로 흔드는 리듬이 깨졌다. 잠시 그는 아무 말도 하지 않았다. 그런 다음, 무언가를 꿰뚫어 보는 듯 또 한편으로는 그저 놀란 것처럼 보이기도 하는 애매한 눈빛이 다시 나타났다.

"저기 서랍 안을 좀 봐." 그는 책상을 가리켰다.

"어느 쪽 서랍이요?"

"거기, 그 서랍……. 그거."

마이케일러스가 가장 가까운 서랍을 열었다. 그 안에는 가죽과 은실로 꼬아 있는 조그맣고 값비싼 개 줄뿐이었다. 거의 새거나 다름없었다.

"이거요?" 그가 개 줄을 들어 올리면서 물었다.

윌슨이 그 줄을 응시하더니 고개를 끄덕였다.

"어제 오후에 처음 발견했어. 마누라는 변명하려 들었지만, 난 그게 수상한 물건이라는 건 알아."

"그럼 윌슨 부인이 이걸 샀다는 건가요?"

"마누라가 화장지에 싸서 화장대에 뒀더라고."

마이케일러스는 그게 왜 수상하다는 건지 도무지 알 수 없었다. 그는 윌슨에게 그의 아내가 개 줄을 살 만한 이유를 열 개 정도 들어 설명했다. 그러나 "아, 세상에 어떻게 이런 일이!" 하고 다시 중얼거리기 시작하는 걸로 보아 윌슨은 이미 머틀에게서 똑같은 설명 몇 가지를 들은 모양이었다. 그를 위로하던 마이케일러스의 몇 가지 해명도 허공 속으로 흩어졌다.

"그래서 그놈이 마누라를 죽인 거야." 윌슨이 말했다. 그의 입이 갑자기 크게 벌어졌다.

"누가 죽였다고요?"

"다 알아낼 수 있어."

"조지, 당신은 지금 제정신이 아니에요. 이번 일로 너무 충격을 받아서 경황이 없는 거예요. 지금 아무 말이나 다 하고 있는데, 아침까지는 좀 쉬는 게 좋을 것 같아요."

"그놈이 마누라를 죽였다고."

"조지, 그건 사고였어요."

윌슨은 고개를 흔들었다. 마치 모든 것을 귀신처럼 다 안다는 듯 "흠!" 소리를 내면서 눈을 가늘게 뜨고 입을 약간 벌렸다.

"난 다 알고 있어." 그가 단언했다. "나는 사람을 의심하지 않아. 그리고 지금껏 누군가에게 해를 끼친 적이 없어. 그렇지만 내가 뭘 안다고 말하면 정말 아는 거야. 그 차에 탄 사람은 남자야. 마누라는 그놈한테 뭔 말을 하려고 달려간 건데, 그놈이 마누라를 깔아뭉갠 거지."

마이케일러스도 그 장면을 목격했지만 그 사건에 어떤 특별한 의도가 있다는 생각은 들지 않았다. 그의 아내는 차를 세우러 달려간 게 아니라 자기 남편에게서 도망치고 있던 걸로 보였다.

"부인이 왜 그랬겠어요?"

"앙큼한 년이니까." 그는 마치 그게 대답이라도 되는 듯 말했다.

그가 다시 몸을 흔들기 시작했고 마이케일러스는 손으로 개 줄을 움켜쥔 채 서 있었다.

"조지, 전화를 걸만한 친구가 있나요?"

그러나 그건 헛된 바람이었다. 윌슨에게 친구가 없다는 건 그도 잘 알고 있었다. 그는 아내 한 사람도 버거워했다. 그는 창문에 푸른빛이 감돌자 새벽이 멀지 않았다는 걸 알고 반가

위했다. 다섯 시쯤에는 전등을 꺼도 될 만큼 날이 환해졌다.

윌슨은 흐릿한 눈빛으로 쓰레기 계곡을 바라봤다. 그곳에는 기묘한 잿빛 구름들이 환상적인 모양으로 새벽 미풍에 이리저리 떠돌고 있었다.

"내가 마누라한테 말했지." 오랜 침묵을 깨고 그가 중얼거렸다. "나를 속일 수 있을지는 몰라도 신은 절대 못 속인다고. 나는 마누라를 창가로 데리고 갔어." 그가 힘들게 자리에서 일어나 뒤쪽 창문으로 걸어가더니 얼굴을 창에 갖다 댔다. "그리고 내가 말했지. 신은 네가 저지른 일, 저지른 모든 일을 알고 있어. 하나도 빼놓지 않고, 전부 다. 나를 속일 수는 있겠지만 신을 속일 수는 없을 거야."

마이케일러스는 윌슨의 뒤에 서서 그가 T. J. 에클버그 의사의 두 눈을 응시하고 있다는 것을 깨닫고 충격 받았다. 그 의사의 두 눈은 어둠이 사라지면서 서서히 창백하고 거대한 모습을 드러내고 있었다.

"신은 모든 걸 보고 있어." 윌슨은 되풀이해 말했다.

"저건 그저 광고판이에요." 마이케일러스는 그를 납득시키려고 했지만 무엇 때문인지 그는 창문에서 떨어져나와 방 안을 둘러보았다. 그러나 윌슨은 창틀에 얼굴을 바싹 들이대고 새벽 여명을 향해 고개를 끄덕이며 오랫동안 그 자리에 서 있었다.

여섯 시가 되자 마이케일러스는 지쳐버렸다. 그리고 밖에서 차가 멈추는 소리가 들리자 반가웠다. 다시 오겠다고 약속했던 전날 밤 밤샘하던 사람 중 하나였다. 그래서 그는 세 사람 분의 아침 식사를 만들었지만 그 남자와 자기 둘만 먹었다. 월슨은 더 조용해졌다. 마이케일러스는 잠을 자러 집으로 돌아갔다. 네 시간 뒤 깨어나 정비소로 돌아왔을 땐, 월슨은 어디론가 사라진 뒤였다.

월슨의 행적은—그는 계속 걸어다녔다—나중에 밝혀졌지만, 루스벨트 부두에서 개즈힐까지 가 샌드위치를 한 개 샀지만 먹지는 않고 커피만 마셨다. 힘이 없어 천천히 걸었던 게 분명했다. 정오가 될 때까지도 개즈힐에 미처 도착하지 못한 것을 보면 말이다. 여기까지는 그가 어떻게 시간을 보냈는지 파악하기가 어렵지 않다. '약간 정신 나간 사람처럼 행동하는' 남자를 목격한 아이들이 있었고 길가에서 자신들을 이상한 눈길로 노려보는 사람을 발견한 운전사들이 있었다. 이후 세 시간 동안의 행적은 오리무중이다. 마이케일러스에게 '찾아낼 방법이 있다.'라고 말한 것을 근거로 경관은 월슨이 그 근처 정비소를 하나하나 찾아다니며 노란색 자동차의 소재를 찾는 데 그 세 시간을 보냈으리라 추측했다. 그런데 그를 봤다는 정비소 직원은 한 명도 나타나지 않았다. 아마 그에게는 원하는 것을 확실하게 찾아내는 그만의 방법이 있을 가능성이 높다. 두 시 반쯤 그는 웨스트에그에 도착해 개츠비의 집으로 가는 길을 물었다. 그때 그는 개츠비라는 이름을 분명하게 알고 있었다.

두 시쯤, 수영복을 입은 개츠비는 집사에게 수영장에 있을 테니 전화가 오면 알려달라고 말했다. 그는 여름 내내 손님들이 즐겼던 공기 매트리스를 가지러 창고에 들렀고 운전기사는 그 매트리스에 바람 넣는 일을 도와주었다. 그러고 나서 그는 그 어떤 일이 있더라도 절대로 오픈카를 꺼내지 말라고 지시했다. 운전사로서는 의아스러웠다. 오픈카 앞쪽의 전면 펜더는 수리가 필요해 보였기 때문이었다.

개츠비는 매트리스를 어깨에 메고 수영장으로 향했다. 잠깐 멈춰 서서 매트리스를 고쳐 멨고 운전사가 도와주겠다고 했지만, 그는 고개를 저었다. 그리고 노랗게 단풍이 물들기 시작하는 나무 사이로 모습을 감추었다.

전화는 한 통도 오지 않았지만 집사는 졸지 않고 네 시까지 기다렸다. 비록 전화가 왔다고 하더라도 받을 사람이 사라진 지 오래되었을 때까지, 기다렸다. 개츠비 자신도 전화가 걸려 오리라고는 믿지 않았을 것이다. 그리고 이미 그런 것들에 더 이상 신경 쓰지 않았을지 모른다는 생각이 들었다. 만약 정말 그랬다면 그는 자신이 오래 간직해온 안온한 세계가 이미 끝나버렸고, 단 하나의 꿈을 갖고 너무 오랫동안 살아왔던 것에 대해 비싼 대가를 치렀음을 알고 있었던 게 틀림없다. 그는 무시무시한 나뭇잎 사이로 낯선 하늘을 올려다보며 몸서리 쳤을 것이다. 장미꽃이라는 게 얼마나 기괴한 모습인지, 그리고 가꾸지 않은 잔디 위로 쏟아져 내리는 햇살이 얼마나 낯선지. 현실적이지 않은 물질적인 세상에서 가엾은 유령들이 몸을 꿈틀대며 꿈을 들이마시는 것, 아무렇게나 이리저리 방황하는 새로운 세계는 우연을 내세우며 주위를 맴돈다. 형체도 없는 나무들 사이를 지나 소리 없이 서서히 미끄러지듯 다가오는 저 잿빛의 환영처럼.

올프심의 패거리 중 하나였던 운전기사는 총소리를 들었다. 나중에 그는 그 총소리를 별로 대수롭지 않게 생각했다고 말했다. 나는 기차역에서 개츠비의 집으로 곧장 차를 몰고 올라갔고 걱정스러운 마음에 서둘러 앞쪽 계단을 올라간 다음에, 그 집 사람들이 처음으로 나를 보고서 놀랐다. 그러나 그때 이미 그들은 그 사실을 알고 있었다고 나는 확신한다. 한마디 말도 없이 운전기사, 집사, 정원사와 나는 수영장으로 서둘러 달려 내려갔다.

풀장 한쪽 끝에서 맑은 물이 흘러나와 다른 쪽 배수구로 밀려가기 때문에 물은 눈에 띄지 않을 정도로 조금씩 흐르고 있었다. 물결이라고 말할 수 없을 정도의 잔 물살들 때문에 개츠비를 실은 매트리스가 불규칙적으로 흔들리고 있었다. 수면에 거의 파장을 만들지 못할 작은 바람 한 점만으로도, 예상하지 못했던 짐을 싣고 예상하지 못한 방향으로 흘러가는 매트리스의 흐름을 방해하기에는 충분했다. 매트리스는 수면 위에 떠 있던 나뭇잎 더미에 닿자 천천히 붉은 원을 그리며 컴퍼스의 다리처럼 물 위에 붉은 원을 만들었다.

우리가 개츠비의 시체를 들고 집으로 들어간 뒤에야 정원사는 잔디밭에서 얼마 떨어지지 않은 곳에서 윌슨의 시체를 발견했다. 학살의 대단원은 이렇게 막을 내렸다.

9

그로부터 이 년이 지난 지금도 그날과 그다음 날에 대한 기억은 경찰과 사진사, 신문기자들이 개츠비의 집 문지방이 닳도록 들락거린 것뿐이다. 경찰은 정문에 줄을 치고 구경꾼들을 가로막았지만, 아이들은 곧 우리 집 뜰을 통해 개츠비의 집을 갈 수 있다는 사실을 알아차렸다. 그래서 수영장 근처에는 항상 아이들 몇 명이 입을 벌린 채 모여 있었다. 그날 오후 형사로 보이는 사람이 꽤나 단호한 태도로 윌슨의 시체를 들여다보며 '정신병자'라는 말을 사용했고 우연하게 그의 말에는 힘이 실리면서 다음 날 조간신문 기사의 주요 논조가 됐다.

기사들은 대부분 끔찍했다. 앞뒤 사실에 맞춰 써 내려간 기사는 기괴하게 사실과 달랐다. 마이케일러스의 증언으로 윌슨이 자기 아내를 의심하고 있었다는 사실이 드러났다. 난 곧이어 이 사건 전체가 선정적인 이야깃거리가 될 것이라는 예감이 들었다. 뭔가 할 말이 있을 법한 캐서린은 단 한마디도 하지 않았다. 오히려 이 사건에 대해 대단한 연기를 선보였다. 세심하게 그린 눈썹을 하고 나타나 뭔가 단단한 결심을 한 눈이었다. 그리고 자신의 언니는 개츠비를 본 적도 없으며 남편과 행복했고, 그 어떤 잘못된 행동을 한 적이 없다고 증언했다. 그녀는 자신의 말을 확신했다. 누군가 약간의 의심하는 말만 던져도 손수건에 얼굴을 파묻고는 눈물을 터트렸다. 그래서 사건은 '너무 슬픈 나머지 정신을 잃은' 정도로 축소된 채 가장 단순하게 정리됐다. 그리고 지금까지도 여전히 그렇게만 알려져 있다.

그러나 사건에 얽힌 이것들이 나에게는 중요하지 않았다. 그 본질과는 가장 동떨어져 있었다. 나는 홀로 개츠비의 편에 서 있었다. 웨스트에그 경찰서에 이 불행하고 끔찍한 사건을 전화로 신고한 이후 개츠비에 대한 억측과 실제적인 질문은 전부 나에게로 넘어왔다. 나도 처음에는 너무 놀라고 당황스러워 어떻게 해야 할지 몰랐다.

그러나 개츠비가 집 안에 안치되어 움직이지도 않고 숨도 쉬지 않은 채, 말도 없으니 내가 그 일을 책임져야 한다는 생각을 하게 됐다. 나 말고는 아무도 관심을 두지 않는 일이었다. 여기서 관심이란, 결국 누구라도 최후의 순간에는 미약하게나마 당연히 갖게 될 강렬한 개인적 흥미를 말하는 것이다.

개츠비의 시체가 발견된 지 삼십 분 뒤 나는 아무 주저 없이 본능적으로 데이지에게 전화를 걸었다. 그러나 그날 오후, 그녀와 톰은 일찌감치 짐을 꾸려 멀리 떠난 상태였다.

"어디로 간다고 주소라도 남겨두었나요?"

"아뇨."

"그럼 언제 돌아온다는 말은요?"

"그런 말도 없으셨어요."

"어디 갔는지 혹시 짚이는 곳이라도 있나요? 어떻게든 연락할 방법은요?"

"저도 몰라서 말씀드릴 수 없어요."

나는 개츠비를 위해 누구라도 데려오고 싶었다. 그가 누워 있는 방으로 들어가 이렇게라도 그를 위로하고 싶었다. "개츠비, 당신을 위해 누구든지 데려올게. 그러니 걱정 마. 그저 나를 믿어줘. 누구라든⋯⋯."

마이어 울프심이라는 이름은 전화번호부에 없었다. 집사가 브로드웨이에 있는 그의 사무실 주소를 알려줘 안내로 전화를 걸었지만, 그때는 이미 오후 다섯 시가 훨씬 지나 있었다. 전화를 받는 사람은 아무도 없었다.

"한 번 더 연결해주세요."

"벌써 세 번째입니다."

"아주 중요한 일이에요."

"죄송하지만 아무도 없는 것 같아요."

나는 응접실로 돌아왔다. 방을 가득 채운 사람들은 그저 잠깐 들른 손님, 공적인 일을 처리하는 사람들뿐이라는 생각이 문득 들었다. 그들이 시트를 걷고 아무 감정 없는 눈길로 개츠비를 바라보고 있는 동안에도 그의 항의가 내 머릿속에 계속해서 울려대고 있었다.

"이봐, 친구. 누구든 좀 데려와. 나를 위해 애써달란 말이야. 이렇게 혼자 있기에는 너무 힘들어."

누군가 나에게 질문을 퍼부었지만 나는 그 말들을 피해 위층으로 올라갔다. 그리고 잠겨 있지 않은 그의 책상 서랍들을 급히 뒤졌다. 그는 한 번도 자신의 부모가 죽었다고 드러낸 적이 없었다. 그러나 서랍에는 아무것도 없었다. 다만 이제는 기억에서 사라진 폭력의 증거, 댄 코디의 사진만이 벽에서 나를 내려다볼 뿐이었다.

다음 날 아침, 나는 울프심에게 편지를 썼다. 그리고 집사의 손에 들린 채 그를 뉴욕으로 보냈다. 개츠비에 대한 정보를 알려 달라는 부탁과 다음 기차로 빨리 와 달라는 내용이었다. 편지를 쓰는 내내 헛짓을 하고 있는 건 아닌가 싶었다. 정오가 지나기 전에 데이지에게 전화가 올 것이라고 확신했던 것처럼 울프심도 신문을 보자마자 이곳으로 달려올 거라고 확신했기 때문이다. 그러나 그 어떤 전화도, 울프심도 오지 않았다. 집사가 들고 온 울프심의 답장을 보는 순간 나는 일종의 반발심, 그들 모두에 맞서 개츠비와 내가 한편이라는 냉소적인 연대감을 느꼈다.

친애하는 캐러웨이 씨,

이 일은 내가 겪은 일 중 가장 끔찍한 일 중 하나입니다. 도저히 믿을 수가 없을 정도입니다. 그 살인자가 저지른 이 미친 행동은 우리 모두에게 많은 생각을 심어주고 있습니다. 나는 지금 아주 중요한 사업에 발이 묶여 있기도 하지만, 그 사건에 섣

불리 얽힐 수 없는 상황입니다. 혹시 나중에라도 내가 도울 일이 있다면 얼마 후에 에드가를 통해 편지로 알려주세요. 지금 나는 너무 충격 받은 나머지, 나 자신이 어디에 있는지도 모를 정도로 쓰러져버리기 직전입니다.

당신의 친구, 마이어 울프심 드림.

그리고 바로 아래에 추신이 휘갈겨 있었다.

장례식 등에 대해 알려주십시오. 그의 가족에 대해서는 나도 아는 바가 없습니다.

그날 오후 전화벨이 울렸다. 교환원은 시카고에서 온 장거리 전화라고 말했고 나는 드디어 데이지에게서 전화가 왔다고 생각했다. 그러나 수화기 너머로 들려온 목소리는 아주 가는, 감이 먼 남자의 목소리였다.

"슬레이글이오."

"네?" 처음 듣는 이름이었다.

"깜짝 놀랄 만한 소식이죠? 내 전보는 받았소?"

"아뇨. 아무 전보도 받지 못 했습니다."

"파크 녀석이 사고를 쳤어요." 그는 서둘러 말했다. "카운터 너머로 채권을 넘겨주다 붙잡혔어요. 겨우 오 분 전에 뉴욕에서 회람장을 받았어요. 뭐 좀 알고 있어요? 이런 촌구석에서는 도통 알 수가 없어서……."

"이봐요!" 나는 그의 말을 잘랐다. "저기, 저는 개츠비가 아닙니다. 개츠비는 죽었어요."

수화기 반대편에서는 뭐라고 외마디가 들리더니 긴 침묵이 흘렀다……. 그러고는 짧게 불평하는 소리가 들렸고 전화는 끊겼다.

미네소타주에 있는 어느 도시로부터 '헨리 C. 개츠'라는 서명으로 전보가 한 장 날아왔다. 나흘째 되는 날이었다. 전보에는 발신인이 곧 출발할 테니 그때까지 장례식을 연기해 달라는 내용이었다.

개츠비의 아버지였다. 그는 근엄한 노인이었는데 힘이 남아 있지 않을 정도로 상심한 듯했다. 따뜻한 9월이었는데도 불구하고 싸구려의 두껍고 긴 코트를 입고 있었다. 감정이 격한 나머지 그의 눈에서는 끊임없이 눈물이 새어나왔다. 내가 그의 손에서 가방과 우산을 받아들자 그는 숱도 없는 회색 수염을 연신 쓸어내리기 시작했다. 그 바람에 그의 외투를 벗기는 데 여간 애를 먹은 게 아니었다. 그는 금방이라도 쓰러질 것 같았기에 나는 그를 음악실로 데리고 가 앉혔다. 그리고 사람을 시켜 먹을 것을 좀 가져오라고 했다. 그러나 그는 먹으려 하지 않았고 떨리는 손으로 우유를 엎지르고 말았다.

"시카고 신문에서 봤습니다." 그가 말했다. "시카고의 모든 신문에 그 기사가 실렸소. 신문을 보자마자 출발했습니다."

"어떻게 연락을 드려야 할지 몰랐습니다."

그의 두 눈은 딱히 무언가를 보고 있는 것 같지 않았지만,

끊임없이 방 안을 훑었다.

"미친 짓이야." 그가 말했다. "미친 게 틀림없소."

"커피 좀 드시겠어요?" 그에게 권했다.

"됐습니다. 아무것도 안 먹겠소. 그런데 성함이……."

"캐러웨이라고 합니다."

"그래, 나는 이제 괜찮소. 지미는 어디에 있소?"

나는 그를 데리고 그의 아들이 누워 있는 거실로 가서 그를 혼자 남겨두고 나왔다. 아이들은 계단을 올라와 홀 안을 훔쳐보고 있었고 나는 아이들에게 방금 도착한 사람이 누구인지 일러줬다. 아이들은 마지못해 자리를 떴다.

얼마 뒤 개츠 씨가 문을 열고 나왔다. 입은 살짝 벌린 채였고 얼굴은 붉었다. 이따금씩 두 눈에서는 눈물이 불규칙하게 흘러내렸다. 그는 이제 죽음이 주는 압도적인 공포가 무섭지 않은 나이였다. 처음으로 주변을 찬찬히 둘러보면서 높고 화려한 홀, 다른 방과 연결되어 있는 큼직한 방들을 발견했다. 그의 슬픔은 경외에 가까운 자부심과 뒤섞이기 시작했다. 나는 그를 부축해 위층 침실로 올라갔다. 그가 상의와 조끼를 벗는 동안 나는 그가 올 때까지 모든 일정을 연기했다는 것을 일러주었다.

"어떻게 하실지 몰라서요, 개츠비 씨……."

"내 이름은 개츠요."

"……개츠 씨, 저는 고향에서 장례를 치르고 싶어하실 거라고 생각했습니다."

그는 고개를 저었다.

"지미는 항상 동부를 더 좋아했지, 동부에서 잘됐으니까. 우리 아들의 친구였소?"

"가까운 친구였습니다."

"알고 있었겠지만, 앞날이 창창한 아이였지. 아직 얼마 안된 나이였지만, 여기, 머리가 아주 좋았거든."

그는 인상적인 모습으로 자신의 머리를 두드렸다. 나는 고개를 끄덕였다.

"만약 살아 있었다면, 위대한 인물이 됐을 거예요. 제임스 J. 힐 같은 인물 말이오. 국가 발전에도 힘을 보탰을 테고."

"아마 그랬을 겁니다." 나는 마지못해 맞장구쳤다.

그는 더듬거리며 침대에 수놓은 침대보를 벗기려 애쓰다가 그대로 꼿꼿한 자세로 누워 버렸다. 그러더니 곧바로 잠에 빠졌다.

그날 밤 어떤 사람이 놀란 목소리로 전화를 걸어와서는 자기 이름을 밝히기도 전에 나에게 다짜고짜 누구냐고 물었다.

"캐러웨이입니다." 내가 말했다.

"아!" 그는 안심하는 듯했다. "전 클립스프링어입니다."

나 역시 마음이 놓였다. 개츠비의 장례식에 참석할 수 있는 사람이 한 명 더 늘어날 것 같았다. 나는 신문에 부고를 내 많은 구경꾼이 몰려오게 만들고 싶지는 않았다. 그래서 직접 몇몇 사람에게만 전화로 연락을 하고 있었지만 참석할 만한 사람들을 찾아내기란 여간 어렵지 않았다.

"장례식은 내일입니다. 오후 세 시, 이곳 이 집에서 할 예정이에요. 혹시 주변에 오실만 한 분이 있다면 전달해주세요."

내가 말했다.

"아, 그러죠." 그는 말을 이었다. "만날 사람이 있을 것 같지는 않지만요. 만나면 전하겠습니다."

어쩐지 미심쩍은 구석이 있었다.

"당신은 오겠죠?"

"아, 노력은 해야죠. 제가 전화한 이유는······."

"잠깐요." 나는 그의 말을 끊었다. "그래서 온다는 건가요, 안 온다는 건가요?"

"글쎄, 사실······ 솔직히 말하자면 지금 다른 사람들과 그리니치에 있습니다. 이 사람들은 내일도 내가 자기들과 시간을 보내길 바라고 있거든요. 사실 가까운 곳으로 소풍을 가려고 했거든요. 물론 최선을 다해서 빠져나오도록 할게요."

나는 더 이상 참지 못하고 "허!" 하고 한숨을 내뱉었는데, 그의 말투가 신경질적으로 변한 걸 보면 그도 들었을 것이다.

"내가 전화를 한 건, 그 집에 두고 온 신발 한 켤레 때문입니다. 혹시 집사에게 시켜서 그걸 좀 보내주실 수 없나요? 테니스화입니다. 그게 없으면 좀 난감하거든요. 제 주소는 B. F.······."

나머지 주소는 듣지 못했다. 수화기를 내려놓았기 때문이다.

개츠비에게 면목이 없었다. 내 전화를 받은 누군가는 자업자득이라는 식으로 비판했다. 그건 전적으로 내 잘못이었다. 그는 개츠비의 술을 얻어 마시고서야 비로소 용기를 내 개츠비를 욕하고 비웃던 사람들 중 하나였다. 애초에 연락하지 말아야 할 사람이었다.

장례식 날 아침, 나는 마이어 울프심을 만나러 뉴욕으로 향했다. 그렇게 하지 않고서는 그를 만날 방법이 없을 것 같았다. 엘리베이터 안내원이 가리킨 곳 문에는 '스와스티카 지주회사'라는 간판이 붙어 있었다. 내가 문을 밀고 들어갔지만 그곳에는 아무도 없는 것 같았다. 그러나 "아무도 없나요?"라며 허공을 향해 몇 번 외치자 칸막이 뒤편에서 말싸움이 나더니 곧이어 안쪽 문에서 예쁘장한 유대인 여자가 나타났다. 그녀는 적의를 품은 검은 눈으로 나를 훑어보았다.

"안에는 아무도 없어요." 그녀가 말했다. "울프심 씨는 지금 시카고에 있어요."

그때 안에서 누군가가 맞지 않은 음정으로 〈로사리오〉를 휘파람으로 불기 시작했다. 적어도 아무도 없다는 말은 거짓말이었다.

"캐러웨이가 왔다고 전해주세요."

"시카고에서 데리고 오라는 거예요?"

그 순간 틀림없는 울프심의 목소리가 문 안쪽에서 들렸다. "스텔라!"

"책상 위에 이름을 남겨주세요." 그녀가 재빨리 말했다. "오시면 전해드릴게요."

"하지만, 저 안에 계시잖아요."

그녀는 나를 향해 한 걸음 다가왔다. 그러더니 화가 난 듯 두 손으로 엉덩이를 위아래로 쓸어내리며 말했다.

"당신 같은 젊은 사람들은 이게 문제야. 언제나 자기들 마음대로 밀고 들어올 수 있다고 생각해. 난 이제 정말 지긋지긋해. 내가 시카고에 있다고 말하면 시카고에 있는 거라고……." 그녀는 야단을 쳤다.

나는 개츠비의 이름을 댔다.

"어머!" 그는 나를 다시 훑어봤다. "잠깐만요, 성함이 뭐라고 하셨죠?"

그녀가 안으로 들어갔다. 그리고 곧이어 마이어 울프심이 바로 문을 열고 근엄한 태도로 문간에 서서 손을 내밀었다. 그는 나를 사무실 안으로 끌고 들어가 경건한 목소리로 지금은 우리 모두가 슬플 때라고 말했다. 그리고 내게 시가를 권했다.

"그를 처음 만났을 때가 기억나." 그가 말했다. "방금 제대해서 전쟁에서 받은 훈장을 잔뜩 달고 있던 젊은 소령이었어. 형편이 어려워 양복 살 돈도 없었어. 그래서 늘 군복을 입고 있었지. 그를 처음 본 건 33번가의 와인브래너 당구장이었어. 그곳에서 일자리를 부탁했어. 이틀 동안 아무것도 먹지 못했다고 했네. '그럼 점심이나 먹으러 갑시다.' 내가 말했어. 그는 삼십 분 동안 사 달러치도 더 넘게 음식을 먹어치우더구만."

"사업을 시작하게 도왔어요?" 내가 물었다.

"시작하는 걸 도왔냐고? 내가 거의 그 친구를 키운 셈이지."

"아, 네."

"아무것도 없는 저 바닥에서 끌어올린 건 나였소. 나는 그가 아주 잘생긴, 신사다운 면이 빛나는 젊은이라는 걸 처음부터 딱 알아봤지. 오그스포드에 있었다고 하길래 쓸모 있을 거라는 생각이 들었지. 나는 그를 미국 재향군인회에 가입시켰어. 얼마 되지도 않아 높은 자리에 앉았지. 그 뒤 우리는 올버니로 가서 내 고객들을 위해 일하기 시작했어. 우리는 늘 호흡이 잘 맞았어." 그는 통통한 손가락 두 개를 들어올렸다. "언제나 함께였어."

이 파트너십에 1919년 월드 시리즈 사건도 포함되어 있는지 궁금했다.

"이제 그는 저세상 사람입니다." 잠시 뒤 내가 말했다. "선생께선 그의 가장 절친한 친구였으니 드리는 말입니다. 오늘 오후에 있을 그의 장례식에 참석하시겠지요."

"나도 가고 싶지."

"그럼 오세요."

그의 코털이 약간 떨렸다. 그는 머리를 좌우로 흔들었고 눈에는 눈물이 고여 있었다.

"불가능해……. 나는 그 일에 말려들고 싶지 않소." 그가 말했다.

"말려들고 말 것도 없어요. 이미 다 끝난 일이에요."

"사람이 살해당했다면 난 어떤 식으로든 그 일에 끼고 싶지 않소. 젊었을 때야 달랐지. 만약 친구가 죽었다면 무슨 일이 있다고 해도 끝까지 함께했지. 감상적인 소리라고 할지도 모르겠지만, 정말 그랬어. 그 어떤 험한 꼴을 다 보면서도 끝까지 남았소."

그가 어떤 이유를 대며 오지 않기로 마음먹었다는 걸 깨닫고는 나는 자리에서 일어났다.

"당신은 대학을 나왔나요?" 그가 불쑥 물었다.

한순간 나는 모종의 '거래'를 제안하려는 게 아닌가 생각했지만, 그는 그저 고개를 끄덕이며 악수를 청할 뿐이었다.

"죽은 뒤가 아니라 살아 있을 때 우정을 보여주는 걸 배웁시다. 내 원칙은 이렇소. 일단 친구가 죽은 다음에는 모든 걸 그냥 내버려두지." 그가 말했다.

그의 사무실을 나올 땐, 날이 흐려지고 있었다. 나는 가랑비를 맞으며 웨스트에그로 돌아왔다. 옷을 갈아입은 뒤 개츠비의 집으로 건너갔더니, 개츠 씨가 흥분한 채로 홀 안을 왔다 갔다 하고 있었다. 아들과 아들의 재산에 대한 자부심이 점점 커지고 있었다. 그는 내게 보여줄 게 있다고 했다.

"지미가 이 사진을 보냈어." 그는 떨리는 손으로 지갑을 열었다. "이것 좀 보시오."

개츠비의 저택을 찍은 사진이었다. 사진의 귀퉁이는 닳았고 여러 사람이 돌아가며 만졌는지 손때가 묻어 있었다. 그는 사진 구석구석을 열심히 가리켰다. "이것 좀 보라고." 이렇게 말하고는 내 눈도 감탄에 찼는지 확인했다. 그 사진을 하도 자주 보여준 탓인지 그는 실제 집보다 사진의 집이 더 현실적이라고 믿는 것 같았다.

"지미가 보내주었지. 아주 멋지죠. 얼마나 잘 나왔는지."

"정말 잘 나왔네요. 최근에 아드님을 언제 보셨죠?"

"이 년 전에 나를 보러 와서는 지금 살고 있는 집을 사줬지. 물론 녀석이 집을 나가고 나서는 서로 연을 끊은 것과 다름없었지만, 집을 나가는 이유가 있었다는 걸 이제야 알겠어. 그 아이는 자신 앞에 더없이 밝은 미래가 있다는 걸 알았던 거요. 이렇게 성공하고 나서는 얼마나 잘했는지 모르오."

그는 그 사진을 눈앞에서 없애는 게 내키지 않는지 머뭇거리며 조금 더 내 앞에서 들고 있었다. 다시 사진을 지갑에 넣더니 호주머니에서 '호펄롱 캐시디'라고 쓰여 있는 낡은 책을 한 권 꺼냈다.

"이건 그 아이가 어릴 때 갖고 있던 책이오. 거기 보면……."

그는 뒤표지를 펼쳐서 내가 볼 수 있도록 돌렸다. 마지막 면에는 아무것도 인쇄되어 있지 않았고 '계획표-1906년 9월 12일'이라고 적혀 있었다. 그리고 그 밑에는 이렇게 쓰여 있었다.

기상	오전 6:00
아령 들기와 암벽타기 운동	오전 6:15~6:30
전기학 및 기타 공부	오전 7:15~8:15
일	오전 8:30~오후 4:30
야구와 스포츠	오후 4:30~5:00
웅변 연습, 자세와 달성방법 훈련	오후 5:00~6:00
발명에 필요한 공부	오후 7:00~9:00

결심

새프터스나 ***(해독 불가능)에서 시간 낭비하지 말 것

금연

이틀에 한 번 목욕하기

매주 교양책이나 잡지를 한 권씩 읽기

매주 5달러 3달러씩 저축할 것

부모님 말씀 잘 듣기

"나는 이 책을 우연히 발견했지." 노인이 말했다. "이 정도면 지미가 어떤 녀석인지 짐작할 수 있겠지?"

"네, 짐작이 되네요."

"지미는 어떻게든 성공할 아이였소. 그 애는 언제나 이런저런 결심을 세웠거든. 그 애가 자기 계발을 위해 어떻게 했는지 아시오? 말로 설명할 수 없는 정도였소. 언젠가 한번은 애비인 나한테까지 돼지처럼 먹는다고 해서 흠씬 두들겨 팬 적도 있다오."

그는 책을 그냥 덮기 아쉬운 사람처럼 보였다. 그러고는 아까의 그 항목을 소리 높여 읽었다. 뭔가를 바라는 눈길로 나를 바라봤는데, 아마 내가 그 계획표를 베껴가길 바란 게 아니었을까 싶다.

세 시가 조금 안 됐을 때 플러싱에서 루터교 목사가 도착했다. 나는 무심결에 다른 차들이 더 도착했을까 싶어 창밖을 내다보았다. 개츠비의 아버지 역시 창밖을 내다봤다. 시간이 지나자 하인들이 들어와 홀에 서서 대기했다. 노인의 눈은 볼

안하게 깜박거렸다. 그리고 자신 없는 목소리로 비 때문이라고 말했다. 목사는 몇 번이고 시계를 들여다봤고 그래서 나는 그를 옆으로 데리고 가 삼십 분만 더 기다려 달라고 부탁했다. 그러나 부질없는 짓이었다. 아무도 오지 않았다.

다섯 시쯤 세 대의 장의차가 가랑비를 맞으며 묘지에 도착해 정문에 멈춰 섰다. 맨앞에는 섬뜩할 만큼 검은 비에 젖은 영구차가 그다음에는 개츠 씨와 목사와 내가 탄 리무진이 그리고 그 뒤에는 하인 네댓 명과 웨스트에그에서 온 우편배달원 한 명이 개츠비의 스테이션 왜건을 타고 왔다. 모두 흠뻑 젖은 채였다. 정문을 지나 안으로 들어가는데 차 한 대가 멈춰 섰다. 누군가 질퍽하게 젖어 있는 땅 위로 물을 튀기며 우리를 쫓아왔다. 나는 뒤를 돌아봤다. 석 달 전 어느 날 밤, 서재에서 개츠비의 책들에 감탄을 내지르던 올빼미 안경을 쓴 남자였다.

그날 이후로는 한 번도 본 적이 없었다. 그가 장례가 있다는 걸 어떻게 알게 됐는지, 그의 이름이 무엇인지도 모른다. 그의 두꺼운 안경 위로 비가 쏟아졌다. 개츠비의 묘를 가려둔 천막이 거두어지는 걸 보려고 그는 안경을 벗어 닦았다.

나는 개츠비에 대해 생각해보려고 애썼다. 하지만 그가 이제는 너무 멀리 떨어져 있는 것 같았다. 데이지는 조문 편지한 장, 조화 한 바구니도 보내오지 않았고 나는 그 사실에 아무런 분노도 느끼지 않았다. 그저 그랬다는 그 생각이 떠올랐을 뿐이다. 누군가 중얼대듯 말했다. "비가 내리니 죽은 자에게 복이 있을지어다."라고. 그러자 올빼미 안경을 쓴 사내는 "아멘." 하고 큰 소리로 화답했다.

우리는 비를 맞으면서 각자 뿔뿔이 흩어져 자동차가 서 있는 곳으로 서둘러 걸었다. 올빼미 안경을 쓴 사내가 묘지 입구에서 나에게 말을 걸었다.

"집에는 들르지도 못했네요." 그가 말했다.

"아무도 찾아오지 않았습니다."

"설마요!" 그는 깜짝 놀랐다. "어떻게 그럴 수가 있죠? 그 집에 드나든 사람이 몇 명인데."

그는 안경을 벗어 다시 한번 안팎을 닦았다.

"불쌍한 놈." 그가 말했다.

내가 아직도 생생하게 기억하고 있는 일 중 하나는 크리스마스 때 대학 예비 학교에서, 그리고 나중에 대학에 들어간 후, 서부로 돌아가던 길이다. 시카고보다 더 멀리 가는 친구들은 12월의 어느 저녁 여섯 시, 낡고 침침한 유니언 역에 모여 휴가 분위기에 들뜬 채 서둘러 작별 인사를 나누었다. 여기저기 여학교들 소녀들의 털코트가 기억나고, 옛 친구들의 익숙한 얼굴을 발견하면 찬 공기에 뜨거운 입김을 뱉으며 그들을 향해 소리를 치며 손을 흔들던 일 역시 기억난다. "넌 오드웨이네 집에 가니? 허시네 집은? 슐츠 집에는?" 하면서 서로 초대 일정을 맞추던 일도 기억난다. 그리고 장갑 낀 손마다 들려 있던 기다란 초록색 기차표도 생생하다. 마지막으로 시카고-밀워키-세인트폴 철도 회사의 때탄 노랑의 객차까지도. 그 기차들의 철로 위에 멈춰 서 있는 모습마저도 크리스마스 그 날 자체인 것처럼 신바람 나 보이던 게 기억난다.

역에서 빠져나와 겨울밤 속으로 들어가면 진짜 눈, 우리의 눈이 우리 바로 옆에서 녹아 번져 가면서 창문 위에서 빛을 만들었다. 작은 위스콘신 시골 역의 흐린 불빛이 스쳐지나가고 공기 속에는 살을 에는 듯한 날카롭고 거친 기운이 감돌았다. 저녁 식사를 끝내고 횅한 객차 복도를 지나오는 동안 우리는 그 찬 공기를 깊이 들이마셨다. 다시 그 공기로 스며들어가기 전, 이상야릇한 분위기의 한 시간 동안 이 지역과 우리가 완전하게 하나가 되었다는 것을 가슴 깊이 깨달았다.

그곳이 바로 나의 중서부다. 밀밭이나 초원, 스웨덴 이민자들의 마을이 아닌, 젊은 날이 감격스럽게 벅차오르는 귀향 열차, 서리가 내리는 어두운 밤의 가로등과 썰매의 방울 소리, 그리고 불 켜진 창문의 불빛으로 눈 위에 비치는 크리스마스 할리나무 화환의 그림자들. 나는 그것들의 일부인 셈이다. 그 기나긴 겨울을 떠올리면 조금은 더 진중해지고 그리고 몇십 년간 가문의 이름이 주소를 대신하는 곳에서 자라왔다는 것에 대한 약간의 자부심이 생긴다. 이제 나는 이 이야기가 결국 서부에 대한 이야기라는 걸 깨달았다. 톰과 개츠비, 데이지와 조던, 그리고 나까지. 우리는 모두 서부에서 온 사람들이었다. 바로 그 이유만으로 우리는 동부의 삶에 적응하지 못한다는 공통된 결함을 안고 있었는지도 모른다.

심지어 동부가 나에게 흥미로웠던 순간조차도 동부 지방이 오하이오 강 너머로 부풀어 오른 듯 볼품없이 뻗어 있는

그 지루한 도시들보다 우월하다는 것을 깨달았을 때조차도
—그 도시들에서는 오직 아이와 노인을 제외한 모두가 서로
에 대한 끝없는 취조로 시간을 보내는 것 같았다.— 나에게
동부는 어딘지 왜곡이 있어 보였다. 특히 웨스트에그는 아직
도 내 기괴한 꿈속에 나타나곤 한다. 엘 그레코가 그린 밤 풍
경처럼 펼쳐지는 식이다. 전통적이면서 기괴한 수백 채의 집,
그 위에 널브러진 음산한 하늘과 칙칙한 달이 있고 그림 앞
에는 흰 연미복을 입은 심각한 표정의 남자들 넷이 흰 이브닝
드레스를 입은, 술에 취한 여자가 누워 있는 들것을 들고 인
도를 따라 걷고 있다. 들것 가장자리 바깥으로 축 늘어져 있
는 그녀의 손에서는 보석들이 차갑게 번쩍인다. 남자들은 엄
숙한 태도로 어떤 집으로 들어가지만, 그곳이 아니다. 아무도
그 여자의 이름을 모르고 또 아무도 신경 쓰지 않는다.

개츠비의 죽음 이후 동부는 늘 저런 식으로, 원래의 모습
이 어땠는지도 모를 정도로 뒤틀린 채 자주 나를 괴롭혔다.
그래서 나는 나뭇잎을 태우는 푸른 연기가 공중으로 올라가
고 빨랫줄에 걸려 있는 젖은 옷이 바람에 날려 말라갈 때 고
향에 돌아가기로 결심했다.

떠나기 전에 해야 할 일이 하나 남아 있었다. 어쩌면 그냥
내버려 두는 게 더 나을지도 모르는 거북하고 불편한 일이었
다. 그러나 나는 그 일을 정리하고 싶었다. 저 친절하고 무심
한 바다가 내 쓰레기를 쓸어가 주리라고 생각하고 싶지 않았
다. 나는 조던 베이커를 만나 우리들에게 일어났던 일과 그
이후 내게 벌어진 일에 대해 이야기했다. 그녀는 긴 의자에

거의 눕다시피 앉아 조용히 내 말을 들었다.

그녀는 골프복을 입고 있었다. 뽐내는 듯 턱을 살짝 치켜든 그녀의 자세, 낙엽 빛의 머리카락, 그리고 무릎에 올려둔 손가락 없는 골프 장갑과 그와 같은 색의 갈색 얼굴이 어느 멋진 삽화 같았다고 생각한 게 아직도 기억난다. 내가 이야기를 모두 끝내자 그녀는 아무 설명도 없이 다른 남자와 약혼했다고 말했다. 비록 그녀가 고개만 까딱해도 결혼하겠다고 달려들 남자가 몇 있었지만, 그 말을 믿기가 조금 어려웠다. 그래도 깜짝 놀란 척했다. 잠깐, 내가 실수를 저지르고 있는 건 아닐까 생각했지만, 곧 생각을 다시 정리하고 자리에서 일어나 작별 인사를 건넸다.

"어쨌든 당신이 찬 거예요." 조던이 불쑥 말했다. "전화로 나를 걷어찼죠. 뭐 이제는 상관없지만, 처음 경험한 새로운 사건이었어요. 당시에는 엄청 멍했지만 뭐 지금은 당신에 대해 관심조차 없어요."

우리는 악수를 했다.

"아, 기억나요?" 그녀가 덧붙였다. "……언젠가 운전에 대해서 말한 적 있잖아요."

"네, 뭐 정확하지는 않지만."

"부주의한 운전자는 또 다른 부주의한 운전자를 만나기 전까지만 안전하다고 당신이 그랬죠? 그래요, 난 또 다른 서툰 운전자를 만났던 거예요. 안 그래요? 그러니까 내 말은, 내가 조금 조심성 없이 내 멋대로 억측을 하고 있었어요. 난 당신이 정직하고 솔직한 사람이라고 생각했거든요. 당신도 스스로 그렇게 자부하고 있다고 생각했죠."

"나는 이제 서른이에요." 내가 말했다. "내 스스로 거짓말을 하고 그걸 자랑스럽게 생각할 나이는 오 년 전에 끝났어요."

그녀는 아무 말도 하지 않았다. 화도 났지만 반쯤은 그녀에게 사랑을 느끼면서, 그리고 엄청나게 후회를 하면서, 나는 몸을 돌려 그 자리를 빠져나왔다.

10월이 끝나가던 어느 날 오후 나는 톰 뷰캐넌을 만났다. 그는 날렵하고 저돌적인 발놀림으로 5번가를 따라 내 앞을 걸어가고 있었다. 마치 방해물을 물리치려는 듯 팔은 그의 몸에서 조금 떨어져 있었고 쉴 새 없이 머리를 움직이고 초초한 시선도 그 머리를 따라 왔다 갔다 했다. 그를 따라잡지 않으려고 발걸음을 늦췄다. 그때 그는 잠깐 걸음을 멈추더니 눈을 찡그리며 보석상 진열장 안을 들여다보기 시작했다. 그러더니 갑자기 내 쪽을 보고는 걸어와 손을 내밀었다.

"닉, 이제 나와 악수도 하기 싫다는 거야?"

"응, 내가 자네를 어떻게 생각한다는 것 정도는 알 텐데."

"자네 미쳤군. 보통 미친 게 아니야. 도대체 왜 그러는지 전혀 모르겠군." 톰은 빠르게 말했다.

"톰, 그날 오후 윌슨에게 어떤 말을 했지?" 나는 따지듯 물었다.

그는 아무 말 없이 나를 바라봤다. 나는 윌슨이 사라져 있던 시각에 대해 내가 추측한 게 맞다는 것을 알게 됐다. 나는 돌아서서 다시 걷기 시작했지만 그가 나를 따라붙으며 내 팔을 잡았다.

"난 사실을 말했어." 그가 말했다. "우리가 막 외출하려는 참이었는데 그가 문 앞에 와 있었어. 우리가 안에 없다고 사람을 시켜 말했는데도 막무가내였지. 아마 차 주인이 누구인지 말하지 않았다면 날 죽였을 거야. 완전 미치광이 모습이었어. 집 안에 있는 내내 리볼버 권총을 쥔 손을 호주머니에 넣고 있었어." 그러더니 갑자기 화를 내면서 말했다. "그런데 내가 말해준 게 뭐 잘못이야? 그건 자업자득이라고 하는 거야. 데이지의 눈을 멀게 하더니, 자네 눈도 멀게 만들었군. 그 작자는 개를 치듯 머틀을 치고 달아났어. 차를 멈추지 않았다고."

진실은 그게 아니라는 걸 도저히 말할 수 없었다. 그 사실을 하나를 제외하자, 더 이상 그와 나눌 얘기가 없었다.

"내가 괴로워하지 않았다고 생각해? 이봐, 내가 그 아파트를 넘기려고 갔는데, 그 찬장에 그 망할놈의 개 비스킷 상자가 있었어. 난 그걸 보고 주저앉아서 어린애처럼 엉엉 울었다고. 아, 정말 끔찍해……."

내가 그를 용서하거나 좋아할 수는 없었지만 그는 자신이 저지른 그 일들이 모두 정당하다고 생각하고 있었다. 모든 것이 경솔했고 혼란스러웠다. 그들, 그러니까 톰과 데이지는 경솔한 인간들이었다. 물건이든 사물이든 산산이 부서트린 다음에 돈이나 그 이상의 무관심함, 또는 자기들을 한데 묶어주고 있는 것이 무엇이든 그 뒤에 숨기곤 했다. 자기들이 만든 쓰레기를 누군가가 말끔하게 치우게 만드는 식이었다……

나는 그와 악수를 했다. 악수를 하지 않는 게 더 어리석은 짓 같았다. 문득 내가 어린아이와 이야기하고 있다는 생각이 들었다. 그러고 나서 그는 진주 목걸이를, 아니면 커프스단추 한 쌍을 사려고 보석상 안으로 들어가 버리면서 나의 이 촌스러운 결벽증으로부터 벗어났다.

내가 떠날 때까지도 개츠비의 집은 텅 비어 있었다. 그의 잔디밭은 우리 집만큼이나 지저분하게 무성하게 자라 있었다. 동네 택시기사 하나는 저택 정문을 지난 뒤에 잠시 멈춰서서 손가락으로 안쪽을 가리키고 나서야 요금을 받았다. 어쩌면 그는 사건이 일어났던 밤, 데이지와 개츠비를 태우고 이스트에그까지 운전했을, 그 기사였을지도 모른다. 그리고 자기 나름의 이야기를 지어냈으리라. 나는 그 이야기를 듣고 싶지 않았기 때문에 기차에 내려 역 앞을 갈 때마다 그 택시기사를 피했다.

나는 토요일 밤이면 뉴욕에서 시간을 보냈다. 개츠비가 열었던 그 성대하고 화려한 파티가 나에게는 너무 생생했다. 희미하지만 끊임없이 들리던 정원의 음악 소리와 웃음소리가 아직도 귓가에 들려왔다. 그리고 그의 차도를 오가는 차들의 소리도 들리는 듯했다. 그러던 어느 날 밤, 나는 실제로 자동차 소리를 들었다. 그리고 헤드라이트 불빛이 앞쪽 계단을 비추고 있는 게 보였다. 그러나 그게 누구인지는 내다보지 않았다. 아마 지구 반대편에 살다 와서 파티가 끝난 줄도 모르고 찾아온 마지막 손님이리라.

마지막 날 밤, 트렁크에 짐을 꾸리고 자동차를 식료품점에 팔았다. 그리고 다시 한번 개츠비의 저택으로 건너가 한 저택이 겪은 말도 안 되는 엄청난 몰락을 응시했다. 하얀 돌계단에는 어떤 아이가 벽돌로 갈겨썼는지, 음탕한 욕설이 달빛에 뚜렷하게 몸을 내보이고 있었다. 나는 계단을 따라 오르며 구둣발로 그 낙서를 문질러 지웠다. 그리고 나서 해변으로 내려가 모래 위에 아무렇게나 드러누웠다.

해변에 늘어선 별장 대부분은 문이 닫혀 있었고 롱아일랜드 해협을 가로지르는 페리에서 흘러나오는 흐릿한 불빛을 제외하고는 어떤 불빛도 보이지 않았다. 달은 점점 더 높이 떠오르면서 실체도 없는 집들이 녹아 없어지기 시작했다. 나는 서서히 네덜란드 선원들의 눈에 한때 꽃처럼 떠올랐던 이 유서 깊은 섬이 무엇을 의미하는지 알게 됐다. 이 섬은 신세계의 싱그러운 초록의 젖가슴이나 다름없었다. 바로 이 섬에서 자취를 감춘 나무들, 개츠비의 저택에 자리를 내어준 나무들은 한때 인간의 모든 꿈 중 마지막이자 가장 위대한 꿈을 나지막하게 속삭였던 것이다. 그 덧없는 매력적인 순간, 인간은 이 대륙이 눈앞에 나타나는 순간에 분명히 숨을 죽였을 것이다. 스스로의 능력으로는 감히 받아들일 수 없는 그 무언가와 역사상 마지막으로 직면하면서, 이해할 수도 바랄 수도 없는 그 무엇과 심미적 명상에 빠져들어야 했던 것이다.

그곳에 앉아 오랜 미지의 세계를 곰곰이 생각하다가 문득 개츠비가 데이지네 집 부두 끝에 있는 초록색 불빛을 처음 찾왔을 때의 놀라움까지 이르게 됐다. 그는 이 푸른 잔디밭까지 오기 위해 참 먼 길을 돌아왔다. 이제 그의 꿈은 너무 가까이 있다. 손만 뻗으면 금방이라도 닿을 만한 그곳에. 그는 몰랐을 것이다. 자신의 꿈이 어느새 자기 등 뒤에, 저 도시 너머의 광활하고 깊은 어둠 속 어딘가, 밤하늘 아래 끝없이 펼쳐진 미국의 어두운 들판 위에 남겨져 있다는 것을.

개츠비는 그 초록색 불빛을, 해가 지날수록 우리에게서 멀어져 가는 황홀한 미래를 믿었다. 이제 그것은 우리를 피해 모습을 감추었지만 문제는 아니었다. 내일 우리는 더 빨리 달릴 것이고 좀 더 멀리 팔을 뻗을 것이다……. 그러면 마침내 어느 낡은 아침에…….

그렇게 우리는 물결을 거스르는 배처럼, 끊임없이 과거에서 밀려나면서도 결국 앞으로 앞으로 나아가는 것이다.

위대한
개츠비

**The
Great
Gatsby**

작품 해설 및 작가 연보

『위대한 개츠비(The Great Gatsby)』 작품 해설

1. 작가의 생애

F. 스콧 피츠제럴드(F. Scott Fitzgerald, 1896~1940)는 1896년 미국 중서부 미네소타 주 세인트폴에서 출생했다. 프린스턴 대학에 재학 중이던 1917년, 제1차 세계대전이 발발하여 육군 소위로 임관하게 된다. 그러다 1918년, 군 복무 중에 대법원 판사의 딸 젤다 세이어(Zelda Sayre, 1900~1948)와 교제를 시작한다. 1919년, 뉴욕의 한 광고회사에서 근무하다가 그만두게 되고, 전망이 보이지 않는다는 이유로 약혼녀 젤다에게 파혼을 당한다. 1920년, 고향에서 『낙원의 이쪽(This Side of Paradise)』이라는 자전적 소설을 집필하게 되는데, 그는 이 작품으로 눈부신 성공을 거두며 문단의 주목을 받기 시작한다. 첫 작품의 성공으로 경제적으로 여유로워진 그는 화려한 사교계에 발을 들이며 호화로운 생활을 하게 되고, 헤어졌던 약혼녀 젤다와 재회한 후 결혼한다. 그러다 1925년, 20세기 미국 소설을 대표하는 작품이자 그의 이름을 세상에 널리 알린 『위대한 개츠비(The Great Gatsby)』를 출간하게 된다. 하지만 이 무렵, 피츠제럴드는 정신적으로 방황을 하며 술에 의존하게 되고, 아내 젤다는 정신질환을 앓는다. 1933년, 『밤은 부드러워(Tender Is the Night)』라는 작품을 출간하지만 이전만큼

의 성공을 거두지 못하게 되어 경제적으로 어려움을 겪게 된다. 경제적인 어려움과 정신적인 스트레스에 직면해 있던 그는 점점 더 알코올에 의존하게 된다. 하지만 창작의 끈을 놓지 않고 할리우드로 가 시나리오 작업을 병행하며 수많은 단편을 집필하는데, 그가 남긴 단편은 160여 편에 이른다. 그러다 1940년, 『최후의 거물(The Last Tycoon)』이라는 작품을 집필하던 중 심장마비로 돌연 세상을 떠난다.

2. 아메리칸 드림

제1차 세계대전이 끝난 직후, 1920년대의 미국은 경제적인 풍요로움과 정신적인 피폐함이 공존하였다. 수많은 사람들이 아메리칸 드림을 꿈꾸며 미국을 동경했지만 현실은 녹록지 않았다. 물질적 행복을 최우선으로 추구하며 헛된 희망을 품었던 대다수의 사람들은 결국 현실의 벽에 부딪쳐 정신적인 공허함을 느끼며 쓰라린 패배를 맛보게 된다.

『위대한 개츠비(The Great Gatsby)』는 닉 캐러웨이의 시점으로 서술된다. 닉은 데이지의 친척이며 그녀의 남편 톰과는 대학 동창이다. 증권 업무를 배우기 위해 뉴욕 동부 웨스트에그로 거처를 옮기게 된 닉은 개츠비와 이웃이 된다. 그의 집 맞은편 이스트에그에는 데이지와 톰 뷰캐넌 부부가 살고 있었다.

개츠비는 가난한 농부의 아들로서 성공에 대한 야망을 품고 있었다. 반면에 그의 연인이었던 데이지는 부유한 집안 출

신이었다. 그녀는 집안의 반대로 개츠비와 헤어지고 톰 뷰캐
넌과 결혼한다. 군인이었던 개츠비는 제1차 세계대전에 참전
하여 공을 세우고 돌아와 데이지를 되찾겠다는 일념으로 오
로지 성공을 향해 달려간다.

그의 부모는 이렇다 할 기술도 없는 실패한 농사꾼이었다.
그의 상상력으로는 결국 그들은 자신의 부모로 받아들일 수가
없었다. 사실 롱아일랜드 웨스트에그에 사는 제이 개츠비는 그
스스로 만들어낸 이상적인 인물이었다. (…) 그래서 그는 열일
곱 살짜리가 만들어낼 법한 수준인 제이 개츠비라는 인물을 만
들었고 그 인물의 역할에 끝까지 충실했다.

개츠비는 일 년이 넘도록 슈피리어 호수의 남쪽에서 조개를
캐거나 연어를 잡으면서 숙식을 해결할 만한 일을 닥치는 대로
하며 살았다. (…) 그는 일찌감치 여자에 눈을 떴고 그 탓인지
일찍이 여자들을 경멸했다. 자신의 성격을 버려 놓는다는 이유
였다. 그는 젊은 여자는 무식해서 싫어했고 그렇지 않은 여자들
은 심하게 자기도취에 빠져 있는 자신이 당연하다고 생각하는
일을 두고 신경질적이라며 싫어했다.

그는 가난에서 벗어나기 위해 어떠한 일도 마다하지 않았
다. 또한 여자를 멀리하며 심지어 경멸하기까지 했다. 하지만
데이지만은 예외였다. 그가 열심히 일을 했던 이유도 오로지
데이지를 되찾기 위함이었다. 데이지는 개츠비의 또 다른 야
망이었던 것이다. 개츠비는 웨스트에그 건너편 해안에 데이

지가 살고 있다는 것을 알고 웨스트에그로 이사를 온 것이었다. 그의 목표는 오직 하나, 자신의 사랑을 되찾는 것이었기에 그는 그녀를 만나기 위해 오래전부터 수많은 준비를 해왔던 것이다. 그러던 어느 날, 개츠비는 닉에게 그의 집으로 자신과 데이지를 함께 초대해달라는 부탁을 한다.

개츠비의 저택은 음악과 파티가 끊이질 않았고, 수많은 사람들이 드나드는 화려한 곳이었다. 30대 초반의 젊고 품위 있어 보이는 개츠비라는 이 젊은 청년에 대해서는 그저 무성한 소문만이 돌 뿐, 누구도 그의 정체에 대해 확실히 아는 사람은 없었다. 닉은 좋지 않은 소문의 주인공이자 그저 화려한 생활만 일삼는 개츠비를 곱지 않은 시선으로 바라보지만, 그가 이 저택을 구입한 것도, 그토록 수많은 풍문을 퍼뜨리며 경제적으로 성공을 거둔 이유도 오로지 사랑하는 여인 데이지를 되찾기 위한 것임을 알게 된 후 그의 사랑과 열정에 감명 받아 그를 지지한다.

늘 위풍당당하던 개츠비가 데이지와의 재회를 앞두고 닉의 집에서 그녀를 기다리며 안절부절못하는 모습은 사랑에 대한 그의 순수함을 엿볼 수 있는 장면이다. 하지만 오년 만에 다시 만난 그녀는 그의 기대와는 다르게 많이 변해 있었다.

개츠비에게 작별 인사를 하러 다가섰을 때, 그의 얼굴에는 또 다시 당혹함이 보였다. 지금 그에게 주어진 행복이 얼마나 큰 가치를 안고 있는지에 대해 살짝 의심을 하는 것 같은 표정이었다. 오 년이라는 긴 시간! 물론 그날 오후 중 데이지의 모습이 그의 상상과 다른 순간이 있었을지도 모른다. 그건 그녀의 잘못이 아니다. 그렇다기보다는 그가 내내 마음에 상상하고 품어온 환상의 거대함 때문이었을 것이다.

　

두 사람은 잠시 옛날로 돌아간 듯 행복한 시간을 이어가지만 예전과는 다르게 변해 버린 데이지의 모습을 보며 개츠비는 당혹스러워한다. 하지만 그는 여전히 모든 것을 제자리로 돌려놓을 수 있다고 믿으며 자신의 사랑을 끝까지 지키기 위해 노력한다.

한편, 데이지의 남편 톰 뷰캐넌은 경제적으로 부유했고 사회적 지위도 높았으나 오만했으며 바람둥이 기질을 갖고 있었다. 여자 때문에 매번 문제를 일으키던 그로 인해 마음고생을 하던 데이지의 모습을 보며, 닉은 당장이라도 아이를 데리고 그 집에서 뛰쳐나오는 게 마땅하다고 생각하지만, 그녀는 경제적으로 안정된 생활과 높은 사회적 지위라는 욕심을 버리지 못하며 현실에 안주한다. 그녀가 개츠비의 호화로운 저택을 둘러보며 감탄을 하고, 개츠비의 셔츠를 보며 감동한 나머지 눈물을 흘리는 모습은 사치와 향락에 젖은 그녀의 모습을 잘 드러내주는 장면이다.

　

데이지는 어렸다. 그녀의 만들어져 있는 세계는 난초 향과 쾌활하고 명랑한 속물근성의 냄새로 가득했으며, 삶의 비애와 암시를 새로운 리듬으로 풀어낸 그해 유행하는 오케스트라를 생각나게 했다. (…) 그녀는 자기 삶이 당장에 그럴듯한 모습으로 자기 앞에 나타나기를 바랐다. 그런데 그 결단은 자신이 아닌 다른 힘에 의해 결정되어야 했다. 사랑, 돈, 혹은 의심할 여지가 없는 현실적인 이유 같은 것에 따라서 말이다. (…) 그 외부의 힘이라는 건 봄이 한창인 어느 날, 톰 뷰캐넌의 등장으로 현실의 옷을 입게 되었다. 그의 풍채와 사회적 지위에는 어떤 무게감이 있었고 데이지는 그 무게감에 우쭐해 했다. 데이지는 한동안 갈등을 겪었을 것이다. 하지만 그 안에서 안도감 같은 감정 역시 들었을 것이다.

부유한 집안에서 태어나 호화로운 생활에 익숙해 있던 데이지에게 있어 개츠비는 신선한 존재로 다가왔을 수도 있다. 하지만 그녀는 이미 몸에 밴 화려함과 사회적 지위를 모두 버릴 만큼 사랑을 갈망하지도 않았으며, 이러한 자신의 생활을 유지시켜줄, 나아가 더욱 빛나게 해줄 사람을 만나 그 안에서 정착하고 싶었던 것이다. 그러던 어느 날, 그런 그녀 앞에 자신의 욕구를 충족시켜줄 남자 톰 뷰캐넌이 나타났던 것이다. 그녀는 개츠비와 톰 사이에서 갈등을 하지만 결국 톰을 택한다. 그리고 오 년이 지난 지금도 같은 선택을 한 것이다. 그녀는 경제적으로 성공한 개츠비와 남편 사이에서 잠시 갈등하다, 개츠비가 그동안 어떤 식으로 돈을 벌었으며, 어떠한 삶을 살아왔는지 미리 뒷조사를 한 남편의 이야기를 듣고는 결국 남편에게 마음이 기울어진다. 이러한 선택은 그녀의 성향에 비추어볼 때 결코 놀라운 일은 아닐 것이다.

그날 밤, 닉과 개츠비, 조던과 톰 모두가 함께했던 짧은 여행에서 돌아오던 길에 개츠비와 함께 차를 타고 가던 데이지는 실수로 톰의 애인 머틀 윌슨을 치어 죽이게 된다. 데이지와 개츠비의 관계를 알고 질투심에 사로잡혔던 톰은 머틀의 남편 윌슨에게 차 사고를 낸 사람은 개츠비라고 말한다. 분노한 윌슨은 개츠비를 찾아가 총으로 쏴 죽이고 자살을 한다.

오로지 자신의 꿈 하나만을 위해 달려왔던 개츠비는 톰의 계략에 의해 끝내 비극적인 최후를 맞이하게 된다. 개츠비는 이미 데이지 대신 죄를 뒤집어쓰려 마음먹고 있었다. 개츠비는 끝까지 데이지를 지키려 했던 것이다. 하지만 데이지는 개츠비의 장례식에 참석하지 않은 것은 물론 조문 전보조차 보내지 않았다. 결국 닉과 개츠비의 아버지 등 몇몇 사람만이 참석한 쓸쓸한 장례식이 치러진다. 개츠비의 장례식이 끝난 후 쓸쓸한 세상에 환멸을 느낀 닉은 고향으로 돌아간다.

3. 보이지 않는 것들의 가치

경제적으로 큰 성공을 거둔 개츠비는 물질적으로 풍요로운 현실에서 살고 있었으나 마음은 여전히 과거의 한때에 머물러 있었다. 물질적 풍요 속에서도 채우지 못한 단 하나, 그것은 바로 사랑이었다. 반면에 데이지는 남편의 여자 문제 때문에 현재의 생활에 완전히 만족하진 못하지만 현실에 순응하며 살아간다. 그녀에게 있어 사랑은 최우선의 것이 아니었고, 부와 명예, 안정된 미래와 바꿀 만큼 소중한 것도, 유일한 것도 아니었다. 어떻게 보면 두 사람은 너무도 달랐기에 엇갈릴 수밖에 없었던 것이다. 데이지의 마음은 이미 예전과 같지 않고 자신과는 다르다는 것을 알게 된 개츠비는 삶의 모든 희망을 잃어버린 것이나 다름없었을 것이다.

개츠비가 죽은 후 그의 아버지는 개츠비가 어릴 때 갖고 있던 책 한 권을 가져와 닉에게 보여준다. 그 책의 뒤표지에는 개츠비가 어릴 때 적어 놓았던 계획표가 있었다. 그는 하루의 시간을 꼼꼼하게 나누어 운동과 독서, 공부를 했으며 적은 돈이나마 저축을 하려고 애썼다. 또한 쓸데없이 시간을 낭비하지 않으려 했으며, 부모님 말씀을 잘 듣는 것 또한 계획표에 넣었다. 이를 통해 개츠비가 성공을 위해 일찍부터 얼마나 많은 준비를 하며 열심히 자기 계발을 해왔는지, 또 그가 소중히 여기는 가치가 무엇인지 알 수 있다.

악수를 나눈 뒤 나는 그 집을 떠났다. 그 집에서 걸어 나오며 울타리에 다다르기 바로 직전에 나는 무언가 생각이 나서 뒤돌아섰다.

"그 인간들은 다 썩었어." 내 목소리가 잔디밭을 넘어갔다. "너 한 사람이 그 인간들을 다 합친 것보다 더 가치 있어."

하지만 이 책에 이름을 내어준 개츠비만은 예외다. 내가 경멸하는 모든 것을 대표하는 그에게만은 다른 기준을 적용할 수밖에 없는 것이다. 만약 인간의 개성이 일종의 성공적인 몸짓이라고 한다면, 그에게는 대단한 무언가가 있었다. (…) 마치 그 어떤 사람에게서 발견한 적 없고 또 앞으로도 다시는 발견할 수 없을 만한 희망에 대한 재능이며 희망적인 낭만과 같은 거였다. 맞다, 개츠비는 결국 옳았다. 사람들의 불가피한 슬픔과 갑작스러운 기쁨에 관심이 사라진 건 개츠비를 장악한 것들, 그리고 개츠비의 꿈이 지나간 자리를 떠도는 지저분한 먼지들 때문이었다.

개츠비는 그 초록색 불빛을, 해가 지날수록 우리에게서 멀어져 가는 황홀한 미래를 믿었다. 이제 그것은 우리를 피해 모습을 감추었지만 문제는 아니었다. 내일 우리는 더 빨리 달릴 것이고 좀 더 멀리 팔을 뻗을 것이다……. 그러면 마침내 어느 낡은 아침에…….

그렇게 우리는 물결을 거스르는 배처럼, 끊임없이 과거에서 밀려나면서도 결국 앞으로 앞으로 나아가는 것이다.

개츠비의 주변에는 늘 수많은 사람들이 모여 있었지만, 진정으로 그를 생각해주는 사람은 단 한 명도 없었다. 사람들은 그저 화려한 그의 겉모습에 이끌려 그에게 접근했던 것이다. 개츠비의 장례식은 매일 밤 그의 대저택에서 열리던 호화로운 파티와 대비되어 더욱 초라하고 쓸쓸하게 느껴진다. 하지만 개츠비의 곁에는 닉이 있었다. 개츠비를 향한 닉의 시선은 경이로울 만큼 관대하며 그 믿음 또한 강하다. 데이지를 되찾으려 했던 오랜 꿈이 좌절되자 절망에 빠진 개츠비에게 닉은,

"부패하고 타락한 그들 모두를 합한 것보다 넌 가치 있는 사람."이라고 말해준다. 그제야 개츠비는 환한 미소를 지어 보인다. 닉은 개츠비의 오랜 꿈을 실현할 수 있도록 도와주고 끝까지 그의 곁을 지켜주던 마음의 벗이었다. 비록 개츠비의 꿈은 완성되지 못했지만, 그는 자신을 알아주는 닉이라는 진정한 친구를 얻었기에 그의 인생을 그저 허무하다고 말할 수는 없을 것이다.

물질문명의 풍요로움 속에서 미국인들의 부도덕함, 방탕함, 허무한 꿈이 무너져가는 과정을 작가 특유의 예리한 필치로 그려낸 이 작품은, 보이지 않는 것들의 가치는 점점 퇴색되어 가고, 보이는 것들만 추구하는 삶으로 변해가는 오늘날 더욱 위대한 빛을 발하게 된다. 물론 개츠비를 순수한 낭만주의자 혹은 이상주의자라고 볼 수는 없다. 그는 성공을 위해 당시 미국 사회에서 불법으로 간주되던 밀주거래도 서슴지 않던 지극히 현실적인 인물이기 때문이다. 그는 현실을 인식하는 예리한 감각을 지니고 있었다. 동시에 화려한 세계의 온갖 유혹들 속에서도 사랑이라는 순수한 감정을 잃지 않으며 오래도록 간직하고 있었다. 개츠비의 위대함은 바로 여기에 있는 것이다.

작가 연보

1896년 에드워드 피츠제럴드와 몰리 매퀄런 사이에서 출생.

1909년 첫 단편 「레이먼드 저당의 신비」가 세인트폴 아카데미 문예집에 게재됨.

1913년 프린스턴 대학에 입학함. 비평가 에드먼드 윌슨, 소설가 존 빅스 2세, 시인 존 필비숍과 사귐.

1914년 재학 중 시를 발표하고, 몇 편의 뮤지컬 코미디를 써서 연극 동아리 공연에 선보임.

1915년 파티에서 지네브러 킹을 만남. 가난하다는 이유로 그녀에게 거절당함.

1917년 육군 보병 소위로 임관 후 『낭만적 이기주의자』 집필을 시작함.

1918년 젤다 세이어를 만나 사귐. 『낭만적 이기주의자』의 원고가 출판사로부터 반송됨.

1919년 제대 후 젤다와 약혼하지만 젤다는 스콧의 미래가 불확실

하다는 이유로 파혼을 선언함. 스크리브너스 출판사에서 『낭만적
이기주의자』의 제목을 '낙원의 이쪽'으로 바꾸어 출간하기로 함.

1920년 갑자기 스타 작가가 됨. 4월 3일, 젤다와 결혼함. 첫 번째
단편집 『말괄량이 아가씨들과 철학자들』을 출간함.

1922년 두 번째 단편집 『재즈 시대의 이야기들』을 출간함. 뉴욕을
오가는 호화로운 생활에서 『위대한 개츠비』의 아이디어를 얻음.

1925년 『위대한 개츠비』를 출간함.

1926년 세 번째 단편집 『모든 슬픈 청년들』을 출간함.

1933년 야심작인 장편소설 『밤은 부드러워』를 출간함. 상업적으
로는 실패함.

1935년 네 번째 단편집 『기상나팔 소리』를 출간함.

1937년 실라 그레이엄과 사귐. 그레이엄과의 관계는 그가 사망할
때까지 계속됨.

1940년 44세의 나이에 그레이엄의 아파트에서 심장마비로 세상
을 떠남.

1941년 친구 에드먼드 윌슨이 편집한 미완성 장편소설 『마지막 거
물』이 출간됨.

옮긴이 | 안영준

고려대학교 국어국문학과를 졸업했다. 공립 중등국어교사로 8년 동안 근무했으며 대치동에서 논술 전임강사로 활동하기도 했다. 현재는 1인 지식 창업 및 책 쓰기 코칭을 하며 영한 번역을 하고 있다. 옮긴 책으로는 『1984』, 『데미안』, 『위대한 개츠비』, 『노인과 바다』, 『동물농장』, 『오만과 편견』 등이 있다.

해설 | 엄인정

국민대학교 국어국문학과를 졸업하고 동 대학원에서 국어교육학을 전공했다. 현재 단행본 편집과 영한 번역 업무를 병행하며 프리랜서로 활동 중이다. 옮긴 책으로는 『데미안』, 『톨스토이 단편선』, 『오만과 편견』, 『카프카 단편선』, 『그리스인 조르바』 등이 있다.

위대한 개츠비

1판 1쇄 발행 2018년 8월 20일
1판 3쇄 발행 2020년 5월 15일

지은이 F. 스콧 피츠제럴드
옮긴이 안영준
해설 엄인정
펴낸이 이동국
편집 박주연
디자인 생각을 머금은 유니콘
마케팅 김사랑

발행처 생각뿔
주소 서울시 서초구 반포동 66-1 코웰빌딩 102호
등록번호 제 2020-000021호
전화 02-536-3295
팩스 02-536-3296
커뮤니티 www.facebook.com/tubook2018 (페이스북)
e-mail tubook@naver.com
ISBN 979-11-964400-0-8 (04840)
　　　　 979-11-964400-8-4 (세트)

생각뿔은 '생각(Thinking)'과 '뿔(Unicorn)'의 합성어입니다.
신화 속 유니콘의 신성함과 메마르지 않는 창의성을 추구합니다.